A boa moça

GEORGETTE HEYER

A boa moça

Tradução de
SÉRGIO DUARTE

EDITORA RECORD
RIO DE JANEIRO • SÃO PAULO
2011

CIP-BRASIL. CATALOGAÇÃO-NA-FONTE
SINDICATO NACIONAL DOS EDITORES DE LIVROS, RJ

Heyer, Georgette, 1902-1974
H531b A boa moça / Georgette Heyer; tradução de Sérgio Duarte. – Rio de Janeiro: Record, 2011.

Tradução de: Charity girl
ISBN 978-85-01-07722-6

1. Romance inglês. I. Duarte, Sérgio. II. Título.

11-3158 CDD: 823
CDU: 821.111-3

Título original:
CHARITY GIRL

Texto revisado segundo o novo Acordo Ortográfico da Língua Portuguesa.

Impresso no Brasil

ISBN 978-85-01-07722-6

Capítulo 1

TANTO QUANTO ERA possível para um senhor de idade, que sofria de dispepsia e de um ataque de gota especialmente violento, ter qualquer prazer além do alívio de suas várias dores, o conde Wroxton estava se divertindo. Dedicava-se à agradável tarefa de recitar uma diatribe sobre os defeitos de seu herdeiro. Para aqueles que não os conheciam, suas críticas sem dúvida soavam injustas, pois o visconde Desford parecia ser um filho de que qualquer pai se orgulharia. Além de bem-apessoado, de porte atlético e esbelto, possuía a afabilidade que provinha tanto de uma simpatia inata quanto da educação que tivera. Tinha também grande dose de paciência e um charme que transparecia em um sorriso oculto no olhar, considerado irresistível por muitas pessoas. O pai não era uma delas: quando a gota o atacava, achava-o exasperante.

Era julho, mas o tempo estava tão longe de mostrar-se abafado que o conde mandara acender a lareira da biblioteca. Ele e o filho estavam sentados lado a lado junto ao fogo; o conde com um pé envolto em ataduras e colocado sobre um tamborete; o herdeiro (que discretamente afastara a cadeira do calor da lenha em chamas) tranquilamente acomodado diante do pai. O jovem visconde vestia casaco, culote e botas de cano alto que constituíam o traje matinal adequado para qualquer cavalheiro que estivesse passando algum tempo no campo, mas uma certa elegância decorrente do corte do casaco e da arrumação do *foulard* dava ao pai um pretexto para execrá-lo como um detestável dândi. A isso o jovem respondia, protestando debilmente:

— Não, não, senhor! Os verdadeiros dândis ficariam chocados ao ouvi-lo dizer isso!

— Imagino — enunciou o pai, fulminando-o com o olhar — que você se considere um devasso, como os coríntios!

— Para falar a verdade — respondeu o visconde, como quem pede desculpas —, não me considero coisa alguma! — Esperou um momento, observando, com ar de comiseração e divertimento, o abrir e fechar da boca do pai, e em seguida disse, com simpatia: — Ora, vamos, papai! Que fiz eu para merecer tanta descompostura do senhor?

— E o que foi que fez para merecer meus elogios? — replicou imediatamente o conde. — Nada! Você é um pobre coitado! Um vagabundo desclassificado que não tem ideia de onde herdou seu nome, como um plebeu qualquer! Um esbanjador incorrigível! E não precisa me lembrar que você não depende de *mim* para o dinheiro que desperdiça nos cavalos, nas apostas e nas roupas de seda, pois sei muito bem disso. O que eu disse na época, digo novamente, e sempre direi, é que só mesmo sua tia-avó seria capaz de deixar a fortuna para você. Exatamente o que se poderia esperar de uma idiota como ela! Foi o mesmo que dar a você carta branca para cometer toda espécie de... de... de loucuras e extravagâncias! Mas sobre ela — disse o fidalgo, faltando à verdade, mas com toda a sinceridade — nada direi! Ela era tia de sua mãe e *isso* me faz calar a boca.

Fez uma pausa, olhando desafiadoramente para o herdeiro, mas o visconde disse simplesmente, com conveniente mansidão:

— Isso mesmo, papai!

— Se ela tivesse estipulado que a herança deveria ser usada para o sustento de sua mulher e família, eu consideraria um testamento perfeitamente adequado — continuou o nobre, acrescentando: — Isso não significa que, na época, e ainda agora, eu não estivesse disposto a aumentar sua renda para habilitá-lo a enfrentar as despesas decorrentes de sua entrada no rol dos homens casados.

Fez nova pausa. Sentindo que o pai esperava algum comentário, o visconde respondeu delicadamente que ficava muito grato.

— Ora, não, isso não é verdade! — discordou o fidalgo, severamente. — E, digo mais, você só poderá ficar grato a mim quando me der um neto, por mais rápido que a fortuna de sua tia evapore de seus bolsos! Vou lhe contar, mas que bela coleção de filhos eu tive! — disse ele, ampliando subitamente o alvo de suas críticas. — Nenhum de vocês tem a menor consideração pela família! Na minha idade eu já deveria ter pelo menos vinte netos para alegrar meus anos finais! Mas tenho? Não! Nem mesmo um!

— Na verdade, o senhor tem três — respondeu o visconde, em tom desconcertante. — Não que jamais tenha me parecido que elas o alegram, mas creio não ser justo para com Griselda deixar de mencionar as filhas dela!

— Meninas! — disse bruscamente o conde, com um gesto de desprezo. — Não tomo conhecimento delas! Além disso, elas têm o nome de Broxbourne! O que quero são netos homens, Ashley! Com o nome de *Carrington*, para que herdem nosso Nome, nossas Honras e nossas Tradições!

— Mas não duas dezenas deles! — protestou o visconde. — Um já seria razoável, meu senhor. Mesmo que eu tivesse feito sua vontade, casando-me aos 20 anos, e minha desventurada esposa me presenteasse com um par de gêmeos a cada ano, ainda faltariam pelo menos dois para alcançar suas expectativas. Sem falar da probabilidade de que houvesse diversas meninas nessa ninhada de netos.

Essa tentativa de fazer com que o pai esquecesse o mau humor poderia ter tido êxito (pois o conde gostava do ridículo) se uma repentina fisgada no seu pé doente não o tivesse obrigado a fazer uma careta e a declarar, com voz ameaçadora:

— Não seja impertinente, rapaz! Quero recordar-lhe que você, graças a Deus[1], não é meu único filho homem!

— É verdade — concordou o visconde, com tranquila cordialidade. — E embora eu não possa deixar de observar que Simon é jovem demais para começar a preparar o quarto das crianças, tenho muita esperança de que Horace venha a realizar sua vontade, isto é, quando terminar a Ocupação. Pelo que se diz, isso acontecerá num futuro não muito distante, e ele poderá retornar para o país.

— Horace! — exclamou o nobre. — Poderei considerar-me feliz se ele não trouxer consigo uma meretriz francesa a tiracolo!

— Ora, não creio que isso seja muito provável — tornou o visconde. — Ele não tem muito apreço por estrangeiras, e dá tanta importância à família quanto o senhor.

— Eu já não estarei vivo para ver isso — disse o conde, buscando refúgio na decrepitude, mas prejudicando ligeiramente o efeito ao acrescentar, com acrimônia: — Como se qualquer um de vocês se importasse!

O visconde riu, porém com grande dose de afeto.

— Não, não, papai! Não tente me colocar na berlinda! Já faz nove anos que cheguei à idade de saber quando alguém está querendo tirar vantagem de mim; além disso, estou intimamente ligado ao senhor há *29* anos! Meu Deus, o senhor ainda está em boa forma, com exceção de uma certa tendência à gota, fácil de evitar deixando de beber quase duas garrafas de vinho do Porto por dia, e ainda vai durar muito! O suficiente para espinafrar um filho meu, como está fazendo hoje comigo!

O conde não pôde deixar de sentir-se satisfeito ao ver que o filho o considerava ainda em boas condições, mas achou adequado afirmar austeramente que não compreendia bem, nem aprovava, as expressões de lugar-comum deploravelmente usadas pela juventude da época. Por um instante controlou o impulso de informar o visconde, em termos claros, que, quando desejasse sua opinião sobre seus hábitos de bebida, ele próprio a solicitaria, mas desistiu da ideia pois sabia ser improvável que Ashley recebesse uma reprimenda em silêncio, e não tinha vontade de iniciar um debate sobre um tema no qual estaria em perigoso terreno. Em vez disso, perguntou:

— Um filho seu? Não quero bastardos, muito obrigado, Desford; embora ouso dizer que você já possa ter duas dezenas... ou outra quantidade qualquer — arrematou, emendando-se rapidamente.

— Não que eu saiba — disse o visconde.

— Folgo em saber! Mas se você tivesse concordado com o casamento que planejei, um filho seu poderia estar sentado em meu colo neste exato momento!

— Hesito em contradizê-lo, mas se qualquer neto tentasse, neste exato momento, sentar-se em seus joelhos, sou incapaz de acreditar que a reação pudesse ser diferente de uma rejeição severa.

O conde reconheceu o acerto da observação com uma gargalhada, mas disse:

— Ora, muito bem, não era preciso tomar minhas palavras tão literalmente! A verdade é que você se comportou muito mal recusando-se a propor casamento a Henrietta Silverdale! Nunca pensei que seria tão ingrato, Desford! Qualquer pessoa poderia supor que eu havia escolhido uma noiva que não lhe agradasse, ou que você não conhecesse, coisa que, devo dizer, não era incomum no meu tempo! Em vez disso, escolhi uma jovem que você conhecia desde a infância e por quem imaginei que tivesse afeição sincera. Poderia ter buscado coisa mais elevada, mas tudo o que desejei foi sua felicidade. E qual foi minha recompensa? Diga-me!

— Ora, pelo amor de Deus! — exclamou o visconde, mostrando impaciência pela primeira vez. — Será preciso ruminar o que aconteceu há nove anos? Não é capaz de acreditar que Hetta não tinha qualquer desejo de casar-se comigo, tanto quanto eu de casar-me com ela?

— Não... E se pretende dizer que não tinha afeição por ela, é melhor guardar suas palavras.

— Claro que eu tinha afeto por ela, como se fosse minha irmã! E ainda gosto. Somos muito bons amigos, mas um homem não deve querer casar-se com a irmã, por mais que lhe tenha apego. A verdade, papai, é que o senhor e Sir John conspiraram entre si, mas até hoje não consigo compreender como puderam ser tão simplórios a ponto de achar que, ao nos educar como se realmente fôssemos irmãos, esse plano maravilhoso iria dar certo. Não, e não ralhe comigo por chamá-lo simplório! Lembre-se que eu disse não ser capaz de acreditar.

— Ora, você sabe usar palavras doces, e acha que me amacia com isso — rosnou o pai.

— Lamento, mas sei que não sou capaz — disse o visconde, em tom de arrependimento. — Mas gostaria de saber por que motivo o senhor, que somente se deixou amarrar depois dos 30 anos, estava tão decidido a me ver acorrentado antes mesmo de chegar à maioridade?

— Para evitar que você fizesse bobagens! — replicou o conde, com mais prontidão do que prudência.

— Então era por isso? Bem, há muito tempo já suspeito de que o senhor não foi, no seu tempo, o modelo de retidão que quer que acreditemos.

— Modelo de retidão! Claro que nunca fui tal coisa — disse o conde, repelindo a ideia com desprezo.

— Ora, claro que não! — repetiu o visconde, rindo.

— Sim, fiz minhas bobagens como todo jovem, mas nunca tive intimidade com mulheres de vida fácil.

Essa informação fez cessar o riso do visconde, que olhou inquisitivamente para o pai por baixo do cenho franzido e indagou:

— O que é isso? Se essa observação é dirigida a mim, devo dizer que o senhor está mal informado.

— Não, não! — disse o fidalgo, teimosamente. — Estou falando de Simon, seu pateta!

— Simon? Que diabo fez ele para provocá-lo assim?

— Não me diga que não sabe que ele está sempre às voltas com gente da pior espécie, malandros e patifes, anda com mulheres de vida alegre, comete todo tipo de extravagâncias e loucuras, criando distúrbios e agitação...

— Bem, afirmo que nada sei — disse o visconde, interrompendo sem cerimônia a maré de acusações. — Não o vejo constantemente, mas pode ter certeza de que eu saberia imediatamente, caso ele tivesse as companhias que o senhor descreve. Por Deus, se o ouvissem imaginariam que Simon tivesse entrado para o Clube dos Mendigos, ou que terminasse todas as noites na cadeia! Não creio que o senhor se interesse pelos companheiros dele; eu tampouco, mas isso é porque tenho 29 anos e não 23, e já não tenho mais a inquietação de meus tempos de mais jovem. Mas não são gente da pior espécie, nem malandros e patifes. Essas são palavras muito fortes, meu pai, acredite!

— É pena que você não o veja constantemente — replicou o conde. — Eu já devia saber que não se importaria muito em procurá-lo.

— Bem, isso é verdade — disse o visconde, com franqueza.

— Imagino — prosseguiu o conde, claramente controlando a ira — que eu estaria perdendo meu tempo se lhe pedisse que tomasse conta do jovem devasso.

— Sem dúvida, papai! Por Deus, por que acha que ele me daria ouvidos?

— Ora — disse o fidalgo, com má vontade —, embora você tenha seus defeitos, é um bom rapaz, é membro de clubes de elite e, graças a meus ensinamentos, é um bom espadachim. Ouço dizer que homens mais jovens costumam seguir seu exemplo, e por isso sou obrigado a reconhecer que você deve ter mais influência sobre ele do que eu.

— Se o senhor tivesse tido irmãos, papai — disse o visconde, sorrindo —, saberia que os membros mais jovens da fraternidade costumam contrariar os irmãos mais velhos em vez de seguir-lhes o exemplo, ainda que sejam melhores esportistas do que eu. Lamento discrepar do senhor, mas, devo me opor firmemente a intrometer-me na vida de Simon. Não creio que haja necessidade de que qualquer pessoa o faça, mas, se pensa assim, cabe ao senhor refrear as atividades dele, e não a mim.

— Como, diabos, posso refreá-las? — perguntou o pai, numa explosão de raiva. — Ele não dá atenção a ninguém, e embora você possa me achar ingênuo, não sou tão tolo a ponto de cortar-lhe a mesada! Seria muito bonito se ele acabasse preso e eu tivesse de tirá-lo da cadeia. Não digo que um dia ou dois no xilindró não fizessem bem a ele.

— Sabe, o senhor tem uma opinião muito sombria sobre o futuro do jovem Simon. Espero que não se preocupe tanto com ele, mesmo que ele não queira mais saber do senhor.

— Sei muito bem que você não se preocupa! — disse o conde, afligido por outra fisgada de dor. — Vocês são todos iguais. Nunca saberei por que motivo me submeti a aguentar um bando de fedelhos egoístas, inúteis e ingratos. Sua mãe estragou vocês todos com seus mimos, e eu cometi a tolice de deixá-la fazer o que quisesse. Quanto a você, acho que é o pior de todos. Lavo minhas mãos, e, quanto mais depressa sair daqui, mais contente ficarei. Não sei o que o trouxe aqui, mas se foi para me visitar, não precisaria ter-se dado ao trabalho. Não quero ver seu rosto nunca mais!

O visconde levantou-se, dizendo com perfeita afabilidade:

— Bem, neste caso eu me retirarei de sua vista, senhor. Não pedirei sua bênção, pois seu sentido de decência o obrigaria a concedê-la, e tenho certeza de que engasgaria com as palavras. Nem mesmo estenderei a mão para despedir-me, mas isso é porque não quero sofrer uma rejeição.

— Presunçoso! — exclamou o pai, estendendo a mão.

O visconde a tomou, beijou-a respeitosamente e disse:

— Cuide-se, papai! Até a vista!

O conde o observou atravessar a sala até a porta e quando ele a abriu, falou, em tom de quem se sentia desesperadamente acuado:

— Suponho que tenha vindo para casa porque queria alguma coisa!

— Isso mesmo — disse o visconde, lançando-lhe um olhar cheio de zombaria. — Eu queria ver mamãe!

Em seguida retirou-se com dignidade, fechando firmemente a porta e deixando para trás a explosão de ira causada por aquele último dardo.

Ao chegar ao vestíbulo, encontrou o mordomo. O idoso e benquisto empregado o olhou com tanta comiseração que o jovem riu, dizendo:

— Você não vai me ver nunca mais, Pedmore! Meu pai me baniu. Diz que sou um desmiolado inútil, além de presunçoso e muitas outras coisas de que não consigo lembrar-me no momento. Você acredita que ele possa ser tão insensível assim?

O mordomo estalou a língua em sinal de desaprovação, balançando a cabeça. Deu um suspiro profundo e disse:

— É a gota, senhor. Ele sempre fica de mau humor.

— Mau humor? — repetiu o visconde. — O que você quer dizer é que ele puxa a faca para quem quer que tenha a desgraça de atravessar seu caminho, aquele velhaco!

— Não caberia a mim concordar com Vossa Excelência, e portanto fico calado — disse Pedmore, severamente. — E se me permite um pequeno conselho, porque conheço seu honrado pai há muito mais tempo do que o senhor, peço respeitosamente que não dê atenção a nada do que ele diz quando está atacado de gota, porque na verdade não está falando de coração. Pelo menos não quando se trata do senhor. E se levar a sério o que ele disse, aí sim o conde realmente se zangará, sem dúvida, não importando o que tenha dito!

— Por caridade, Pedmore, acha que não sei disso? — respondeu o visconde, sorrindo afetuosamente para o mordomo. — Você deve me achar um louco! E onde posso encontrar minha mãe?

— Na sala de estar íntima, senhor.

O visconde assentiu com a cabeça e subiu correndo a ampla escadaria. A mãe o recebeu em seu refúgio com um sorriso caloroso e as mãos estendidas.

— Entre, meu querido! — disse ela. — Você acaba de receber uma terrível reprimenda?

O rapaz beijou-lhe a mão.

— Por Deus, sim! — respondeu, alegremente. — Ele acabou comigo no seu melhor estilo. Na verdade, declarou que não deseja ver meu rosto nunca mais.

— Meu Deus! Mas ele não diz essas coisas sinceramente, você sabe. Claro que sabe; sempre compreendeu tudo sem precisar de explicação, não é?

— É mesmo? Isso parece muito pouco provável. E acho que não deve ser verdade, porque tanto a senhora quanto Pedmore parecem acreditar que é preciso levantar meu ânimo! Não preciso. Mas não tenho poderes extraordinários de percepção das coisas. Ninguém, exceto um completo idiota, poderia imaginar, conhecendo papai intimamente, que seus violentos acessos têm outra origem que não sejam as cólicas e a gota. Temi o pior ontem à noite, no jantar, quando o vi servir-se tão generosamente do caranguejo ao molho de curry, e meus temores foram confirmados quando ele embarcou na segunda garrafa de vinho do Porto. Por favor, não me julgue mesquinho, mamãe, mas não acha que ele deveria ser um pouco mais prudente?

— Claro — respondeu Lady Wroxton. — Isso faz muito mal a ele. Porém é inútil recriminá-lo, pois ele simplesmente fica de mau humor quando ofereço os pratos saudáveis receitados pelo Dr. Chettle e exprime desejo por coisas pouco digeríveis. Você sabe como ele é, quando o contrariam, e quando entra em uma de suas explosões de ira!

— Sei! — respondeu o visconde, sorrindo.

— Quando ele faz isso é ainda pior porque fica exausto e, em seguida, entra em depressão, dizendo que está acabado e que só lhe falta bater as botas. E isso é muito ruim para a criadagem, pois até mesmo Pedmore, tão dedicado a nós, não pode gostar que lhe atirem objetos, especialmente quando se trata de sopa de carneiro.

— Isso já aconteceu? — perguntou o visconde, consideravelmente alarmado.

— Bem, nem sempre — tranquilizou-o a mãe, com voz serena. — Em geral, ele fica muito arrependido depois, e procura consertar as coisas, tendo se comportado tão mal. Ouso dizer que esta noite ainda vai estar um tanto difícil, mas tenho esperança de que amanhã se contentará com uma sopa, ou uma galinha cozida.

Não fique tão preocupado, querido. Provavelmente serão várias semanas até que ele queira novamente deliciar-se com um de seus pratos favoritos.

— Preocupo-me com a senhora, mamãe, muito mais do que com ele! Não sei como a senhora consegue aguentar essa vida. Eu não conseguiria.

— Não, creio que não — respondeu ela, olhando-o com ar de divertida tolerância. — Você não o conheceu quando ele era jovem, e naturalmente nunca esteve apaixonado por ele. Mas eu estava, e lembro-me de que ele era muito alegre, belo e ousado, e como nós éramos felizes. E ainda nos amamos, Ashley.

O visconde tinha a testa franzida e perguntou, abruptamente:

— Ele a trata dessa maneira selvagem, mamãe?

— Oh, não, nunca! É certo que às vezes ralha comigo, mas nunca me atirou nada, nem mesmo quando sugeri que ele acrescentasse ruibarbo e água ao vinho do Porto, remédio excelente para o estômago, você sabe, mas ele não quis saber de nada. Na verdade, sempre fica furioso.

— Isso não me surpreende — riu-se o visconde. — A senhora quase merecia que ele lhe atirasse o vinho!

— Foi o que ele disse, mas não atirou. Começou a rir, como você. Por que ele ficou tão aborrecido com você, querido? Você disse algo que ele não gostou? Sei que não fez nada que o desagradou-o, pois ele ficou feliz em vê-lo. Na verdade, foi por isso que mandei fazer o caranguejo e ele pediu o melhor Porto a Pedmore.

— Por Deus, tudo isso em minha honra? Claro que eu não ousaria dizer a ele, mas na verdade não aprecio muito o vinho do Porto e tive de beber um bocado. Quanto ao que o terá aborrecido, certamente não foi nada do que eu disse, pois não falei coisa alguma que não devia. Somente posso responsabilizar o caranguejo e o vinho. — Fez uma pausa, recordando o que tinha acontecido na biblioteca e, novamente franzindo a testa, voltou os olhos para a mãe e disse, lentamente: — E, no entanto... Mamãe, por que razão ele voltou a falar, depois de tanto tempo, no casamento que tentou arranjar para mim com Hetta, quando eu tinha 20 anos?

— Oh, ele falou nisso? Que ideia infeliz.

— Mas por que ele falou nisso, mamãe? Há anos que não mencionava esse fato!

— Não, e isso é uma das boas coisas que vejo nele. Ele tem o pavio terrivelmente curto, mas nunca fala do passado ou aviva feridas antigas. Acho, porém, que tudo isso voltou à cabeça dele porque ficou sabendo que a nossa querida Henrietta muito provavelmente vai contrair uma aliança muito digna.

— Meu Deus! — exclamou o visconde. — Não pode ser! Quem é o pretendente?

— Acho que você não o conhece, pois ele veio há pouco tempo morar em Hertfordshire e creio que vá muito raramente a Londres. É primo do velho Sr. Bourne, de quem herdou a Marley House. Segundo Lady Draycott, é excelente pessoa, muito respeitável, com milhares de agradáveis talentos e maneiras muito amáveis. Eu mesma não o conheci, mas espero que tudo dê certo, porque tenho muito afeto a Henrietta e sempre quis vê-la confortavelmente instalada. E, se acreditarmos em Lady Draycott, este Sr. Nethersole... Não, não é Nethersole, mas um nome assim, parece ser um marido adequado para ela.

— Ele me parece um chato! — disse o visconde.

— É verdade, mas as pessoas de virtudes uniformes sernpre parecem maçantes, Ashley. É curioso, mas é fato. No entanto, devemos recordar que nem sempre se pode confiar em Lady Draycott, e ouso dizer que ela exagerou. Ela acredita que aqueles por quem sc interessa são modelos de santidade e os que não gosta são patifes. — Os olhos dela brilharam. — Bem, ela considera você um homem de caráter e muito bem comportado.

— Agradeço muito a ela — respondeu o visconde. — Não acredito que pense tão bem a meu respeito.

Ela riu.

— Mas é verdade! É um exemplo perfeito da vantagem da simpatia. É triste pensar que o poder de cativar tenha muito mais utilidade prática do que o valor pessoal! — Curvou-se para a frente, beliscando levemente o nariz do filho, com os olhos cheios de zombeteira adoração. — Mas você não me engana, seu fingido! Você é um inconstante, como seu pai deve ter dito. Gostaria que tivesse afeição por alguma boa moça e acertasse sua vida com ela. Mas não importa, não quero aborrecê-lo.

Retirou a mão, porém ele a tomou e a reteve, dizendo, com olhar interrogativo:

— Gostaria mesmo, mamãe? Talvez tivesse desejado que eu pedisse a mão de Hetta, há nove anos? Queria que ela fosse sua nora?

— Que ideia você faz de mim, meu amor! Espero não ser tão leviana a ponto de desejar que você se case com uma moça pela qual não tenha uma paixão duradoura. Sem dúvida, tenho muita consideração por Hetta, mas ouso dizer que você não a teria cortejado. De qualquer forma, há muito esta já é uma história do passado e nada é pior do que recordá-la. Prometo que acolherei com carinho a noiva que você eleger, com o mesmo prazer com que comparecerei ao casamento de Hetta com o homem que ela escolher.

— O quê, com aquele cidadão-modelo cujo nome você não recorda? Diga-me se os Silverdale estão em Inglehurst. Há muitas semanas não vejo Hetta, mas, a julgar pelo que me disse quando nos encontramos no baile dos Castlereaghs, pensei que nesta altura ela estivesse já morando em Worthing, pobrezinha.

— Quando Lady Silverdale — disse a mãe, sem expressão na voz — descobriu que a única casa que poderia tolerar em Worthing não estava disponível para este verão, lembrou-se de que a brisa marinha sempre lhe faz mal ao fígado e preferiu voltar a Inglehurst em vez de procurar casa em outra praia.

— Que mulher abominável! — exclamou alegremente o visconde. — Ora, muito bem, acho que Hetta estará melhor com seu cidadão-modelo. Vou passar por Inglehurst amanhã, a caminho de Londres, e procurarei descobrir como é na realidade esse tal de Nether-qualquer-coisa.

Um tanto espantada, Lady Wroxton observou, com leve tom de desaprovação:

— Meu querido filho, sem dúvida você não vai fazer perguntas sobre ele a Hetta?

— Claro que vou, ora essa! — disse o visconde. — Hetta e eu não temos segredos um para outro, mamãe, assim como não há segredos entre mim e Griselda; na verdade — acrescentou ele, com toda a confiança em sua afirmação — há muito menos!

Capítulo 2

O VISCONDE DESFORD deixou o lar ancestral na manhã seguinte sem ter procurado novamente falar com o pai. Isso não era difícil, pois o conde raramente saía de seus aposentos antes do meio-dia. O visconde tomou sozinho um excelente café da manhã, correu ao andar superior a fim de despedir-se afetuosamente da mãe, deu algumas instruções finais a seu camareiro, que deveria segui-lo a Hampshire levando a bagagem, e embarcou na charrete no momento em que o relógio do estábulo batia 11 horas. Os ecos da última badalada já tinham morrido quando ele desapareceu das vistas, percorrendo a longa alameda que levava ao portão principal.

A velocidade que imprimia a seus fogosos cavalos poderia alarmar pessoas de nervos menos rijos do que os do cocheiro de meia-idade sentado a seu lado, mas Stebbing, que o servia desde a infância, tinha temperamento condizente com a fisionomia austera, e mantinha-se sentado, com os braços cruzados sobre o peito e uma expressão de completa indiferença no rosto. Não dava mostras de alarmar-se e nem tampouco demonstrava o orgulho que sentia a respeito do fidalgo, a quem ensinara a montar o primeiro pônei e que se tornara, além de esgrimista exímio, também um cavaleiro de primeira classe. Somente a seus amigos mais íntimos ele afirmava, quando bebia um pouco mais, que "ninguém seria capaz de cavalgar melhor do que meu senhor lorde Desford".

A caleça que Desford dirigia não era exatamente adequada para corridas, mas tinha sido confeccionada segundo um projeto dele próprio pela firma Hatchett, de Longacre. Era tão leve que exigia pouco dos animais e podia cobrir longas distâncias em tempo incrivelmente curto (desde que fosse puxada pelos cavalos de sangue dos estábulos do fidalgo). Desta vez, Desford havia atrelado apenas dois animais, mas para viagens mais longas levava um par reserva, demonstrando assim (como diziam seus companheiros de farra) que sempre estava pronto para o que desse e viesse. Naquela ocasião, seus animais eram um par de baios esplêndidos, que embora não fossem capazes de percorrer 25 quilômetros em uma hora, como diziam os anúncios nas colunas do *Morning Post*, chegaram ao destino do visconde bem antes do meio-dia, sem que sequer uma vez tivessem deixado de trotar com rapidez.

Inglehurst Place era uma propriedade muito respeitável, cujo dono, até sua morte alguns anos antes, tinha sido amigo de longa data de lorde Wroxton. O proprietário atual, Sir Charles Silverdale, a herdara do pai quando ainda estava em Harrow,* antes de atingir a maioridade, e não (segundo os que desaprovavam sua conduta desregrada) demonstrava o menor desejo de assumir as responsabilidades decorrentes da herança. Sua fortuna era controlada por procuradores, mas como nenhum desses dois senhores, cujas vidas tinham sido dedicadas ao Direito, tinha mais do que um conhecimento superficial dos assuntos rurais, a gerência da

*Colégio interno masculino de elite em Middlesex, Inglaterra. (*N. do T.*)

propriedade era compartilhada pelo agente de Sir Charles e pela irmã deste, a Srta. Henrietta Silverdale.

O mordomo, personagem muito solene, consentiu em saudar o visconde com um cumprimento de cabeça e disse lamentar ser obrigado a informar que Lady Silverdale, que passara a noite indisposta, ainda não havia descido e, portanto, não poderia recebê-lo.

— Pare com a arrogância, Grimshaw! — disse o visconde. — Você sabe muito bem que não vim visitar Lady Silverdale. A Srta. Henrietta está em casa?

Ele se abalou o suficiente para dizer que acreditava que a senhorita estivesse no jardim, mas assumiu uma expressão de severa desaprovação ao ver Desford dobrar a esquina da casa.

O visconde encontrou a Srta. Silverdale no jardim de rosas, em companhia de dois cavalheiros, um dos quais ele conhecia e o outro não. Ela o acolheu com genuíno prazer, exclamando:

— Des! — Estendeu as mãos. — Pensei que estivesse em Brighton! O que o traz a Hertfordshire?

O visconde tomou-lhe as mãos, mas beijou-lhe o rosto, dizendo:

— O amor aos pais, Hetta! Como está, minha querida? Na verdade, não é preciso perguntar. Você está com força total! — Com um sorriso, fez um aceno ao mais jovem dos cavalheiros, olhando interrogativamente para o outro.

— Creio que você não conhece o Sr. Nethercott, Des — disse Henrietta. — Sr. Nethercott, preciso apresentá-lo a lorde Desford, que é quase como um irmão adotivo para mim.

Os dois homens apertaram as mãos, cada qual rapidamente avaliando o outro. Cary Nethercott era um pouco mais velho do que Desford, mas não tinha o mesmo ar de serena autoconfiança do visconde. Seus modos, embora perfeitamente educados, demonstravam bastante reserva e timidez. Era mais alto e corpulento do que Desford e, ainda que estivesse adequadamente vestido, nada em suas roupas denotava atração pela moda. O casaco era feito de lã de qualidade superior, mas somente um camponês poderia imaginar que o alfaiate pudesse ter sido Weston ou Nugee. O rapaz era bem-apessoado, de feições regulares e, embora sua fisionomia fosse habitualmente séria, era também bondosa, e os raros sorrisos continham boa dose de doçura.

— Não, creio que nunca nos vimos — disse Desford. — O senhor veio para esta região há pouco tempo, não é mesmo? Ontem minha mãe falou-me a seu respeito. Disse que o senhor é o herdeiro do velho Sr. Bourne.

— Corretamente — respondeu Cary. — Parece muito estranho, porque eu mal o conhecia.

— Melhor para o senhor — retrucou Desford. — Era o tipo mais rabugento que já vi na vida. Meu Deus, Hetta, lembra-se de como ele ficou colérico quando nos viu entrar por acaso em seu terreno?

— Claro que me lembro — disse ela, rindo. — E não estávamos fazendo nada de ruim. Espero, Sr. Nethercott, que não fique zangado se eu entrar por acaso no território sagrado de Marley House.

— Pode estar certa de que não ficarei — respondeu, sorrindo calorosamente para ela.

Naquele ponto, algum anjo malvado fez com que o jovem Sr. Beckenham iniciasse uma complexa declaração, dizendo, com voz rouca:

— Quanto a mim, posso prometer à Srta. Silverdale que se ela se perder e entrar por acaso em minhas terras, eu as considerarei sagradas dali em diante! Quero dizer, pelo menos eu o faria se fossem minhas, mas isso não importa, porque serei o proprietário quando meu pai morrer, não que eu deseje sua morte! E de qualquer forma, ficaria muito feliz em recebê-la em Foxshot se houver a mínima possibilidade de que a senhorita por acaso acabasse em nossas terras! Gostaria apenas que Foxshot ficasse mais perto de Inglehurst!

O rapaz percebeu que Nethercott parecia estar se divertindo e recolheu-se a um silêncio embaraçado.

— Muito bem dito! — aprovou o visconde, batendo-lhe nas costas. — Se não estiver muito agradecida, Hetta, deveria estar!

— Claro que estou — disse Henrietta, sorrindo para o jovem admirador. — E se Foxshot não estivesse a 20 e poucos quilômetros daqui, eu *certamente* me perderia e invadiria suas terras.

— Enquanto isso — interpôs, em voz baixa, Cary Nethercott —, creio que é hora de que ambos apresentemos nossas despedidas para que a Srta. Silverdale possa conversar à vontade com Sua Excelência.

Beckenham não pôde protestar e, embora Henrietta respondesse alegremente que era mais provável que ela e o visconde trocassem tapas do que entrassem em conversação amigável, não fez menção de impedir a partida dos outros dois. Beckenham beijou-lhe respeitosamente a mão, mas seu rival mais velho e menos extrovertido apenas a apertou, pedindo-lhe que apresentasse seus cumprimentos à mãe. Em seguida, despediu-se do visconde, dizendo em tom protocolar que gostaria de ter o prazer de revê-lo, e retirou-se.

— Bem — disse o visconde, observando com ar de crítica a partida do outro —, ele é melhor do que pensei. Mas não creio que dê certo, Hetta. Não é o homem para você.

A Srta. Silverdale tinha belos olhos. Na verdade, eram seu único atributo de beleza, porque a boca era considerada grande demais, o nariz era largo e anguloso e os cabelos tinham um tom castanho pouco original; mas os olhos dominavam o rosto e eram o motivo pelo qual todos achavam que sua fisionomia possuía encanto. Eles não se faziam notar pela cor, pois eram de um tom indistinto considerado cinzento, mas tinham nuances raramente vistas em íris azuis ou castanhas, em geral mais admiradas. Quando se enfastiava, os olhos pareciam perder a luz, mas, caso seu interesse despertasse, eles se escureciam e brilhavam; zangada, faiscavam, assim como quando se divertia. Dessa forma, seu olhar sempre refletia seu humor. Ao voltar-se para o visconde, sua expressão era de surpresa, com um laivo de ira e muita vontade de rir. Ela disse:

— Você acha mesmo? Bem, se estiver certo, é uma feliz circunstância que ele não tenha pedido minha mão! Na minha idade, é possível que eu aceitasse.

— Não tente me enganar, Hetta. Está bem claro que ele vai pedi-la em casamento. Ouso dizer que se trata de um bom homem, e vejo que é tranquilo e educado, mas não serve para você. Acredite em minhas palavras.

— Você não sabe o que diz, Ashley! — exclamou, entre indignada e divertida. — Você não me quer para si, mas não suporta a ideia de que eu possa me casar com outro homem.

— Nada disso — retorquiu o visconde. — Posso não querer casar-me com você, e não tente me fazer crer que tem estado à minha espera durante estes nove anos. Minha memória é perfeita e me lembro como se fosse ontem de que você mesma me implorou para que não a pedisse, quando nossos pais fizeram aquela abominável conspiração, mas tenho uma imensa afeição por você e gostaria de vê-la casada com um homem que a merecesse. Acontece que Nethercott não é esse homem. Você estaria enfastiada com ele antes do fim da lua de mel, Hetta.

— Não pode imaginar o quanto lhe sou agradecida, Des, por se preocupar tanto com meus interesses — disse ela, com grande veemência, ainda que fingida. — Mas é possível, apenas ligeiramente possível, que eu saiba melhor do que você o que serve para mim. Como sua memória é tão boa, não preciso recordar-lhe que não sou mais uma menina bobinha, pois já tenho 26 anos...

— Não é preciso, realmente — interrompeu ele, com um de seus irresistíveis sorrisos. — Você vai fazer 26 anos no próximo dia 15 de janeiro e já sei o presente que pretendo dar na ocasião. Como pode imaginar que eu me esqueceria de seu aniversário, sendo você minha melhor amiga?

— Você é um desalmado — disse ela, em tom de resignação. — No entanto, eu sentiria muito sua falta sua caso deixássemos de ser amigos, pois não há dúvida de que é de grande ajuda poder pedir seus conselhos quando estou em apuros. E, para ser justa, você nunca deixou de dá-los. Portanto, por favor, deixemos de lado essa discussão absurda sobre o Sr. Nethercott antes que nos aborreçamos um com o outro. Você disse que voltou para casa por amor aos pais; espero que lorde Wroxton não esteja doente.

— Não, a menos que a raiva o faça ter um ataque de apoplexia — respondeu o jovem. — Ontem à noite nos separamos com muita acrimônia. Na verdade, ele disse que nunca mais queria me ver, mas mamãe e Pedmore me asseguraram que ele não disse isso literalmente, e acredito neles. Desde que eu não apareça diante dele em pouco tempo, tenho certeza de que ficará muito contente em rever meu rosto. Mas é claro que foi bobagem minha deixá-lo vê-lo duas vezes em menos de dois meses.

Ela riu.

— Pelo que ouvi dizer, ele está novamente sofrendo com a gota. Coitado de lorde Wroxton! Mas por que ele se zangou? Algum mexeriqueiro falou de você a ele?

— Claro que não — afirmou, severamente. — Não há mexericos a meu respeito.

— O quê, você já largou a dama com quem o vi em Vauxhall há um mês? — perguntou a Srta. Silverdale, com genuína surpresa.

— Não, ela me largou — retrucou ele. — Uma beleza frágil, não é verdade? Infelizmente, dava muita despesa.

— Ora, que pena! — disse ela, com simpatia. — E ainda não encontrou outra para tomar o lugar? Mas vai encontrar, Des, claro que vai!

— Um desses dias vão encontrar você estrangulada... muito provavelmente por mim! — advertiu-a o visconde. — Diga-me, por que motivo uma moça bem-educada precisa saber dessas coisas?

— Ah, essa é uma das vantagens de não ser mais menina — disse ela. — Não é mais preciso fingir inocência.

O visconde tinha permanecido sentado perto dela em uma cadeira rústica, mas essa afirmação o fez erguer-se de um salto, exclamando:

— Pelo amor de Deus, Hetta, é assim que você fala com as pessoas?

Os olhos dela assumiram um brilho travesso e ela respondeu, entre risos:

— Não, não, somente com você, Des! Essa é mais uma das maneiras com que você me apoia. É claro que também tenho muita liberdade com Charlie, mas ele é apenas meu irmão mais moço e não mais velho. Griselda nunca fala francamente com você?

— Não me lembro de que ela jamais o tenha feito, mas eu estava acabando de voltar para casa depois de terminar o curso em Oxford quando ela se atrelou a Broxbourne, e atualmente não a vejo muito — disse ele com uma risadinha. — Você acredita nisso, Hetta? Meu pai de repente trouxe de volta uma antiga contrariedade que eu pensei que estivesse morta e enterrada há anos, e ralhou comigo como uma trovoada por não ter conseguido convencer você a se casar comigo.

— Ora, pelo amor de Deus — exclamou ela. — Ainda? Por que você não disse a ele que não queríamos nos casar?

— Eu disse, mas ele não acreditou. Claro que também disse a ele que nós sabíamos da conspiração que ele e seu pai tinham arquitetado com tanta incompetência, e tínhamos resolvido o que fazer. Acredite, minha cara, isso nunca vai funcionar com ele.

— Não — concordou ela. — Com minha mãe tampouco. Eu falei com papai, que entendeu perfeitamente nossos sentimentos e nunca me recriminou. Mas mamãe não para de brigar comigo. Gostaria que você fizesse alguma coisa para desagradá-la, em vez de ser simpático para com ela. Cada vez que o encontra, ela se queixa de minha ingratidão até me desesperar e me suplica que não a culpe quando chego ao limite. Segundo ela, você é a coisa mais desejável que existe no mundo e eu devo estar louca. Nunca perguntei o que ela diria se você não fosse herdeiro de um título de conde. — A excitação dela baixou um pouco e, com um riso meio cúmplice, prosseguiu: — Meu Deus, não devo falar assim sobre ela. Deixe-me assegurá-lo de que nunca falo assim com ninguém, exceto você. E é estranho que eu me sinta feliz porque hoje ela está indisposta e não quis sair do quarto. Espero que Grimshaw seja discreto e não conte a ela que você esteve aqui.

— Bem, isso pode parecer chocante, mas não tenho receio em dizer a você que fiquei imensamente satisfeito ao saber que ela não estava recebendo visitas — disse francamente o visconde. — Ela me faz sentir como se eu fosse uma espécie de louco sem coração, porque costuma suspirar e sorrir para mim com ar de tristeza e reprovação quando eu a trato com as regras comuns de civilidade. — Olhou para o relógio e disse: — Preciso ir embora, Hetta. Estou a caminho de Hazelfield e minha tia não vai gostar que eu chegue à meia-noite.

Henrietta levantou-se de sua cadeira e acompanhou-o em direção à casa.

— Você vai visitar sua tia Emborough? Por favor, dê-lhe minhas lembranças carinhosas.

— Assim farei — prometeu ele. — E você, diga a sua mãe as coisas devidas, caso Grimshaw tenha revelado minha presença aqui. Transmita meus cumprimentos e diga que... bem, diga que lamento não ter podido visitá-la por estar indisposta. — Abraçou-a fraternalmente, beijando-lhe o rosto e despediu-se: — Adeus, minha querida. Não faça nenhuma tolice, ouviu?

— Não, e você também não — replicou ela.

— Como, sob a vigilância de minha tia Sophronia? Eu nunca ousaria! — exclamou ele, falando por cima do ombro, enquanto se dirigia ao estábulo.

Capítulo 3

LADY EMBOROUGH era a única irmã de lorde Wroxton ainda viva. Ambos tinham aparência física semelhante, e embora as pessoas mais afoitas imaginassem que a semelhança era muito mais do que superficial, viam-se desmentidas pelo tom de voz elevado e maneiras bruscas dela. Indubitavelmente tinha a tendência a dirigir a vida de qualquer pessoa suficientemente fraca para submeter-se a sua autocracia, mas o que a inspirava era mais a convicção de que tais pessoas eram incapazes de cuidar de si mesmas do que sua crença na própria infalibilidade, e jamais abrigava disposição negativa contra quem resistisse. Alguns a consideravam odiosamente intrometida, mas nunca quem houvesse buscado sua ajuda em momentos de necessidade. Sob os modos bruscos, possuía um coração caloroso e uma dose inexaurível de bondade. O marido era um homem tranquilo, que falava pouco e que, em geral, lhe permitia dar as ordens na casa como ela desejasse, o que muitas vezes levava os incautos a considerá-la excessivamente controladora. Os que a conheciam mais intimamente, porém, sabiam que ele era capaz de se fazer entender apenas com um olhar e um aceno quase imperceptível da cabeça. Ela recebia de bom grado essas reprovações silenciosas, muitas vezes observando, com um riso sincero: "Ora, lá está Emborough franzindo a testa para mim, e por isso não vou falar mais sobre este assunto."

Recebeu o sobrinho de maneira característica, dizendo:

— Então, finalmente você apareceu, Desford! Está atrasado, e não me diga que um de seus cavalos perdeu uma ferradura, ou partiu um arreio, porque não acreditarei em nenhuma de suas invencionices.

— Ora, por favor, não ralhe com o pobre Des, mamãe! — obtemperou o filho mais velho, jovem rijo com toda a aparência gentil de um homem rural.

— Como se ele se importasse! — replicou ela, rindo com vontade.

— Claro que não me importo — afirmou Desford, beijando-lhe a mão. — Acha que não sei cavalgar? Nenhum de meus cavalos perdeu ferraduras, não quebrei nenhum arreio ou sofri qualquer acidente, e se quer dizer que, por chegar tarde, atrasei o seu jantar certamente não cometerei o desrespeito de afirmar que é a senhora quem está dizendo invencionices, mas pensarei no assunto. Acontece que no caminho fiz uma visita a Inglehurst e fiquei conversando com Hetta durante mais tempo do que pretendia. Aliás, ela me pediu que lhe desse lembranças carinhosas.

— Inglehurst! Então você veio de Wolversham? — exclamou ela. — Pensei que ainda estivesse em Londres. Como vai seu pai?

— Está com gota.

Ela soltou um ronco.

— Imagine só! E a culpa é toda dele. Seria muito bom que eu fosse morar em Wolversham; sua mãe é branda demais com ele.

As violentas discussões ocorridas entre lorde Wroxton e a irmã da última vez em que esta baixara em Wolversham ainda estavam vivas na memória do visconde, e ele reprimiu a custo um arrepio.

Felizmente não foi preciso responder à tia, porque esta mudou abruptamente de assunto, exigindo saber que história era aquela de mandar seus cocheiros de reserva passar a noite na hospedaria Blue Boar.

— Quero que saiba, Desford, que não sou uma dessas anfitriãs modernas que informam os hóspedes de que somente podem trazer seu camareiro. Não sou mesquinha assim e, na minha opinião, elas são anfitriãs esfarrapadas. Seu criado e seus cocheiros passarão a noite nos alojamentos de meus empregados, e não quero ouvir protestos.

— Muito bem, minha senhora — disse obedientemente o visconde —, não vou protestar.

— É por isso que gosto de você — disse a tia, olhando-o com expressão de afetuosa aprovação. — Você nunca me contraria com lugares-comuns floridos. Aliás, se estava esperando encontrar a casa cheia de jovens, ficará desapontado. Somente o casal Montsale está aqui, além do jovem Ross e a irmã dele. No entanto, ouso dizer que você poderá se ocupar pescando no rio, como Ned me assegura. Também há corridas em Winchester, e...

Lorde Emborough, que entrara na sala em meio à frase, interrompeu-a dizendo, com bom humor:

— Não o atormente com todas as atrações de seu repertório, querida! Como vai, Desford? Se for possível desviar você da pescaria, quero que venha olhar meus cavalos e dizer se gosta do melhor potro de 1 ano que já criei. A mãe é a égua Creeping Polly, o pai é Whiffler, e ficarei surpreso se esse potro não se transformar em um campeão.

Essa afirmação fez com que os cavalheiros presentes imediatamente passassem a uma conversação exclusivamente masculina, durante a qual Edward Emborough apoiou entusiasticamente a opinião do pai. Gilbert Emborough, um ano mais moço, disse que, embora o potro tivesse excelente ossatura e músculos, o jovem não conseguia evitar a impressão de que o animal tivesse ombros um tanto estreitos. Mortimer Redgrave, que entrara na sala acompanhando lorde Emborough e era o mais velho dos dois genros, afirmou, por sua vez, que nunca vira um potro mais promissor; e Christian Emborough, que estava no primeiro ano na universidade de Oxford, e observava com reverente admiração o corte do casaco do primo, disse querer saber a opinião deste último sobre o poldro porque "Des entende muito mais de cavalos do que Ned e Gil, ainda que não se vanglorie disso". Havendo assim discordado publicamente dos mais velhos, recolheu-se a um silêncio envergonhado. O visconde, que não tinha visto o potro, não deu opinião, mas prosseguiu a conversa sobre o tema geral de cavalos com o anfitrião. Lady Emborough deixou que os senhores se divertissem como quisessem durante cerca de um quarto de hora antes de intervir recordando a seus filhos e ao sobrinho que, caso não fossem vestir-se para o jantar, teriam de comer apenas as sobras, pois não pretendia esperar por eles. Com isso o grupo masculino se dispersou. Ao subir ao lado do primo a ampla escadaria, o jovem Christian Emborough segredou-lhe ter conhecimento de que um par de patos e uma gorda lebre seriam as peças principais do segundo prato. O visconde concordou que seria uma pena desperdiçar petiscos tão suculentos, e o jovem Emborough, armando-se de coragem, perguntou-lhe se havia dado o laço da gravata no estilo conhecido como "oriental". A isso o visconde respondeu, com seriedade:

— Não, isso se chama Laço Matemático. Quer que lhe ensine como fazer?

— Oh, por Júpiter, não desejo outra coisa! — exclamou Christian, com o rosto corado de satisfação.

— Muito bem, farei isso — prometeu Desford —, mas não agora, senão os patos vão queimar no forno.

— Claro, claro! Quando for conveniente para você — gaguejou Christian.

Em seguida, retirou-se para seu quarto, mais do que nunca convencido de que Des era um sujeito de primeira, sem a arrogância de seus próprios irmãos, e antegozando a agradável sensação de fazê-los engolir a atitude de censura ao aparecer diante deles com um nó de gravata que eles imediatamente reconheceriam como a última moda.

Ao voltar à sala de estar, o visconde percebeu que o grupo era um tanto maior do que a tia o levara a acreditar, pois além das pessoas que ela mencionara, havia também a filha do casal Montsale, as duas filhas casadas dos Emborough, uma mulher estranha de idade indeterminada, que ele vagamente reconheceu como uma das primas indigentes de Lady Emborough, e a excelentíssima Rachel Emborough, a primogênita da família, que parecia destinada a exercer as funções de confidente universal, companheira dos pais, prudente e confiável apoio a seus irmãos e irmãs e tia querida dos filhos destes. Não tinha pretensões de beleza, mas sua afabilidade, aliada à bondade que brotava de um coração afetuoso, a tornava querida de todos. Finalmente, como Lady Emborough descobrira no último momento que o número total de convivas era ímpar, a excelentíssima Clara Emborough havia sido igualmente incluída. Essa jovem, que ainda não chegara a seu décimo sétimo aniversário, não era considerada pronta para a vida em sociedade, mas, como disse a mãe ao visconde, "não faz mal que as crianças compareçam a algumas reuniões sociais antes de serem apresentadas da maneira costumeira. Isso lhes ensina como comportar-se em sociedade e as acostuma a conversar com desconhecidos. Naturalmente, eu não permitiria que ela frequentasse reuniões formais antes da devida apresentação, e posso confiar em Rachel para tomar conta dela".

O visconde, que observara Rachel sofrear com muita suavidade a crescente exuberância da Srta. Clara, interveio para orientar em sentido diferente a discussão que surgira entre os irmãos e que ameaçava tornar-se acrimoniosa, perturbando a tranquilidade dos convidados, dizendo, impulsivamente:

— Rachel é uma moça muito bondosa, minha tia!

— Sim, é um verdadeiro anjo — concordou Lady Emborough, com voz um tanto sombria. — Mas não é moça, Desford. É mais velha do que você. E nunca ninguém a pediu em casamento. Só Deus sabe como eu sentiria a falta dela, mas não gosto de vê-la transformar-se aos poucos em solteirona. Não que os homens não a apreciem, mas não se apaixonam por ela. Ela é como Hetta Silverdale, com a diferença de que Hetta é bonita, e minha pobre Rachel, bem, não se pode negar que tem jeito de dona de casa. Qualquer uma das duas seria uma excelente esposa para qualquer homem. Melhor esposa do que minha Theresa, que é tão cheia de vontades e caprichos que imagino jamais venha a casar-se, e muito menos prender um bom partido como John Thimbleby.

Sabendo que o Sr. Thimbleby estava sentado ao alcance da voz, o visconde o olhou involuntariamente. Sentiu-se aliviado ao perceber um brilho de aprovação nos olhos do outro e receber de volta algo que parecia uma piscadela. Assim, foi capaz de responder à tia, com perfeita equanimidade:

— Tem toda a razão, madame! No entanto, está enganada quando diz que Hetta não tem pretendentes. Eu poderia citar pelo menos quatro que ela poderia escolher, bastando levantar um dedo. Inclusive, quando estive com ela de manhã, encontrei-a recebendo mais dois! Talvez nem ela nem minha prima Rachel pretendam ser simplesmente esposas.

— Ora essa! — disse a fidalga, cruelmente. — Diga-me qual é a mulher que não pensa em casamento e eu lhe mostrarei uma lunática irrecuperável. E se quiser saber o que penso, e acredito que já saiba, acho que você foi um idiota em não se casar com Hetta no momento em que bastava pedir-lhe a mão.

O visconde se aborreceu, demonstrando-o com uma leve contração do sobrolho e com a cuidadosa cortesia com que respondeu:

— Está enganada, querida tia. Nunca bastou apenas pedir a mão de Hetta. Nenhum de nós dois jamais desejou relacionamento mais estreito do que a amizade que sempre nos uniu, e da qual espero podermos gozar para sempre.

Lady Emborough dava tão pouca importância à silenciosa censura do marido quanto a ser merecidamente contrariada. Rindo, replicou:

— Você venceu! Tem razão em me censurar, pois sua vida não é assunto meu. Emborough sempre ralha comigo porque falo demais. Mas, sem querer fazer troça, Desford, já não é hora de pensar em matrimônio? Não estou falando em Hetta, porque se vocês dois não querem, não há mais nada a fazer, mas com Horace ainda na França e Simon, pelo que ouço por aí, levando uma vida ainda mais desregrada do que seu pai quando moço, não posso deixar de falar que, na minha opinião, você deve a seu pai um neto ou dois, legítimos, quero dizer.

Isso fez o visconde explodir em riso, e apagou facilmente sua contrariedade.

— Tia Sophronia — disse ele —, a senhora é realmente abominável! Alguém já lhe contou isso? Mas tem razão, apesar de tudo, como ultimamente tenho sido levado a compreender. Claro que já é tempo de que eu dê fim a minha vida deliciosamente descontrolada. A única dificuldade que tenho é encontrar uma mulher que, ao mesmo tempo, seja aprovada por papai e me inspire com o mínimo desejo de amarrar-me a ela para o resto da vida.

— Você está pedindo bem pouco — disse ela severamente, mas acrescentou, após um momento de reflexão: — Eu tampouco desejo que meus filhos se casem com alguém por quem não sintam atração. Quando eu era moça, como você sabe, a maioria das jovens se casava para fazer a vontade dos pais. Ora, até mesmo minha melhor amiga naquele tempo agia assim, embora positivamente não lhe agradasse o homem a quem seus pais a prometeram. E esse casamento foi muito infeliz. Mas seu avô, meu caro Ashley, tendo sido obrigado a contrair núpcias que estavam longe de ser felizes, tomou a firme decisão de que nenhum de seus filhos deveria encontrar-se em semelhante situação. Você certamente concordará que nada poderia ter sido mais auspicioso do que a liberalidade de seu espírito. Sem dúvida, éramos apenas três, e sua tia Jane morreu antes que você nascesse, mas quando me casei com Emborough, e Everard com sua querida mãe, ninguém poderia estar mais contente do que seu avô.

— Lamento que vovô tenha morrido antes que eu deixasse as fraldas — observou Desford. — Não tenho lembranças dele, mas de tudo que ouvi da senhora e de mamãe, gostaria de ter tido o privilégio de conhecê-lo.

— Sim, você teria gostado dele — concordou ela. — E ele teria gostado de você! E se seu pai não tivesse esperado até depois dos 30 para casar-se com sua mãe, você poderia ter tido esse prazer. E não posso compreender, e nem desejo, por que motivo seu pai se zangue com você por estar fazendo exatamente o que ele fez. Vamos, vá jogar bilhar com seus primos e com a jovem Montsale, antes que eu também fique enervada, que é o que eles dizem que sempre acontece quando falo de seu pai.

O visconde obedeceu sem discutir e não voltou a tocar no assunto. Passou uma semana muito agradável em Hampshire. Após as exigências sociais da temporada, com seus inumeráveis cafés da manhã, bailes, brincadeiras, corridas de cavalos em Ascot, óperas, reuniões elegantes no *Cribb's Parlour,* fins de tarde passados no

Watier, para não falar dos numerosos piqueniques e festas ao ar livre que iam desde reuniões comuns a algumas muito originais e ousadas, dadas por anfitriãs ambiciosas, cuja repercussão durava alguns dias, a vida pouco exigente em Hazelfield combinava exatamente com seu estado de espírito. Quem visitasse os Emborough não precisava recear que todos os momentos de todos os dias fossem planejados, ou que houvesse obrigação de ir ver alguma ruína ou lugar aprazível das redondezas quando o desejo era simplesmente dar uma caminhada tranquila em boa companhia. Lady Emborough nunca fazia planos complexos para entreter seus hóspedes. Simplesmente os alimentava muito bem e tratava de fazer com que sempre houvesse o equipamento necessário para que se entregassem a esportes ou exercícios preferidos. Quando havia algum programa disponível, como por exemplo corridas de cavalos, ela os informava de que as carruagens estariam prontas para levá-los, mas se alguém não tivesse vontade de ir, bastava dizer e ela certamente não se sentiria ofendida.

Manteve-se estritamente nessa linha admirável ao informar Desford de que havia prometido comparecer a uma festa na última noite da sua estada, levando consigo os dois filhos mais velhos, tantas filhas quanto achava adequado e qualquer hóspede que gostava de receber em Hazelfield e que não desprezaria um baile rural.

— Eu tenho de ir — disse ela, com o tom resignado de quem não esperava ter prazer na festa. — Emma e Mortimer também irão. Theresa chorou, dizendo que queria ficar, mas isso não surpreenderá Lady Bugle, pois sabe muito bem que ela está grávida. Os Montsale tampouco desejam ir, e não há motivo para que venham porque eu irei de qualquer maneira e posso cuidar de Mary para eles. Ned e Gil querem ir, mas Christian não; ele ainda não começou a correr atrás das moças. E se você não quiser,

Desford, não há motivo para que não permaneça aqui, jogando cartas com os Montsale e John Thimbleby. Na verdade, aconselho-o a fazer isso, porque acredito que você acharia a festa dos Bugle muito entediante.

— Acha que seria entediante se aquela deliciosa criatura estiver presente? — perguntou o Sr. Gilbert Emborough, que havia entrado na sala em tempo de ouvir o final da conversa. — Nada pode ser chato se ela estiver.

— Ora, isso parece promissor! — disse Desford. — Quem é essa maravilhosa pessoa? Eu a conheço?

— Não, você não foi apresentado — replicou Gilbert — mas já a viu. Além disso, ficou muito impressionado. Bem, qualquer um ficaria, e perguntou a Ned quem era ela.

— Então era aquela bela moça que vi nas corridas? — exclamou Desford. — Minha querida tia, claro que irei com a senhora a esse baile. Foi a mais bela obra da natureza que vi nos últimos doze meses. Eu esperava que Ned me apresentasse e achei de muito mau gosto que ele não o tenha feito.

Gilbert deu uma risada.

— Estava com medo de que você o passasse para trás. Vou ralhar com ele por isso.

— Mas quem é ela? — perguntou o visconde. — Não ouvi bem o que Ned disse quando fiz essa pergunta, porque naquele momento chegaram alguns amigos dele, e quando se afastaram o páreo seguinte já ia começar e não pensei mais na bela.

— Que pena! — disse o primo, com um sorriso.

— O nome dela é Lucasta — disse Lady Emborough. — É a filha mais velha de Sir Thomas Bugle, que tem cinco filhas e quatro filhos. Sem dúvida, uma moça muito bonita e ouso dizer que daria um bom casamento, porque todos os homens sonham com ela. Mas muito me admirarei se sua parte na herança for mais do que cinco mil libras. A fortuna de Sir Thomas é limitada e ele não parece inclinado a esconder esse fato.

— Pobre Lucasta! — disse o visconde, alegremente.

— Você bem pode dizer isso. A mãe a apresentou em sociedade na primavera, e foi uma coisa deplorável. Acredite que três dias depois de ser apresentada na corte, Sir Thomas recebeu uma carta expressa do Dr. Cromer, informando que a Lady Bugle mais idosa repentinamente adoecera. Naturalmente, todos foram obrigados a voltar correndo para casa, porque ela *realmente* era muito velha e, mesmo sabendo que era forte como um touro, sempre há a possibilidade de que as pessoas assim estejam ótimo num dia e mortas no seguinte. Mas ela não morreu no dia seguinte; durou ainda mais de dois meses, o que obviamente impossibilitou a mãe de levar Lucasta a bailes e reuniões até terminar o período de luto. Esse baile que Lady Bugle organizou agora é uma pequena reunião, por ocasião do noivado de Stonor Bugle com a Srta. Windle, mais velha que eles. Uma boa moça, sem dúvida, mas não o casamento que eu gostaria para qualquer um de *meus* filhos.

— Eu também não — disse Gilbert. — A cara dela parece um focinho.

Lady Emborough o repreendeu bruscamente por haver exagerado com tanta rudeza a aparência da Srta. Windle, mas quando, na noite próxima, o visconde foi apresentado a ela, não pôde pensar que Gilbert tinha sido injusto. No entanto, achou também que a falta de graça dela não o teria impressionado tanto se Lady Bugle não a tivesse colocado ao lado de Lucasta Bugle para receber os convidados.

Lucasta era certamente incomum, pois, além de um rosto de beleza clássica, tinha também um belo porte e seus dentes, brancos como ossos, se mostravam muito regulares quando sorria. Os cabelos eram fartos e somente as rivais invejosas o estigmatizavam como sendo cor de gengibre. Na verdade, eram da cor do milho quando amadurece, e sabia-se que sua orgulhosa mãe, ao receber elogios àquelas madeixas douradas, costumava dizer que nunca tinham sido tingidos. A jovem parecia estar habituada ao convívio social, apesar da interrupção abrupta de sua primeira temporada, pois em nada mostrava sinais de timidez que muitas vezes dificultava a conversação a seus pares nos bailes com moças que acabavam de deixar os bancos escolares. Tinha modos confiantes, sabia conversar em sociedade e demonstrava alegria e cordialidade para com os convidados da mãe. Era animada, ria bastante e parecia ser exímia na arte do flerte inconsequente.

Coube ao visconde a honra de ser seu par para a dança que se formava quando chegou a família Emborough, e como ele era melhor conhecedor dessa arte do que ela, agradou-a ao responder de maneira cortês ao estímulo recebido, elogiando-a da forma que lhe pareceu mais aceitável. Seu primo Edward, observando indignado o progresso que o visconde ia conseguindo nas boas graças da bela e os olhares divertidos que ela lhe lançava, sentia-se indeciso entre a inveja da maestria do visconde e reflexões cínicas sobre as vantagens decorrentes de ser herdeiro de um título de nobreza. Pensando assim, dizia a si próprio com constante insistência, que a divina Lucasta estava simplesmente procurando deixar o primo à vontade. Mas quando Gilbert, que nunca havia conseguido um lugar de maior destaque na estima da bela do que o irmão mais velho, o encontrou num breve momento, comentou com uma piscadela maliciosa:

— Des está enfeitiçado por ela, não é?"

Gilbert não foi capaz de discordar. Somente lhe ocorreu dizer que aquilo não era coisa de admirar. Porém, ao vê-la valsando com Desford, um pouco mais tarde, poderia ter detestado violentamente o primo, caso não fosse pessoa de bons sentimentos. A valsa ainda era considerada pelas pessoas mais antiquadas como uma dança imprópria, e raramente era tocada nas festas no campo. Uma ou duas anfitriãs mais ousadas a haviam mandado tocar, mas Ned, que a custo aprendera os passos, descobrira que tinha perdido seu tempo: Lucasta não costumava valsar.

Não esperara que esse ritmo figurasse entre as danças camponesas e outras que os Bugle ofereceram aos convidados, mas a anfitriã, na esperança de que Lady Emborough trouxesse para a festa seu elegante sobrinho, advertira os músicos para que se preparassem e dissera a Lucasta que, se o visconde a tirasse para dançar, ela deveria aceitar.

— Não pode haver objeção a isso aqui, minha querida, entre nossos amigos íntimos. Em Londres, naturalmente, não preciso recordar que o caso seria diferente, até que você fosse aprovada pelas Patronesses de Almacks;* mas eu ficaria mortificada se algum de nossos convidados considerasse nosso baile cafona. E, se a nossa cara Lady Emborough realmente trouxer lorde Desford, ele provavelmente esperará que se toquem valsas, pois é um dos príncipes da moda, você sabe!

Lorde Desford efetivamente a tirou para dançar, dizendo com um sorriso atraente, enquanto a acompanhava para a orla da pista de dança ao terminar um ritmo campestre, que esperava que ela aceitasse dançar com ele novamente:

— Posso atrever-me a pedir que valse comigo? Ou as valsas não são consideradas de bom tom em Hampshire? Será que minha tia aprova? Foi tolice minha não ter perguntado. Agora, por favor, Srta. Bugle, não me diga que cometi uma gafe social!

---

*Salão elegante de Londres, onde damas da alta sociedade ditavam a moda e os costumes. (*N. do T.*)

Ela riu e disse:

— Não, claro que não. Eu sei valsar, mas não sei se mamãe me deixará dançá-la em público.

— Então vou imediatamente pedir licença a sua mãe para valsar com você — retrucou ele.

Recebida a permissão, foi posteriormente visto rodando pelo salão com um dos braços enlaçando levemente a esbelta cintura de Lucasta, espetáculo que Lady Bugle observava com complacência, mas que foi também observado sem qualquer satisfação pelos dois primos do visconde e por vários outros jovens cavalheiros igualmente apaixonados pela bela.

Depois disso, o visconde cumpriu seu dever com a Srta. Windle e a Srta. Montsale, solicitando depois à prima Emma que dançasse com ele.

— Pelo amor de Deus, Ashley, não me peça para dançar! Em vez disso, leve-me para fora deste salão insuportavelmente quente — replicou a Sra. Redgrave, que herdara muito da rudeza da mãe.

— Com o maior prazer, prima! — respondeu ele, oferecendo o braço. — Na última meia hora percebi que as pontas de meu colarinho estão começando a enrolar. Vamos caminhar até a porta, como se fôssemos conversar com Mortimer, e escaparemos da sala quando for começar a próxima dança. Tenho certeza de que ninguém notará nossa ausência.

— Não me importa que notem — declarou a Sra. Redgrave, abanando-se vigorosamente. — As pessoas não deviam programar festas em uma noite tão abafada como esta. Pelo menos podiam ter aberto uma janela.

— Ora, mas nunca fazem isso — retrucou Desford. — Sem dúvida você sabe, Emma, que somente jovens imprudentes abrem as janelas, mesmo nas noites mais quentes. Assim causam aos mais velhos todos os males que, tenho certeza, derivam de estarem expostos a um golpe de ar e talvez a perigos maiores. Mortimer, por que não cumpre seus deveres de homem em vez de ficar aí parado, fazendo beiço?

— Eu não estou de cara feia! — exclamou o Sr. Redgrave, indignado. — A verdade é que está muito quente para um baile, e ninguém se importa quando nós, maridos mais velhos, preferimos não dançar.

— Você fala como um ancião — murmurou Desford.

— Fique calado, seu tolo — advertiu Emma. — Não vou deixar que você zombe do pobre Mortimer. Lembre-se de que, embora não seja muito mais velho do que você, é muito mais gordo.

— Veja que bela esposa eu arranjei — disse o Sr. Redgrave. — Aceite meu conselho, Des, e fique fora dessa armadilha!

— Obrigado, é o que pretendo. O espetáculo melancólico que vejo nos que já estão amarrados é suficiente para fazer qualquer homem tomar cuidado.

O Sr. Redgrave sorriu, e disse que Des tinha acertado na mosca, acrescentando que havia se transformado em um saco de pancada. Emma sabia perfeitamente que com aquela expressão deselegante ele queria dizer que ela vivia atormentando-o, mas afirmou com dignidade que não entendia expressões vulgares. Em seguida afirmou, sob risos dos dois cavalheiros, que ambos eram um par de horrendos desclassificados.

— Claro que somos — concordou cordialmente o companheiro de toda a sua vida. — Bem, se vocês dois querem tomar parte nessa dança, o melhor que fazem é entrar no salão antes que seja tarde demais.

Mas quando ficou sabendo que eles queriam ir em busca de um pouco de ar fresco, em vez de juntar-se aos dançarinos, Mortimer disse imediatamente, com considerável elegância, que tendo observado Des flertando desesperadamente com a Srta. Bugle, estava decidido a zelar para que ele não tivesse oportunidade de fazer o mesmo com Emma.

Assim, os três passaram pelas amplas portas duplas que se abriam para o vestíbulo. Ali havia diversas pessoas em pequenos grupos, com a maioria das mulheres se abanando com os leques e os cavalheiros enxugando disfarçadamente as testas molhadas. A Sra. Redgrave tinha, no entanto, a vantagem de conhecer a geografia da casa e levou os dois senhores para além da escadaria até os fundos do vestíbulo e através de uma porta que dava acesso ao jardim. A atmosfera estava um tanto mais abafada do que durante o dia; mas, em comparação com as condições do interior da casa, era bastante refrescante, o que provocou o Sr. Redgrave a respirar profundamente e expirar com um ruído vulgar. Em seguida, expressou melancolicamente o desejo de fumar, mas como a mulher percebeu naquelas palavras uma simples tentativa de obrigá-la a suplicar-lhe que não fizesse uma coisa tão imprópria como acender uma cigarrilha em meio a um baile, preferiu ignorá-la, tomar-lhe o braço e caminhar pelo gramado. A lua estava cheia mas a todo o momento se ocultava por trás das nuvens que corriam pelo céu. Houve um lampejo de um relâmpago e o Sr. Redgrave disse que não se surpreenderia caso caísse uma tempestade. Poucos minutos depois, um ronco distante fez Emma achar que talvez fosse o momento de regressar ao salão. Em geral era uma pessoa tranquila, mas tinha medo de tempestades. Qualquer um de seus irmãos zombaria de seus receios, mas o marido e o primo eram mais compreensivos e não riram nem procuraram convencê-la de que a chuva não era iminente.

Ao voltarem à casa não havia mais ninguém no vestíbulo, porém, justamente quando o Sr. Redgrave fechava suavemente a porta do jardim, Stonor Bugle surgiu vindo do salão de baile, exclamando:

— Então vocês se esconderam aí! Procurei-os por toda parte.

— Oh, meu Deus! — disse Emma, em tom de arrependimento. — Pensei que ninguém fosse notar se saíssemos por alguns minutos. A noite está tão quente, não é verdade?

O rapaz riu alegremente com essas palavras.

— Sim, terrível, não é? Somente desejava que eu próprio pudesse escapar para o jardim, mas não posso, você sabe. Minha mãe me atiraria uma cadeira na cabeça se tentasse. A questão é que a velha Sra. Barling está perguntando pela senhora. Disse que há muito tempo não a vê e tem procurado no salão desde que soube que estava aqui.

— Oh, a querida Sra. Barling! Vou entrar imediatamente — disse Emma, voltando ao salão de baile e trazendo a reboque o relutante esposo.

Stonor os seguiu, mas o visconde permaneceu no vestíbulo, ajustando o nó da gravata ao descobrir um espelho ao lado das portas duplas que davam para a sala de estar. Não era obcecado pela elegância, e teria repudiado sem hesitação a afirmação de Lady Bugle que o considerava um príncipe da moda. Sem dúvida, porém, era um homem elegante, e ver-se com as pontas do colarinho levemente amarfanhadas e a gravata desalinhada foi um choque desagradável. Pouco podia fazer para restaurar a rigidez das pontas da gola da camisa, mas alguns toques de bom conhecedor foram suficientes para consertar as dobras da gravata. Resolvida a questão, puxou judiciosamente as pontas do colarinho e já ia entrar novamente no salão quando teve a sensação de não estar sozinho, como supusera. Levantou a cabeça e relanceou rapidamente os olhos em volta do cômodo. Não viu ninguém, mas ao erguer o olhar para o andar superior viu que estava sendo observado por um par de olhos curiosos e inocentes que faziam parte de um rostinho encantador, colocado entre duas colunas da balaustrada por onde a dona do rosto o fitava. Sorriu, imaginando que se tratasse de uma das filhas mais moças dos donos da casa, possivelmente uma das meninas de escola ou talvez uma criança, e disse, ao perceber que a pessoa estava prestes a fugir, com evidente surpresa:

— Ora, não fuja! Prometo que não a devorarei e nem direi nada a sua mãe.

Os olhos grandes se arregalaram, com temor e dúvida.

— O senhor não poderia fazer isso! — disse a jovem. — Não tenho mãe. Ela já morreu há muitos anos. Acho que também não tenho pai, embora não tenha muita certeza. Oh, não suba! Pelo amor de Deus, não suba! Eles ficariam muito embaraçados.

Ele já tinha subido até a metade do primeiro lance da escadaria, mas àquela súplica urgente fez uma pausa e disse, entre divertido e curioso:

— Você não tem mãe? Mas não é uma das filhas de Sir Thomas?

— Oh, não — replicou ela, ainda em voz baixa e assustada. — Não sou parente dele, porque ser casado com minha tia não o torna um verdadeiro tio, não é?

— Não, não! — assegurou ele. — É apenas um tio por casamento. Mas, ainda assim, acho difícil que ele se zangue com você por estar espreitando as mulheres entre a balaustrada com seus vestidos de baile e os cavalheiros que procuram ajeitar as gravatas.

— Não é por causa dele — disse ela, com um olhar apreensivo por cima da cabeça do visconde em direção à sala de estar. — É a tia Bugle, e Lucasta. Oh, por favor, senhor, vá embora, antes que alguém o veja na escadaria e pergunte o que está fazendo aí. Seria obrigado a dizer que estava falando comigo, e isso me traria muita encrenca.

O visconde estava cada vez mais entretido e curioso.

— Bem, ninguém vai me ver na escadaria, porque estou subindo para conhecer você melhor, ninfa encantadora! Ora, não faça essa cara de medo. Lembre-se de que prometi que não iria devorá-la. E por falar em comer — prosseguiu ele, lembrando-se de sua própria infância —, quer que eu lhe traga algumas das tortas e geleias que vi preparadas para a ceia? Posso falar que são para minha prima e por isso ninguém vai saber que você as comeu.

Ela parecia prestes a levantar-se de um salto e escapar apressadamente, mas aquelas palavras a retiveram. Olhou-o por um momento e depois, com um risinho, afirmou:

— Não, obrigado, meu senhor. Eu já jantei há varias horas, com Oenone e Corinna... E a Srta. Mulford, é claro... E minha tia mandou o cozinheiro separar algumas das tortas e bolos para a nossa ceia. Por isso, não tenho fome. Na verdade, nunca tenho fome, pois minha tia não me deixa sem comer. Mas sou-lhe muito grata por ser tão bondoso, como achei que era, no instante em que o senhor olhou para cima e me sorriu.

— Ah, você é uma das meninas mais jovem, não? — perguntou ele, subindo os degraus restantes até chegar no topo da primeira plataforma, no vestíbulo superior. — Nesse caso, devo pedir desculpas, porque pensei que fosse uma das crianças da creche. — Calou-se, porque ela já estava de pé, e embora a única luz que iluminava a cena fosse a das velas no candelabro do ambiente, abaixo deles, era suficiente para mostrar que a moça era bem mais velha do que ele supusera.

Ela sorriu timidamente e disse:

— As pessoas quase sempre acham isso, porque sou tão pequenina, o que me enche de tristeza, especialmente quando estou com minhas primas, que são tão altas que me sinto um passarinho perto delas. Pelo menos Lucasta, Oenone e Corinna são altas, e Dianeme já cresceu bastante e provavelmente será alta também. Perenna acaba de sair das fraldas e por isso não se pode saber ainda.

Um tanto admirado, ele disse, baixinho:

— Tem certeza de que sabe os nomes corretos de suas primas? Disse Dianeme, e Perenna?

— Isso mesmo — disse ela, com outra risadinha suave. — Sabe, quando era muito jovem minha tia gostava muito de poesia e o pai dela tinha uma biblioteca cheia de livros antigos. Foi assim que ela conheceu os poemas de Robert Herrick. Até hoje ela guarda o livro e uma vez o mostrou a mim, quando me aventurei a perguntar por que motivo minhas primas tinham nomes tão estranhos. Ela respondeu que os achava bonitos, e não corriqueiros como Maria, Eliza e Jane. Quis muito dar a Lucasta o nome de Electra, porém, achou mais prudente usar o nome da madrinha dela, de quem Lucasta tem certas expectativas. No entanto, eu acho que não vai dar resultado — acrescentou, com ar pensativo — porque ela é tão rabugenta quanto a velha Lady Bugle e não me parece gostar de Lucasta e nem admirar sua beleza, o que deve ser considerado uma injustiça, pois Lucasta sempre se comporta muito bem com ela e temos de reconhecer que é mesmo muito bonita.

— É verdade! — concordou ele, em tom sério, mas com expressão de riso nos olhos. — E essas... Oenone e Corinna, são bonitas também? Devem ser, com esses nomes.

— Bem — disse ela, com prudência —, Lady Bugle sempre diz à minha tia que nenhuma das duas tem beleza suficiente para fazer boa figura em Londres, mas acho ambas muito bonitas, embora, é claro, não possam comparar-se com Lucasta. E quanto aos nomes — a jovem engasgou ao reprimir o riso e um brilho travesso iluminou-lhe os olhos. Ela os ergueu para fitá-lo e confessou: — Oenone não tem problema com seu nome, mas Corinna detesta o dela porque Stonor descobriu um poema com o título "Corinna Going a Maying"* e o leu para os outros rapazes, que

*Numa tradução aproximada, *Corina passeando em maio*. O poema original é de Robert Herrick. (*N. do T.*)

imediatamente começaram a chamá-la de Doce Dorminhoca* e a gritar de manhã, do lado de fora do quarto dela: "Levante-se, tenha vergonha", o que a fazia ficar tão irada que chegou quase a brigar com o pai por haver permitido que minha tia lhe desse esse nome tolo e fora de moda. Isso não foi muito adequado, é verdade, mas não se pode deixar de compreendê-la.

— Tem razão! E qual foi a resposta do pai a essa queixa muito justificada? — perguntou ele, muito divertido com aquele inusitado recital.

— Ora, ele disse apenas que ela devia considerar-se afortunada por não ter sido batizada com o nome de Safo pois assim teria sido se não fosse ele. Não me parece pior do que Corinna, mas creio que teve uma personagem grega com esse nome, que não era muito recomendável. Oh, pelo amor de Deus, não ria tão alto!

O visconde soltara uma gargalhada involuntária, mas se conteve e pediu desculpas. Naquela altura, já tivera tempo para reparar os detalhes da vestimenta e aparência da jovem e percebera que tinha porte elegante e que o vestido tinha sido adaptado, sem muita competência, a partir de outro, feito originalmente para uma pessoa mais velha. Também percebeu, devido a sua experiência em tais assuntos, que a roupa era de gosto duvidoso e que os cabelos macios e castanhos não tinham sido penteados profissionalmente. A moda do momento era ter as madeixas cortadas e encaracoladas, ou então torcidas em tranças de estilo grego, deixando cair por cima das orelhas cachos cuidadosamente escovados e tratados com pomadas. Os cabelos da menina, no entanto, pendiam soltos de uma fita amarrada em volta da cabeça, da qual escapavam diversos cachos, o que lhe dava uma aparência um tanto desleixada.

---

*No original do poema, *Sweet Slug-a-bed.* (*N. do T.*)

Desford perguntou, abruptamente:

— Qual é a sua idade, minha querida? Dezesseis? Dezessete?

— Ora, não, sou muito mais velha do que isso — replicou ela. — Tenho a idade de Lucasta, com apenas algumas semanas de diferença.

— Então, por que não está lá embaixo, dançando com o resto dos convidados? — indagou ele. — Certamente você já deve ter sido apresentada em sociedade.

— Não, ainda não — disse ela. — Não creio que jamais venha a ser, a menos que meu pai não esteja mesmo morto e volte para cuidar de mim. Mas creio que isso seja improvável, e mesmo que volte não seria de grande utilidade, porque nunca parece ter dinheiro. Acho que não é uma pessoa muito responsável. Minha tia diz que ele foi obrigado a sair do país porque tinha dívidas imensas. — A jovem suspirou e disse, tristemente: — Sei que não devemos criticar o próprio pai, mas não posso deixar de pensar que ele foi um pouquinho leviano ao me abandonar.

— Quer dizer que ele deixou você aos cuidados de sua tia? — perguntou, franzindo a testa. — Não pode ter abandonado você!

— Bem, foi o que fez — respondeu ela. — Isso foi terrivelmente desagradável, eu lhe digo. Veja, eu ainda estava na escola, em Bath, e devo dizer que papai pagou as contas, quando ainda tinha algum dinheiro. A Srta. Fletching foi muito gentil e nunca me disse que ele tinha cessado os pagamentos até perceber que ele não iria lembrar-se que já devia um ano inteiro. Mais tarde, ela me revelou que esperou por muito tempo uma carta dele, ou mesmo uma visita, porque ele, às vezes, ia até lá para me visitar. Parece que nunca foi muito pontual nos pagamentos à Srta. Fletching e ela já estava acostumada a esperar. Creio que gostava dele, porque sempre dizia que papai era um belo homem, especialmente afável e muito bem-educado. Gostava de mim também, e dizia que era porque eu já morava lá há muito tempo, pois papai me pôs na escola quando mamãe morreu. Eu tinha somente 8 anos e morava na escola durante o ano inteiro.

— Pobrezinha! — exclamou ele.

— Oh, não! — protestou ela. — Nos feriados, minhas amigas do colégio externo muitas vezes me convidavam para as festas que davam ou me levavam em excursões, e a Srta. Fletching me levou várias vezes ao teatro. Eu era muito feliz. Na verdade, não creio que jamais venha a ser tão feliz novamente. Mas não podia ficar lá para sempre e por isso a Srta. Fletching foi obrigada a comunicar-se com meu avô. Acontece que ele havia repudiado meu pai anos antes e escreveu uma carta muito grosseira à Srta. Fletching, dizendo que não queria saber dos fedelhos de seu filho desonesto. Recomendou que ela se dirigisse aos parentes de minha mãe. E foi assim... que eu vim para cá.

Terminou de falar em um tom de desesperança, o que fez Desford perguntar, suavemente:

— Mas você não é feliz aqui?

Ela sacudiu a cabeça, numa valorosa tentativa de sorrir.

— Não muito feliz, meu senhor. Mas procuro ser, porque sei que devo muito à tia Bugle por... por me proporcionar um lar, apesar de ter aversão a meu pai. Ela teve uma desavença terrível com minha mãe quando ela fugiu com ele, e nunca a perdoou. Por isso meu dever é ser grata a ela, não acha?

— Quem é seu pai? — perguntou ele, sem responder à pergunta. — Como é o nome dele? E como é o seu nome?

— Steane — respondeu a moça. — Meu pai é Wilfred Steane, e eu sou Cherry Steane.

— Bem, você tem um nome muito bonito, Srta. Steane — disse ele, sorrindo para ela. — Mas... Steane? Você tem parentesco com o velho... com lorde Nettlecombe?

— Tenho. Ele é meu avô — disse ela. — O senhor o conhece?

— Não, não tenho essa honra — respondeu o visconde, secamente. — No entanto, conheci seu tio Jonas, e tenho informações fidedignas de que ele se parece com seu pai. Estou firmemente convencido, minha criança, de que você está melhor aqui com sua tia do que estaria com seu avô. Mas por que perder nosso tempo falando sobre eles? Já me disse seu nome, mas creio que não sabe o meu. Eu sou...

— Ora, mas eu sei quem é o senhor — disse ela. — O senhor é lorde Desford. Percebi isso quando o vi dançando a valsa com Lucasta. Por isso estava olhando pela balaustrada. Daqui pode-se ver até o fim da sala. Vi o senhor durante outras danças, mas não tive certeza até vê-lo valsando com Lucasta.

— E nesse momento teve certeza? — perguntou ele, achando graça. — Por quê?

— Ora, porque ouvi tia Bugle dizendo a Lucasta que ela poderia dançar a valsa caso o senhor a convidasse — respondeu, inocentemente. Em seguida, a expressão dela mudou rapidamente, tornando-se desconfiada e assustada, como se tivesse ouvido algum ruído leve nas sombras a suas costas. Murmurou: — Não posso ficar aqui! Ouvi um estalido no assoalho. Por favor, oh, por favor, vá-se embora, e muito cuidado para que ninguém o veja descendo a escadaria!

Com essas palavras a jovem desapareceu, silenciosa como um fantasma, e o visconde, assegurando-se de que não havia ninguém no vestíbulo, desceu calmamente os degraus e voltou ao salão de baile.

Capítulo 4

APROVEITANDO O PRETEXTO do receio da filha de regressar a Hazelfield durante uma tempestade, Lady Emborough retirou seu grupo imediatamente depois da ceia. Lady Bugle lamentou, mas como tinha ainda mais medo dos relâmpagos do que Emma, compreendia perfeitamente a preocupação e não fez esforços para retardar a partida, dizendo, ao ouvir que uma tormenta estava se formando, que muitos outros também partiriam mais cedo; sem dúvida todos os que tivessem de viajar mais de meia hora.

O casal Redgrave levou Edward e Gilbert em sua carruagem e Desford ocupou o quarto assento no landau dos Emborough, sentado ao lado do tio e diante de Lady Emborough e da Srta. Montsale. Durante os primeiros minutos as mulheres conversaram sobre o baile, mas pouco depois a Srta. Montsale disse que, embora tivesse se preparado para descobrir que a beleza da Srta. Bugle não correspondia às descrições entusiásticas feitas por Ned e Gil, percebera imediatamente ao vê-la que ambos a haviam subestimado em vez de exagerá-la.

— Ela tem olhos grandes e brilhantes — comentou. — Uma pele linda e cabelos maravilhosos. Achei-a uma das criaturas mais belas que já vi. O senhor não achou, lorde Desford?

O visconde não estava cochilando, como o tio, mas evidentemente não prestara atenção e a moça teve de repetir a pergunta a fim de extraí-lo do que quer que fosse que ocupava sua mente. Ele falou:

— Peço desculpas, não estava acompanhando a conversa. Srta. Bugle! Ora, sem dúvida. Uma deslumbrante obra da natureza!

— E nada tem de comum!

— Absolutamente!

— Que acha, Desford? Ela vai fazer sucesso em sociedade?

— Claro que sim.

— Bem, eu espero que sim. Não gosto muito da mãe dela, mas sinceramente tenho pena, porque não é fácil ter cinco filhas aceitavelmente arranjadas quando a fortuna não é suficiente para lubrificar as engrenagens — disse ela, rudemente. — Uma delas deverá ser apresentada na próxima temporada, e isso poderia ter ocorrido hoje se a outra Lady Bugle não tivesse resolvido morrer no momento mais inconveniente. Lucasta já poderia estar noiva, dando assim oportunidade à filha seguinte... não me lembro do nome dela, todas têm nomes muito estranhos... — de sair do ninho nesse baile e ser apresentada durante a Pequena Temporada, no outono. Não é o que deveria acontecer, naturalmente, mas o que fazer, quando a moça já completou 17 anos e a irmã mais velha quase não apareceu ainda, e muito menos casou? E antes que a pobre mulher tenha tempo de agir, a terceira filha estará pronta para aparecer.

— Diga-me, madame — interrompeu Desford. — O que sabe sobre a sobrinha de Lady Bugle? Já a conheceu?

— Por quê, você a viu? — perguntou ela, surpresa.

— Conheci-a esta noite — respondeu ele. — Mas, por favor, não diga isso à tia dela. A moça estava espreitando pelo balaústre da escadaria do vestíbulo para observar o baile e, por acaso, eu a vi.

Primeiro pensei que fosse uma das crianças, mas depois descobri que tem a mesma idade da prima Lucasta, com algumas semanas de diferença. Uma jovem bonitinha, de olhos grandes e assustados, cabelos castanhos desalinhados e um vestido deploravelmente fora de moda e malcortado.

Lady Emborough procurou ver o rosto do sobrinho, mas estava muito escuro dentro da carruagem para que ela pudesse distinguir mais do que o contorno. Ela disse:

— Sim, creio que a vi uma vez. Devo dizer que me surpreende que tenha a idade de Lucasta, porque, como você, pensei que ainda estivesse na escola. É uma menina franzina, não é verdade? Bem, ela é filha da única irmã de Lady Bugle, que fugiu com aquele filho do velho Nettlecombe, que não valia nada. Isso foi antes de você nascer, mas me lembro do escândalo. Lady Bugle teve de levar a menina para viver com ela, há pouco mais de um ano. Esqueço os detalhes, mas lembro que achei muito caridoso da parte dela, quando me falou no assunto.

— Então essa é a história? — disse ele, em tom de indiferença.

— Caridade? — comentou a Srta. Montsale. — Bem, claro que sim, se a caridade não tiver sido usada para encobrir objetivos mais mercenários.

— Pelo amor de Deus, Mary, que quer dizer com isso? — perguntou Lady Emborough.

— Ora, madame, não tenho nada contra Lady Bugle. Como poderia, se somente a conheci esta noite? Mas já vi isso acontecer muitas vezes, e tenho certeza de que a senhora também, que uma mulher indigente recebida em casa de parentes mais abastados, como ato de caridade, frequentemente se transforma em criada.

— E além disso, espera-se que seja grata — interpôs o visconde.

— Se essas observações se referem à posição de minha prima Cordelia em Hazelfield... — começou Lady Emborough, com azedume.

— Oh, não, não! — assegurou a Srta. Montsale, rindo. — Claro que não! Lorde Desford, será possível que alguém considere a Srta. Pembury uma criada, tratada como inferior?

— Certamente não! — respondeu ele, prontamente. — Ninguém, quero dizer, que a tenha ouvido ralhar com minha tia. Mas você tem toda a razão, Srta. Montsale: eu também presenciei o que acaba de descrever, e creio que a mocinha que encontrei esta noite pode ser um exemplo desse tipo de caridade.

Não se falou mais no assunto, pois nessa altura a carruagem chegava diante dos imponentes portões de Hazelfield House. As senhoras foram ajudadas a descer, lorde Emborough foi despertado de seu leve sono pelo sobrinho, e os filhos, saltando da carruagem dos Redgrave, que chegou um minuto depois, exigiam indignados que a medrosa irmã confessasse que a tempestade ainda encontrara-se a muitos quilômetros de distância e que tinha sido muito desagradável fazê-los sair da festa pois, segundo eles, esta estava apenas começando.

Lorde Emborough, ao entrar na casa, parecia estar somente meio acordado, mas, ao chegar ao quarto da mulher, uma hora depois, já havia emergido das nuvens de seu torpor e se mostrava tão disposto a iniciar uma conversação íntima que ela dispensou a camareira, que já estava colocando a touca sobre seus cabelos um tanto grisalhos, e disse, enquanto a atenciosa empregada saía do quarto com um cumprimento de cabeça:

— Agora podemos falar à vontade sobre a festa, coisa que sempre achei ser melhor do que frequentá-las, mesmo considerando as melhores. Mas você sabe que esta não foi assim. Não achou uma noite um tanto insípida?

— Concordo, efetivamente — disse ele, deixando-se cair numa poltrona e bocejando. — Eu nunca soube, minha querida, por que motivo meu velho amigo, um homem excelente, quando estivemos juntos em Oxford, preferiu casar-se, não direi com uma qualquer, mas uma pessoa sem muita classe, que é o que todos achávamos dela.

— Bem — disse Lady Emborough, com tolerância —, não digo que ela seja uma mulher de primeira classe, mas devemos reconhecer que tem sido uma boa esposa e uma excelente mãe. E mesmo você, Emborough, também deve reconhecer que a capacidade de julgamento de Sir Thomas não é das melhores.

— Não, realmente — disse ele, com um sorriso melancólico. Em seguida ficou em silêncio, mas pouco depois disse, acidamente: — Estou muito contente, minha cara, por nunca ter me sentido mortificado pelo espetáculo de minha mulher empurrando uma filha para os braços de um homem solteiro de uma forma que somente posso descrever como chocante.

— Claro que não — respondeu a esposa, com toda a tranquilidade. — Espero ter bom-senso suficiente para não fazer uma coisa tão tola. Mas devemos recordar, meu caro, que não me aconteceu a desgraça de ter um marido imprudente e cinco filhas. Afirmo que tenho sentimentos muito sinceros para com Lady Bugle, embora não a aprecie muito, e entendo perfeitamente a ansiedade dela em encontrar um bom par para Lucasta, tão rapidamente quanto possível.

O marido a olhou com ar de preocupação.

— Desford lhe pareceu fortemente atraído por aquela moça, minha querida?

— Absolutamente, não — respondeu ela, sem hesitar.

— Bem, espero que você tenha razão — disse ele. — Pareceu-me que ele a tratou com obsequiosa distinção. Mas é claro que isso não é suficiente.

— Claro que não é suficiente, e ele sabe disso tão bem quanto nós. Meu caro senhor, pode imaginar que um homem bem-apessoado, de berço e de fortuna, que há anos frequenta a sociedade e já viu diversas moças procurando agarrá-lo, não reconheça imediatamente uma isca? Se o odioso comportamento da mãe não lhe causou asco, pode ter certeza de que os modos oferecidos de Lucasta o fizeram.

— Pode-se achar isso, mas me pareceu que ele flertava com ela de maneira bastante óbvia.

— Claro que sim — disse a dama. — Mas, na minha opinião, ele se interessou muito mais pela priminha de Lucasta.

— O quê? — exclamou Emborough. — Está falando da filha daquele vagabundo? A filha de Wilfred Steane?

A mulher começou a rir por causa da cômica expressão de assombro no rosto do marido.

— Sim, mas asseguro-lhe que você não precisa ficar nervoso. Lembre-se de que Desford vai embora amanhã e é completamente improvável que volte a ver aquela menina. Quanto a mim, aposto que já terá se esquecido dela no momento em que chegar a Londres.

Embora essa afirmação fosse um tanto exagerada, é provável que, se o acaso não houvesse intervindo, Cherry Steane não teria permanecido por muito tempo na memória do visconde. Mas o acaso efetivamente interveio, justamente no dia seguinte.

Como Hazelfield ficava situada não muito distante de Alton, e o visconde se dirigia a Londres, ele somente se despediu de seus anfitriões após um tranquilo café da manhã. A ameaçadora tempestade tinha realmente estourado (segundo o relato de Emma) diretamente sobre a casa durante a madrugada, mas após um violento aguaceiro o céu clareara e o visconde iniciou sua viagem esperando cobrir toda a distância com um clima agradável, e chegar a seu destino perfeitamente a tempo de mudar de roupa para caminhar de sua casa na Arlington Street até o clube White, onde pretendia jantar.

Em Alton, tomou a estrada principal para Southampton e pouco depois já atravessava Farnham. Foi então que, poucos quilômetros além dessa cidade, o destino se intrometeu em sua vida.

Uma figura feminina, de chapéu redondo e casaco cinza, caminhando à frente e segurando uma valise um tanto castigada, não atraiu a atenção do visconde, mas justamente quando os cavalos passavam ao seu lado, ela voltou ligeiramente a cabeça, olhando-o e revelando a fisionomia infantil de Cherry Steane. Muito espantado, ele soltou uma exclamação e puxou as rédeas dos cavalos.

— O que foi, o que aconteceu, meu lorde? — perguntou Stebbing, ainda mais alarmado.

O visconde, dando volta à caleça para olhar a Srta. Steane novamente, percebeu que não se enganara quando a vira de relance ao passar. Sem dúvida era ela. Entregou as rédeas a Stebbing, dizendo simplesmente:

— Segure-as. Conheço aquela pessoa! — Em seguida saltou agilmente para a estrada e caminhou de volta ao encontro da moça.

Ela o saudou com sincera satisfação, e disse, com voz emocionada de agradecimento:

— Eu bem achei que era o senhor! Oh, como estou contente! Se estiver indo para Londres, poderia... poderia ter a bondade de levar-me em sua caleça?

Ele tomou-lhe a valise, colocando-a no chão.

— O quê? Para Londres? Por quê?

— Eu fugi — disse ela, com um sorriso conspiratório.

— Isso, menina, é evidente — disse ele. — Mas não vai dar certo, você sabe. Como é possível que eu a ajude e seja cúmplice em sua escapada dos cuidados de sua tia?

Ela fez cara de completa decepção e por um momento pareceu que ia explodir em lágrimas, mas controlou-se, engolindo resolutamente em seco e dizendo em voz baixa, com um tom de desespero:

— Não é possível, senhor? Peço-lhe desculpas. Pensei... Pensei... Mas isso não importa!

— Quer me dizer por que está fugindo? — sugeriu ele, docemente.

— Não pude suportar! O senhor não sabe... — disse ela, hesitando.

— Não, mas gostaria que me contasse. Creio que deve ter acontecido alguma coisa depois que conversamos ontem à noite. Alguém a ouviu e contou a sua tia? — A moça assentiu, mordendo o lábio. — E ela zangou-se com você?

— Zangou-se, sim, mas não foi isso. Não me importo quando alguém ralha comigo, mas ela disse certas coisas, e Lucasta também, tudo diante de Corinna, que então disse às outras... — A voz se desfez em um soluço e ela não conseguiu prosseguir.

O visconde esperou até que ela se recompusesse um pouco, achando que nunca tinha visto situação mais patética. Não apenas a fisionomia denotava profunda tristeza, mas os sapatos e a barra do casaco que usava estavam enlameados. Diversos cachos dos cabelos revoltos tinham escapado da prisão do chapéu redondo, surgindo diante do rosto corado, e gotas de suor estavam aparentes em sua fronte. Parecia estar acalorada, cansada e em desespero. Quanto ao primeiro desses três males, o casaco sem dúvida era responsável; quanto ao segundo, ela obviamente devia estar fatigada por ter caminhado toda a distância desde sua casa carregando uma volumosa valise. Não era fácil, porém, explicar o desespero. Nada do que ela dissera ao visconde na noite anterior o preparara para encontrá-la fugindo da segurança do único lar que parecia ter.

A jovem conseguiu dominar sua agitação e até mesmo exibir um sorriso corajoso, embora pouco convincente.

— Peço-lhe desculpas — disse ela. — Somente porque o senhor me parece tão bondoso, e conversou comigo ontem à noite... Mas eu não devia ter pedido que me levasse em sua caleça. Por favor, não dê importância. Meus... Meus assuntos não lhe concernem e estarei muito bem sozinha.

Ele não deu atenção à mão que ela resolutamente oferecia, mas pegou a valise e disse:

— Não podemos ficar parados conversando no meio da estrada. Não prometo levá-la a Londres, mas pelo menos a levarei a Farnborough. Lembro-me de que lá existe uma hospedaria aceitável, onde será possível encontrar algo para alimentá-la e onde poderemos continuar esta conversa com mais tranquilidade. Venha!

Ela não se moveu, perscrutando o rosto dele com os olhos grandes e assustados.

— O senhor não vai me obrigar a voltar para Maplewood, vai?

— Não, não farei isso. E que direito tenho eu de obrigá-la a fazer qualquer coisa? No entanto, evidentemente isso é o que eu deveria fazer.

Ela pareceu satisfazer-se com essa resposta, pois não disse mais nada e caminhou obedientemente ao lado dele até a caleça. A expressão no rosto de Stebbing ao perceber que seu patrão ia fazer ingressar na carruagem uma jovem cuja aparência desleixada e vestimenta pouco elegante denotava não se tratar de uma pessoa de tratamento foi bem eloquente, mas sem uma palavra devolveu as rédeas ao visconde e passou a ocupar o lugar destinado ao ajudante do cocheiro, atrás do veículo.

A Srta. Steane, recostando-se em seu assento, deu um suspiro de alívio.

— Oh, isto é muito confortável! — exclamou, agradecida.

— Você veio caminhando desde Maplewood?

— Não, não. Tive a sorte de conseguir uma carona até Froyle, em uma carroça, e por isso somente tive de caminhar uns 9 ou 10 quilômetros, o que não seria problema, se não fosse a valise. E devo dizer que gostaria que minha estola de pele não estivesse tão gasta, porque poderia tê-la usado em vez deste casaco horrível.

— Certamente isso não é roupa para um dia quente — disse ele.

— Não, mas achei melhor vesti-lo, porque podia chover, ou eu podia sentir frio quando a noite chegasse.

— Quando a noite chegasse? Mas que menina absurda, certamente você não pretendia caminhar até a noite!

— Não... Pelo menos... Bem, achei que poderia tomar a diligência, mas quando cheguei a Alton já estava lotada. Naturalmente eu não tinha feito reserva, meu nome não constava da lista, e o cocheiro não me aceitou. Mesmo que houvesse lugar, verifiquei que não tinha o dinheiro necessário para pagar a passagem. Mas talvez pudesse encontrar lugar em um veículo de carga, pois às vezes aceitam passageiros por não mais do que um ou dois xelins. Se não conseguisse, caminharia até onde fosse possível e procuraria um lugar para passar a noite em alguma respeitável casa de campo.

O visconde guardou para si as reflexões sobre o tipo de recepção que ela provavelmente encontraria em uma casa de fazenda, limitando-se a perguntar onde pretendia alojar-se ao chegar a Londres.

— Vou para a casa de meu avô — disse ela, com um laivo de desafio na voz.

— Mesmo? Posso perguntar se ele sabe disso?

— Bem...Bem... Ainda não — confessou ela.

O visconde suspirou profundamente e disse, com seriedade:

— Bem, deixaremos para conversar sobre isso quando chegarmos a Farnborough, quando tentarei convencê-la de que seu plano não dará certo, minha filha.

— O senhor não vai me convencer — disse ela, mostrando sinais de ansiedade. — Oh, por favor, não tente fazê-lo, senhor. É a única coisa que posso fazer. O senhor não compreende.

— Nesse caso, me explique — disse ele, alegremente.

Ela ficou calada, mas procurou, nas dobras do casaco, o bolso onde estava o lenço. Ele receou que a jovem fosse chorar, e ficou apreensivo por um momento. Não era tímido, mas tinha dificuldade em enfrentar com equanimidade a perspectiva de percorrer uma estrada movimentada levando uma jovem debulhada em lágrimas. No entanto, ela corajosamente dominou-se, dando somente um pequeno suspiro, e fez senão assoar o nariz. Para encorajá-la, ele se sentiu levado a elogiá-la, olhando para ela e sorrindo enquanto falava.

Sem dúvida foi um olhar muito rápido, mas ao voltar o rosto para a estrada percebeu um lampejo do hesitante e valente meio sorriso que respondeu ao seu, e isso o emocionou.

Em poucos minutos chegaram a Farnborough e ele parou diante da hospedaria Ship. Não eram muitos os clientes da pequena estação de troca de cavalos, e por isso o patrão, que saiu para receber uma pessoa visivelmente fidalga, ficou decepcionado, mas não surpreso, quando o visconde, entregando-lhe a Srta. Steane, informou-o que haviam parado apenas para alimentar-se.

— Há alguém na sala de café? — perguntou ele.

— Não, senhor, não neste momento. Mas se Vossa Excelência desejar comer alguma coisa em uma sala reservada...

— Não, na sala de café está bem. Um pouco de limonada para a moça e carne fria. Bolos, frutas... O que houver! E, por favor, uma caneca de cerveja para mim. — Olhou para a Srta. Steane e disse: — Entre, minha cara. Voltarei em um instante.

Observou-a entrar na hospedaria e voltou-se para dar instruções a Stebbing, que ficara junto à caleça. O cocheiro as recebeu secamente.

— Muito bem, meu senhor. — Mas o visconde não tinha chegado a dar dois passos em direção à porta da hospedaria quando o homem se sentiu obrigado a falar, dizendo, explosivamente: — Senhor!

— O que é? — disse o visconde, por cima do ombro.

— Não tenho autoridade para falar — disse Stebbing, com cuidadosa prudência —, mas como tenho trabalhado para Vossa Excelência desde que o senhor era menino, que eu ensinei a montar no primeiro pônei... Ah, e também já o livrei de algumas encrencas, e por isso...

— Não precisa continuar — interrompeu Desford, olhando inquisitivamente. — Sei justamente o que quer dizer. Preciso ter cuidado para não me meter em outra encrenca, não é?

— Sim, meu senhor, e espero que tenha mesmo cuidado, embora não pareça, do jeito que as coisas vão.

Mas Desford apenas riu e entrou na hospedaria. A dona do estabelecimento havia levado a Srta. Steane ao andar superior e quando, pouco depois, ela se juntou ao visconde já havia lavado o rosto e arrumado os cabelos. Trazia o casaco dobrado no braço. Estava muito mais apresentável, mas o vestido rosa claro estava um tanto amarrotado, além de sujo de lama na barra da saia, e não ajudava a aparência. Tinha a fisionomia muito séria, mas quando viu o frango, a língua de boi e as cerejas na mesa, seus olhos brilharam e ela disse, com gratidão:

— Oh, muito obrigada, senhor! Estou muito grata. Fugi antes da refeição matinal e o senhor não imagina como estou faminta.

Sentou-se em seguida à mesa e tratou de comer. Desford, que não tinha fome, ficou observando, com a caneca na mão, pensando que, apesar de ter 19 anos, ela ainda estava bem próxima da infância. Enquanto a moça comia, ele se absteve de fazer perguntas, mas ao terminar a refeição, dizendo que agora se sentia muito melhor, o visconde perguntou:

— Já se sente suficientemente satisfeita para me contar tudo? Gostaria que o fizesse.

Uma sombra caiu sobre os olhos claros da moça, mas, após uma leve hesitação, ela disse:

— Se eu contar por que motivo fugi, o senhor me levará a Londres?

Ele riu.

— Não vou fazer nenhuma promessa precipitada, exceto que a levarei diretamente de volta a Maplewood se você não me contar.

Ela ficou sentada, com porte muito digno, mas disse, como se tivesse um bolo na garganta:

— Não acredito que o senhor faria uma coisa tão... tão pouco cavalheiresca.

— Não, estou certo de que você não acredita — disse ele, com simpatia. — Mas deve pensar na minha situação. Lembre-se de que tudo o que sei neste momento é que, embora tenha me dito ontem à noite que não estava muito contente, tenho certeza de que naquela hora não tinha nenhuma intenção de fugir. No entanto, hoje a encontro bastante aflita, tendo aparentemente tomado a decisão de abandonar sua tia. Talvez tenha tido uma altercação com ela, ficou nervosa e fugiu sem parar para meditar se ela havia sido realmente malvada para que você tomasse esse caminho tão extremo. Ou talvez ela própria tenha perdido a calma e dito coisas que, na verdade, não sentia.

Ela o olhou com ar desamparado e sacudiu negativamente a cabeça.

— Não briguei com ela. Nem mesmo briguei com Corinna e nem com Lucasta. E a decisão não foi tão repentina. Tenho desejado desesperadamente escapar, quase desde o momento em que minha tia me levou para Maplewood. Mas, sempre que eu ousava perguntar à tia se ela poderia me ajudar a encontrar uma situação na qual eu pudesse ganhar meu próprio sustento, ela ralhava comigo, dizendo que eu era ingrata e que logo desejaria voltar para Maplewood, porque eu só servia para serviços grosseiros. — Fez uma pausa e após um momento, disse, um tanto desesperançada:

— Não sou capaz de explicar. E mesmo que eu pudesse, imagino que o senhor não compreenderia porque nunca foi pobre a ponto de depender dos outros e ter de ficar agradecido por uma fita já usada ou um pedaço de renda rasgada dada por uma das primas, em vez de jogá-la fora.

— Não — respondeu ele. — Mas você se engana ao dizer que não compreendo. Já vi muitos casos como o que descreve e sinceramente tive pena das vítimas dessa chamada caridade, que têm de trabalhar sem queixas a fim de mostrar gratidão por... — parou de falar, pois ela franziu a testa e virou o rosto. — Eu disse alguma coisa que a desagradou? — perguntou. — Acredite, não tive essa intenção.

— Oh, não — disse ela, com voz sumida. — Peço desculpas. Foi uma tolice minha, mas essa palavra me trouxe tudo de volta, como... como uma facada! Lucasta falou que meu nome era bastante adequado, e minha tia acrescentou: "É verdade, querida!", e exclamou que sempre deviam me chamar com o nome de Charity,* para que me lembrasse sempre de que é isso que sou: uma menina que vive de caridade.

— Que cobra! — exclamou ele, com desprezo. — Mas certamente ela não vai passar a chamá-la de Charity, pois não desejaria que todos a considerassem mesquinha.

— Isso não aconteceria, porque acontece que esse é realmente meu nome — revelou ela, com ar trágico. — Sei que eu lhe disse que me chamava Cherry, mas isso não foi mentira, porque sempre me chamam assim.

— Compreendo. Sabe, acho Charity mais bonito do que Cherry. Acho que é um belo nome.

**Charity* é um nome próprio feminino, mas também significa "caridade". O som de *Cherry* é semelhante ao de *Charity*, e soa como um diminutivo. (*N. do T.*)

— O senhor não acharia se fosse o seu nome.

— Imagino que não — confessou ele. — Mas o que foi que você fez para que toda essa má vontade lhe caísse sobre a cabeça?

— Corinna estava escutando ontem à noite, quando conversamos na escadaria — disse ela. — Ela é a pessoa mais odiosa e virulenta imaginável, e se o senhor acha que eu não devia falar isso sobre ela, lamento, mas é verdade. Eu a considerava a mais amável dentre minhas primas, e a mais amiga. E embora soubesse que era uma terrível delatora, perfeitamente capaz de falar coisas contra Oenone para minha tia, nunca pensei que fosse fazer o mesmo comigo. Bem... bem, há certos motivos para que ela procurasse se vingar de Oenone, pois esta é uma menina muito desagradável, sempre se queixando e tentando envenenar minha tia contra as irmãs. Mas... — Os olhos dela se encheram de lágrimas, que tratou rapidamente de enxugar. — Ela não tinha motivos para fazer alguma coisa contra mim. Ela torceu toda a nossa conversa, fazendo com que parecesse diferente do que eu tinha dito. Chegou a contar que o senhor não teria subido se eu não o tivesse atraído. Isso eu não fiz! Não fiz!

— Pelo contrário. Você me suplicou para que não subisse.

— É verdade, e foi o que disse a elas, mas nem minha tia, nem Lucasta quiseram acreditar em mim. Acusaram-me de ser uma ratinha arteira e ralharam comigo dizendo que as meninas como eu acabavam na Magdalen.* Quando perguntei o que era a Magdalen, minha tia respondeu que, se eu continuasse a piscar para todos os homens que aparecessem, em breve descobriria. Mas eu não faço isso, não faço! — protestou, veementemente. — Não foi culpa minha o senhor ter subido para falar comigo ontem à noite,

*Antigo asilo para mulheres indigentes e prostitutas, onde ficavam praticamente prisioneiras. (*N. do T.*)

e não foi por minha culpa que Sir John Thorley me levou em sua caleça de volta da vila para Maplewood na chuva e não foi por minha culpa que o Sr. Rainham veio falar comigo quando levei Dianeme e Tom para a sala de estar certa tarde. Eu não me ofereci. Fiquei sentada, como ela manda, numa cadeira junto à parede, e não fiz nada para que ele viesse ficar do meu lado. Afirmo que não fiz isso, senhor! — Os olhos umedeceram novamente, mas ela outra vez afastou as lágrimas, dizendo: — Foi somente gentileza de parte deles, e dizer que eu os atraí para afastá-los de Lucasta é uma injustiça atroz!

Como o próprio visconde já havia sucumbido à inconsciente atração daqueles grandes olhos e sentira compaixão pela atitude de desamparo da moça, compreendia facilmente os sentimentos que haviam levado os dois cavalheiros, que imaginava serem admiradores de Lucasta, a dar alguma atenção a Cherry. Pensou, torcendo sardonicamente os lábios, que Lady Bugle não devia ser muito inteligente, e ficou imaginando quantos, dentre os pretendentes de Lucasta, teriam dado alguma atenção à priminha, caso Cherry estivesse adequadamente vestida e fosse tratada por Lady Bugle com a mesma afeição que esta dedicava à filha. Não seriam muitos, certamente, pois embora ela tivesse um encanto inocente, não era mais do que uma vela diante do sol da beleza de Lucasta; e se estivesse feliz, não suscitaria sentimentos obsequiosos em nenhum coração masculino. No entanto guardou para si essas reflexões procurando aliviar a ansiedade dela, antes de fazer o que estivesse a seu alcance para convencê-la de que a volta a seu lar de servidão seria preferível a seus planos do momento.

Com o primeiro desses objetivos em vista, procurou estimulá-la a esquecer suas penas, achando que se ela recitasse seus problemas, ajudaria a aliviar os sentimentos de sofrimento e injustiça que a martirizavam. Suspeitava de que Cherry exagerava mentalmente tais sentimentos por causa de um incidente que de forma muito óbvia mais parecia um jogo de culpa. Mas, quando ela concordou em descrever a vida que levava em Maplewood, não havia sinal de sorriso nos olhos dele e não restaram dúvidas em sua mente.

Isso porque ela não respondia de boa vontade às perguntas dele e sempre parecia capaz de encontrar desculpas para as muitas provas de falta de consideração que recebera em Maplewood. Tampouco se ofendia com as exigências domiciliares que lhe eram feitas, pois achava normal pagar a generosidade da tia executando quaisquer serviços que lhe fossem destinados. Mas quando ela disse, com simplicidade: "Eu teria feito qualquer coisa para que ela me amasse um pouquinho, e pelo menos uma vez me dissesse: obrigada!", o visconde pensou que nunca tinha ouvido uma afirmação tão triste.

Era evidente que Lady Bugle não tinha visto nela uma sobrinha órfã que precisava de amparo e atenção, e sim uma escrava, obrigada a trabalhar o dia inteiro e a servir não apenas à tia, mas também às primas, além de cuidar das crianças menores sempre que a governanta mandava. O visconde suspeitou que se ela tivesse sido menos dócil e menos tímida teria tido uma vida melhor em Maplewood. Na noite anterior, ele tinha estado próximo a Lady Bugle e a observara aproximar-se do marido e murmurar alguma palavra rude para ele. Não ouviu o que ela dissera, mas era claro que tinha dado um ordem, porque Sir Thomas inicialmente procurara tergiversar mas, em seguida, saíra para obedecer. Na ocasião Desford a considerou como uma dessas mulheres excessivamente mandonas que tiranizam qualquer pessoa suficientemente tímida ou assustada para não lhe fazer frente. No começo, se surpreendera ao saber que seu breve encontro com Cherry provocara aquela admoestação tão venenosa, mas quanto mais observava o doce rostinho que tinha diante de si, menos se admirava de que as ambiciosas mãe e filha tivessem se enfurecido quando souberam que ele se sentira atraído por Cherry a ponto de subir as escadas para conversar com ela. Lucasta era bela, mas Cherry era muito mais atraente.

Enquanto ela narrava sua história, pelo menos metade do cérebro dele tratava de pensar no que poderia fazer para ajudá-la. Não fora necessário muito tempo para que abandonasse a intenção original de devolvê-la à tia, e não desperdiçou sua eloquência com tentativas de persuadi-la a concordar com tal curso de ação. Rapidamente, deixou de lado uma ideia embrionária de colocá-la sob os cuidados de Lady Emborough, e quando sugeriu que ela se voltasse à Srta. Fletching, Cherry sacudiu a cabeça, dizendo que não seria capaz de pedir mais generosidade àquela senhora.

— Não acha que poderia ser útil a ela? Talvez como professora?

— Não — respondeu. De repente, a aflição desapareceu de seus olhos, que assumiram um brilho travesso. Deu uma risadinha e disse: — Eu não seria nada útil, e certamente não como professora! Não tenho muita leitura e, embora saiba tocar piano, não o faço muito bem. Não tenho aptidão para línguas, tampouco, nem para pintura, e sempre erro nas contas. Assim, está vendo...

Era sem dúvida um grande desafio. Ele não pôde deixar de rir, mas disse:

— Bem, agora que você já me disse tudo o que não sabe fazer, diga-me o que sabe.

Novamente os olhos se toldaram.

— Nada — disse ela. — Minha tia diz que eu só sirvo para trabalhos grosseiros e suponho que isso seja verdade. Mas, enquanto estive em Maplewood aprendi bastante sobre como tomar conta de uma casa, e sei cuidar de mulheres idosas e doentes, pois quando a velha Lady Bugle já não conseguia sair da cama, havia ocasiões em que somente eu tinha sua permissão para entrar no quarto. E creio que ela gostava de mim, porque sempre me tratava bem. — Estava quase sempre de muito mau humor, coitada e nunca se zangou comigo, como fazia com minha tia, com Lucasta e Oenone, e nem me acusava de desejá-la morta. Por isso acho que poderia ser muito útil para meu avô. Creio que ele mora sozinho, com exceção dos empregados, o que deve ser muito triste. Não acha, senhor?

— Sem dúvida, mas diz-se que seu avô gosta de viver recluso. Nunca o vi, mas se o que se conta sobre ele é verdade, não se trata de uma pessoa muito agradável. Afinal, você me contou que ele mandou uma resposta muito rude à carta da Srta. Fletching, não é verdade?

— Sim, mas creio que ela não pediu que ele me adotasse — argumentou a moça. — Ela queria que ele pagasse o que papai devia, e não me admira que ele tivesse se aborrecido, porque sei, pelo que meu pai me disse, que ele é bastante sovina.

— Sua tia pagou a ela? — interrompeu o visconde.

Ela sacudiu a cabeça, corando um pouco.

— Não. Ela também disse que não era responsável pela dívida, mas como os laços de sangue são importantes, ela... bem, ela retiraria a carga dos ombros da Srta. Fletching levando-me para morar em Maplewood. Portanto, ninguém pagou pelo que eu devia... ainda! Mas pretendo economizar tudo o que puder para pagar a ela. — Levantou o queixo e disse: — Se meu avô... Se eu puder chegar até ele e explicar as coisas... Certamente ele não recusaria a deixar-me ficar com ele até encontrar uma situação conveniente.

O visconde achava improvável que houvesse uma recusa. Por mais complicado e excêntrico que lorde Nettlecombe pudesse ser, dificilmente fecharia a porta a uma neta pobre que não tinha outro lugar para ficar em Londres a não ser a casa dele. Provavelmente a acolheria de bom grado, e se isso acontecesse o futuro dela estaria assegurado. E, se fosse tão miserável a ponto de não a receber, teria de haver-se com lorde Desford, que deixaria de lado a deferência aos mais velhos, tão cuidadosamente instilada nele desde a infância, e aconselharia o velho sovina a pensar bem antes de comportar-se de maneira tão rude, alienando até mesmo os poucos amigos que tivesse, logo que a história fosse sabida, tal como ele, Desford, se encarregaria dc espalhar.

Não confiou essas reflexões a Cherry, e, levantando-se abruptamente, disse:

— Muito bem. Vou levá-la a Londres.

Ela saltou da cadeira, tomando-lhe a mão e beijando-a antes que ele a pudesse impedir.

— Oh, muito obrigada, senhor! — exclamou, com voz cheia de gratidão e com os olhos brilhando devido às lágrimas de alívio que brotavam. — Obrigada, obrigada, obrigada!

Consideravelmente embaraçado, o visconde retirou a mão, batendo-lhe de leve no ombro e dizendo:

— Calma, menina tola! Espere até ver se seu avô a receberá, antes de se entusiasmar. Se ele não a quiser, nada terá para me agradecer.

Em seguida, foi pagar a conta, dizendo a ela que em poucos minutos a caleça estaria à porta, a fim de cortar quaisquer novas expressões de gratidão.

Mas ainda era preciso suportar a desaprovação de seu dedicado empregado. Ao informar Stebbing de que iria levar a Srta. Steane a Londres, o leal servidor não conseguiu receber essa notícia de maneira condizente com seu cargo, e disse imediatamente:

— Meu lorde, peço-lhe que não faça uma coisa dessas! O senhor vai se arrepender, sem dúvida, e eu vou levar a culpa quando lorde Wroxton ficar sabendo.

— Não seja tão idiota — disse o visconde, impaciente. — Lorde Wroxton não vai saber de nada, e se souber, somente poderá culpar você por fazer uma tempestade em um copo d'água. Você imagina que estou raptando essa menina?

— É mais provável que ela esteja raptando o senhor — murmurou Stebbing.

Os olhos do visconde endureceram e ele disse, friamente:

— Costumo dar muita liberdade a você, Stebbing, mas essa observação vai muito além dos limites.

— Meu lorde — disse Stebbing, teimoso —, peço desculpas se falei demais. Mas tenho-o servido fielmente desde que o senhor teve a gentileza de aceitar-me como seu empregado pessoal, e não poderia perdoar-me se não tentasse evitar que o senhor faça uma coisa tão tola quanto levar essa pess... esta senhora, como pretende. O senhor pode me censurar, mas é meu dever dizer-lhe claramente que nunca vi uma jovem dama de respeito querer seguir em companhia de um cavalheiro da forma que essa Srta. Steane se dispõe a segui-lo.

— Isso não está de acordo com seus princípios? Bem, fique sabendo que ficará sentado entre nós dois e que eu lhe dou licença para intervir, protegendo a virtude da Srta. Steane, contra quaisquer ameaças que eu possa trazer-lhe. — Vendo que Stebbing ainda estava profundamente aflito, ele amainou e disse, rindo: — Não precisa ficar tão esquentado, seu velho tolo. Somente me disponho a levar a Srta. Steane até a casa do avô. E se não fosse tão idiota, perceberia que a vontade dela de seguir comigo para Londres deriva da inocência, e não, como você parece imaginar, de falta de vergonha. Por Deus, que acha que eu poderia fazer nesta situação? Abandoná-la para ser vítima do primeiro vigarista que encontrar na estrada? Realmente, que ideia você faz de mim?

— Não, meu lorde, não pensei em uma coisa dessas. Mas o que acho é que o senhor deveria levá-la de volta ao lugar de onde veio.

— Ela não deseja ir, e eu não tenho o direito de obrigá-la a fazê-lo. — Seus olhos brilharam, divertidos, e ele acrescentou: — Ainda que tivesse esse direito, certamente não o faria. Meu Deus, Stebbing, você seria capaz de levar de volta numa caleça aberta uma menina chorando sem parar? — Riu novamente e disse: — Você sabe que não seria capaz disso. Traga os cavalos e não perca mais tempo com seus sermões.

— Muito bem, meu lorde. Mas peço licença para dizer, pedindo perdão por minha ousadia, que nunca vi o senhor, nem mesmo nos tempos de mais agitação, inventando toda sorte de confusões, tão enfeitiçado quanto agora. E se isso não acabar mal para o senhor, e para mim também, pode dizer que sou um Jack Adams.*

— Fico-lhe muito grato. Assim farei! — retorquiu o visconde.

*Tolo, na gíria da época. (*N. do T.*)

Capítulo 5

DUAS HORAS e meia depois, o visconde entrou na Albemarle Street com sua suada parelha, havendo chicoteado os cavalos de uma forma que seria extremamente perigosa para quem não fosse um perito como ele. Até mesmo Stebbing, que tinha bons motivos para saber de sua capacidade como cavaleiro, agarrara-se três vezes às tábuas de seu assento; duas delas quando, em um trecho estreito da estrada, o visconde acelerou o passo dos cavalos a fim de ultrapassar um veículo mais lento, e uma quando entrou em um cruzamento sem verificar antes. Mas foi somente ao chegarem aos arredores de Londres que ele se permitiu fazer uma advertência surda, dizendo:

— Cuidado com os animais, meu lorde, pelo amor de Deus!

— Que acha que sou? — disse o visconde, por cima do ombro. — Um amador?

Stebbing não respondeu, pois, embora secretamente considerasse seu patrão um ginete de primeira ordem, nada o faria afirmá-lo, a não ser quando se vangloriava das façanhas do visconde em companhia de alguns de seus amigos íntimos no pub

Horse Groom. Raramente elogiava diretamente a mestria do seu senhor e nunca quando estava zangado com ele.

A Srta. Steane, cujo ânimo melhorara muito desde o momento em que Desford concordara em levá-la até Londres, estava extremamente satisfeita com a viagem. Confessou, com o que para ele soou como encantadora ingenuidade, que nunca antes tinha estado em uma caleça. Sua única experiência em carruagens abertas tinha sido uma maior, de duas parelhas, e embora seu primo Stonor possuísse o mesmo meio de transporte, era bastante rude comparada com o leve e gracioso veículo do visconde. Gostou também dos cavalos, elogio que ele agradeceu com seriedade somente prejudicada pelo tremor de uma risada em sua voz. De fato, eram dois baios que combinavam perfeitamente, pelos quais ele pagara um elevado preço conforme seu pai confirmaria (se ficasse sabendo), aumentando sua convicção de que o herdeiro era um perdulário.

— O senhor não imagina como isso é divertido para mim! — disse ela, alegremente. — Tudo é novo. Sabe, nunca fiz nenhuma viagem desde que meu pai me levou a Bath, e não lembro muita coisa desse trajeto. Além disso, fomos em uma carruagem fechada, e essa não é a melhor maneira de ver a paisagem do campo. Isso vai além das minhas expectativas!

Ela continuou a tagarelar com idêntica simplicidade, interessada em tudo o que seu olhar curioso encontrava e constantemente voltando a cabeça a fim de ver melhor um jardim especialmente florido ou uma casa de campo pitoresca, apenas entrevisto em alguma alameda lateral. A parte de sua conversação que não era dedicada ao panorama que se desenrolava se resumia a um interessado debate com Desford sobre como ela deveria aproximar-se do avô. Mas, ao chegarem a Londres, a menina ficou mais silenciosa, o que fez Desford perguntar, inquisitivamente:

— Cansou, tagarela? Agora falta pouco.

Ela sorriu, balançando a cabeça.

— Não, não estou cansada. Minha língua tem trabalhado sem parar? Peço desculpas. Por que não me disse para fechar a boca? Eu devo tê-lo aborrecido.

— Não, pelo contrário. Achei nossa conversa muito refrescante. Mas por que ficou tão calada? Está preocupada por causa de seu avô?

— Um pouco — confessou ela. — Não sabia que Londres era tão grande e tão barulhenta, e não posso deixar de pensar no que farei se meu avô se recusar a me receber. Gostaria de conhecer alguém aqui.

— Não se agite — disse ele, acalmando-a. — É muito difícil que ele se recuse. E se o fizer, prometo não abandoná-la. Esteja segura, encontraremos uma forma de amparar você.

Disse isso de maneira despreocupada, porque quanto mais pensava no assunto, mais se convencia de que, por mais excêntrico que lorde Nettlecombe pudesse ser, dificilmente teria perdido o senso de decoro a ponto de abandonar no mundo uma neta cuja inocência infantil era evidente para qualquer pessoa, exceto um idiota incurável. Mas, ao chegar com seus cansados cavalos ao exterior da residência de lorde Nettlecombe na Albemarle Street, essas reflexões otimistas receberam duro golpe. Todas as janelas da casa tinham as persianas fechadas e a aldraba tinha sido retirada da porta. A excentricidade do fidalgo não lhe permitia ficar em Londres durante os meses de verão.

— O senhor quer que eu toque a campainha? — perguntou Stebbing.

— Quero. Faça isso! — disse o visconde, secamente.

Naquela altura, a Srta. Steane já tivera tempo de assimilar o significado das janelas fechadas e entrou em pânico. Juntou as mãos, apertando-as, numa corajosa tentativa de acalmar-se.

Após alguns minutos, durante os quais Stebbing puxava vigorosamente o cordão da campainha, ela disse, numa voz de afetada despreocupação:

— Bem, parece que a casa está fechada, não é verdade, senhor?

— Sem dúvida. Mas penso que deve ter ficado alguém para tomar conta e que possa nos dizer o endereço de seu avô. Tente o porão, Stebbing.

— Peço desculpas, mas não sei como poderia fazer isso, porque o portão de entrada do subsolo está fechado com cadeado. — O cocheiro percebeu, com certa satisfação, que pelo menos momentaneamente o visconde não sabia o que fazer, e cedeu o suficiente para dizer que perguntaria nas casas vizinhas. Mas uma delas tinha sido alugada para o verão por uma família que Stebbing descrevia desdenhosamente como "novos ricos", e que nada sabiam sobre lorde Nettlecombe, e a outra era habitada por um casal idoso, cujo empregado afirmou, encolhendo os ombros, que tinha visto o velho ranzinza sair numa carruagem cerca de uma semana antes, mas não tinha ideia de seu destino.

— Meu patrão e minha patroa não querem saber dele, e nenhum de nós nesta casa se dá com seus empregados — afirmou o homem, com ar superior.

Quando Stebbing voltou à caleça para dar essas informações decepcionantes, a Srta. Steane disse, num sussurro desesperado:

— Oh, que farei, que farei?

— Quer que pergunte em outras casas, meu lorde?

O visconde tinha tido tempo para pensar, e respondeu:

— Não. Já perdemos muito tempo e onde quer que lorde Nettlecombe esteja, não podemos esperar encontrá-lo hoje. Suba! — Dedicou sua a atenção à agitada passageira, dizendo com uma despreocupação que estava longe de sentir. — Então, por que está tremendo como um pudim de leite, sua bobinha? Claro que esse acidente nos causou uma pequena dificuldade, mas o caso não é desesperador, fique sabendo. — Enquanto falava, pôs os cavalos em movimento, dando-lhes volta, e acrescentou com uma risada soturna: — Claro, se descobrirmos que ele foi para a estação de águas em Bath, vamos parecer dois tolos, não é verdade?

Ela não lhe deu atenção e continuou a repetir:

— O que vou fazer? O que posso fazer? Senhor... eu... Eu não tenho muito dinheiro.

Essa afirmação foi feita de um fôlego só e terminou com um soluço. Ele respondeu, tranquilamente:

— O que você pode fazer, Cherry, é parar de se afligir e soluçar, deixando que eu encontre uma solução para nosso problema. Prometo que encontrarei, e portanto faça uma boa cara.

— Não posso fazer boa cara — disse ela. — O senhor não entende! Não é o seu estômago que está dando voltas por se encontrar sozinho nesta cidade horrível, com somente alguns xelins na bolsa, sem saber para onde ir e... Oh, como pode ser tão insensível, rindo assim?

— Minha cara, somente posso rir. Onde foi que você aprendeu essa expressão?

— Não sei nem o que significa — exclamou ela. — Para onde está me levando? Sabe onde há uma agência de empregos? Preciso começar imediatamente a procurar uma posição estável! Mas vou ser obrigada a arranjar um lugar para passar a noite. Oh, meu Deus, talvez várias noites, pois mesmo que encontre logo alguma coisa, não posso imaginar que comece a trabalhar imediatamente, a menos que haja uma emergência, por algum acidente, ou doença, ou...

— Você se esquece de que precisaria de uma recomendação — interpôs o visconde, fazendo-a perder o entusiasmo.

— Bem, estou certa de que a Srta. Fletching me recomendaria.

— Sem dúvida, mas posso lembrar-lhe que levaria algum tempo para obtê-la?

Ela se assustou, mas recuperou-se rapidamente.

— É verdade. Mas o senhor poderia recomendar-me, não?

— Não — respondeu ele, terminantemente.

Ela respirou fundo.

— Nunca pensei que pudesse ser tão desatencioso.

Ele sorriu.

— Não estou sendo desatencioso. Acredite, nada poderia prejudicar mais suas possibilidades de conseguir um bom emprego do que uma recomendação minha, ou de qualquer outro homem solteiro de minha idade.

— Oh — disse ela, digerindo o que ouvira. Uma buzina de carruagem a fez sobressaltar-se ligeiramente, e ela disse, fervorosamente: — Como o senhor consegue viver neste lugar odioso, onde tudo é barulho e movimento, com as ruas tão cheias de carruagens, carroças e carrinhos de mão que... oh, por favor tenha cuidado, senhor! Sei que acabaremos tendo um acidente. Veja aquela carruagem saindo da rua ali adiante.

— Feche os olhos! — aconselhou ele, divertindo-se com a evidente falta de confiança dela em sua capacidade de evitar uma colisão.

— Não! — respondeu a moça, resolutamente. — Preciso acostumar-me com isto. Londres é sempre tão movimentada assim?

— Acho que, às vezes, é muito mais — respondeu ele, como se pedisse desculpas. — Na verdade, a cidade está agora bastante vazia.

— E mesmo assim as pessoas querem morar aqui — observou ela, estremecendo.

O visconde havia entrado na Piccadilly alguns minutos antes e agora refreava os cavalos para virar na Arlington Street.

— Sim, e sou uma dessas pessoas estranhas, e vou levá-la agora para minha casa, onde poderá descansar e refrescar-se antes de continuarmos nossa viagem.

Ela respondeu, com voz incerta:

— Creio que não deveria ir para sua casa, senhor. Posso ser ingênua, mas sei que não é adequado para mulheres visitar casas de cavalheiros, e...

— De fato, isso é um pouco irregular — concordou ele. — Mas antes de prosseguirmos, preciso organizar algumas coisas, e você não quereria esperar na rua, não é? Por isso, o melhor que posso fazer é entregá-la a minha governanta durante meia hora. Direi que minha tia Emborough colocou você sob minha guarda e que a levarei à sua casa em Hertfordshire.

Ela perguntou, nervosa:

— Por favor, senhor, para onde está me levando?

— Para Hertfordshire. Vou pedir a uma velha e querida amiga que cuide de você até que eu encontre seu avô. O nome dela é Henrietta Silverdale. Mora com a mãe em um lugar chamado Inglehurst. Não faça essa cara assustada. Tenho certeza de que gostará dela e estou absolutamente seguro de que ela tratará você com muita bondade.

A caleça parou diante de uma das menores casas do lado oriental da rua e Stebbing desceu, encaminhando-se para os cavalos. A Srta. Steane murmurou:

— Fiz uma coisa errada fugindo, não foi? Agora sei, porque nada deu certo e eu... Eu só tenho o senhor para sair desta encrenca. Mas acredite, de verdade, eu jamais teria pedido que me levasse a Londres se soubesse que ia acabar assim.

Ele colocou a mão sobre as dela, firmemente apertadas uma na outra, e disse, suavemente:

— Você está cansada, menina, e o mundo parece muito duro, não é? Só posso lhe dizer para confiar em mim. Já não prometi que não a abandonaria?

As mãos dela se agitaram sob a dele e ela a estreitou convulsivamente, dizendo:

— Eu nunca pretendi ser um estorvo para o senhor. Por favor, acredite em mim.

— Oh, sei que não. O que você não sabe é que não considero esta aventura um estorvo, e sim como um desafio, e estou decidido a percorrer toda a Terra em busca de seu avô, ainda que tenha que ir a todas as estações de águas do mundo para isso. — O visconde viu que seu mordomo tinha aberto a porta e se aproximava da caleça. Soltou a mão dela, dizendo: — Aqui está Aldham.

Bom-dia, Aldham. Tain já chegou?

— Há uma hora, meu lorde — respondeu Aldham, sorrindo com afeto para ele, mas olhando desconfiado para sua companheira. Conhecia o visconde desde quando ele era bebê, por ter sido, na época, pajem em Wolversham, posição modesta da qual evoluíra pouco a pouco para ser lacaio doméstico e dali, num salto que há muito ambicionava, ao honroso lugar de mordomo do jovem visconde. Conhecia-o tão bem quanto Stebbing, e muito melhor do que Tain, o excelente camareiro de Desford, que era o único membro do pequeno grupo de empregados em Arlington Street que não nascera e crescera em Wolversham. Era capaz de recitar os nomes de todas as mulheres de vida alegre com que seu volátil patrão havia tido aventuras amorosas, desde a aventureira que primeiramente lhe atraíra a inexperiente atenção até a mais ambiciosa, que quase o arruinara. Frequentemente, exercera suas funções em festas muito pouco respeitáveis em Arlington Street, mas nunca vira o visconde chegar em sua caleça à porta, em plena luz do dia, com uma jovem desacompanhada a seu lado. Sua primeira impressão, de que o visconde tivesse trazido consigo uma leviana menina do campo, foi desmentida por um segundo e disfarçado olhar sobre a Srta. Steane: para começar, ela não era do tipo de vida airada, e, além disso, o visconde nunca parecia sentir-se atraído por mulheres muito novas. Aos olhos experientes de Aldham, ela parecia mais uma menina que acabara de sair da escola, embora o que o visconde estivesse fazendo com uma pessoa assim fosse um problema cuja solução estava além de sua capacidade.

Porém, ao ser-lhe proporcionada uma explicação superficial, ele a aceitou sem qualquer reserva. Era bem ao estilo de Lady Emborough, pensou ele, encarregar o visconde de levar uma jovem à sua casa em Hertfordshire, assim como deveria ter ocorrido na viagem de Hazelfield a Londres. E a moça tinha, sem dúvida, uma aparência muito envergonhada. Por isso, ele a acolheu com um sorriso paternal e a acompanhou ao estreito vestíbulo da casa, dizendo que ia chamar a esposa para cuidar dela.

O visconde ficou na entrada trocando algumas palavras com seus principais auxiliares, cujas expressões fisionômicas, um misto de pena e censura, o fizeram dizer:

— Bem, não precisam me olhar assim, como se eu não soubesse tão bem quanto vocês que este é um raro caso de grave encrenca.

— Meu lorde — disse Stebbing com veemência —, quando ouvi o senhor dizer à senhorita que a levaria a Hertfordshire, senti-me tão confuso que quase caí de meu assento, porque achei que iria levá-la a Wolversham.

— Não, não pensei em fazer isso, pois não iria dar certo — replicou o visconde.

— Não, meu lorde, tal como eu teria me permitido dizer a Vossa Excelência. E peço licença para dizer agora, pois não seria capaz de dormir bem se não o fizesse, e não importa se o senhor quiser me mandar calar-me, porque...

— Claro que não importa. Você não se calaria — retorquiu o visconde.

Os cantos da boca de Stebbing se retorceram involuntariamente, mas ele se recusou a deixar-se influenciar e disse:

— Meu lorde, já vi o senhor cometer muitas loucuras no passado, mas nunca, até o momento, fez uma coisa tão maluca que me faça pensar que o senhor tenha um parafuso a menos. E é o que acho. Meu lorde, o senhor não deve levar a senhorita a Inglehurst.

— Mas é o que vou fazer — afirmou o visconde — a menos que você possa sugerir outro lugar para onde ela possa ir. — Fez uma pausa, olhando o empregado nos olhos. — Não consegue pensar em nenhum, não é verdade?

— O senhor não devia tê-la trazido a Londres, para começar — gaguejou Stebbing.

— Provavelmente não, mas é uma perda de tempo dizer-me isso agora. Eu já a trouxe a Londres e agora devo aguentar as consequências. Até mesmo você tem de admitir que a abandonar aqui seria um ato de uma pessoa sem caráter, e isso eu não sou, por mais maluco que você me imagine. — Percebia que Stebbing estava profundamente preocupado, então sorriu, colocando uma das mãos no ombro dele e sacudindo-o levemente. — Pare com isso, seu velho ranzinza! A quem mais eu poderia pedir auxílio nesta encrenca a não ser a Srta. Hetta? Deus a abençoe, ela nunca me deixou na mão. Por Deus, você deve saber quantas vezes nos ajudamos a sair de confusões.

— Quando eram crianças era diferente, meu lorde — disse Stebbing.

— Absolutamente. Ponha os animais no estábulo e diga aos cavalariços que preciso que me levem a Inglehurst dentro de uma hora. Usarei minha própria chaise, mas precisarei alugar cavalos. Confio em Ockley para que escolha animais adequados, mas avise-o de que pretendo regressar ainda esta noite. Isto é tudo.

Não dando oportunidade a Stebbing de fazer qualquer protesto, deu meia-volta e entrou rapidamente na casa. O cocheiro teve de dirigir suas amargas observações ao cansado cavalo junto ao qual se encontrava, e tratou de entrar na caleça e afastar-se.

Capítulo 6

JÁ PASSAVA DAS 19 HORAS quando a chaise do visconde, que tinha excelentes molas de suspensão, chegou a Inglehurst, pois, embora a viagem não tivesse durado mais de três horas, ele somente saíra de Arlington Street depois das 16 horas. A Srta. Steane, mais animada tanto pela atitude bondosa e imparcial da Sra. Aldham (outra das pessoas nascidas na ampla propriedade de lorde Wroxton) quanto pelo chá com que foi presenteada, partiu com disposição toleravelmente alegre, reprimindo da melhor maneira possível a inevitável preocupação de quem, percebendo tardiamente a imprudência cometida, via-se sem outra opção a não ser submeter-se aos ditames de seu protetor, permitindo-lhe entregá-la a uma família que consistia em uma viúva e sua filha, ambas totalmente desconhecidas para ela. Somente poderia esperar que não levassem a mal sua intromissão, nem que a considerassem irremediavelmente comprometida por haver-se comportado de uma forma que, conforme rapidamente se dava conta, era tão imprópria que chegava a ser imperdoável. Se tivesse encontrado uma alternativa ao plano do visconde, ela a teria adotado com gratidão, ainda que fosse uma oferta de emprego como ajudante de cozinha, mas tal opção não lhe surgiu. Ela não conseguia enfrentar a possibilidade de ver-se perdida em Londres, com apenas alguns xelins na bolsa e nem sequer uma pessoa conhecida que pudesse procurar naquela cidade assustadora.

O visconde adivinhou um pouco do que lhe passava pela cabeça, pois, embora Londres não o assustasse e ele jamais encontrara-se perdido em um lugar estranho com os bolsos vazios, sua posição social e fortuna não o tornavam insensível aos problemas que afligiam pessoas em situação menos confortável. Podia ser negligente e frequentemente malcomportado, mas nenhuma pessoa em dificuldades jamais havia pedido seu auxílio em vão. Seus amigos, que eram muitos, diziam que era um excelente sujeito, sincero e leal; e mesmo os críticos mais severos não achavam nada pior para dizer a seu respeito além de que já era tempo de encerrar suas travessuras e tratar de fundar um lar. Sem dúvida, o pai o enchia de epítetos negativos, mas qualquer imprudente que fizesse a menor crítica ao herdeiro teria de ver-se com a ira do lorde. O visconde sabia bem disso, mas embora não duvidasse da afeição que o pai lhe votava, conhecia bem os preconceitos dele para evitar levar a Srta. Steane para sua casa. O conde era homem de princípios rígidos e era inútil imaginar que tivesse compaixão por uma jovem que havia se comportado de maneira que ele certamente consideraria como imprópria. As opiniões dele sobre o comportamento adequado estavam claramente definidas: as aberrações masculinas eram permitidas, mas o menor desvio das regras que governavam o comportamento feminino era intolerável. Não impusera limites às extravagâncias e aventuras amorosas de seus filhos, observando-as com um ar cínico e divertido (exceto quando as cólicas ou a gota exacerbavam-lhe o mau humor), mas a filha jamais tinha tido permissão, até o dia do casamento, para dar um passo além do jardim sem a presença de um lacaio. Sempre que ia visitar uma amiga ou parente, viajava na carruagem do conde, acompanhada não apenas pelo lacaio e a camareira mas também por um par de outros empregados.

Portanto, sem ter pensado mais do que alguns segundos em levar sua protegida a Wolversham, o visconde resolvera, em idêntico lapso de tempo, colocá-la sob os cuidados da Srta. Silverdale, até conseguir encontrar o avô e obrigá-lo a honrar suas obrigações. A única falha que era capaz de identificar nesse plano seriam as objeções que a mãe da Srta. Silverdale poderia suscitar. Confiava bastante, porém, na capacidade desta última em fazer com que a hipocondríaca genitora fizesse suas vontades, e por isso partiu em direção de Inglehurst sem temer rejeição.

Achou prudente, no entanto, prevenir Cherry de que Lady Silverdale tinha saúde precária e, consequentemente, grandes variações de humor, expressando-se em ataques de depressão, tendência a considerar-se mal aproveitada e forte tendência a entregar-se ao que ele considerava serem tempestades em copos d'água.

Ela o ouviu atentamente e, para surpresa do visconde, deu a impressão de sentir-se estimulada por aquela descrição um tanto assustadora de sua possível anfitriã. Com toda a sabedoria das pessoas que conhecem as idiossincrasias dos inválidos, afirmou:

— Talvez então eu possa ser útil nessa casa. Até mesmo tia Bugle diz que tenho jeito para lidar com doentes, e embora não queira gabar-me, acho que isso é verdade. De fato, venho pensando em procurar emprego como acompanhante de alguma senhora idosa e rabugenta; creio que conhece o tipo de pessoa a que me refiro, senhor.

A memória de Desford reviveu imagens vívidas da tirania exercida pela avó paterna sobre a família e seus dependentes, o que o fez responder, tristemente:

— Sei muito bem, e somente posso confiar que você não venha a ser obrigada a procurar um emprego assim.

— Bem — disse ela, com seriedade —, compreendo que deve ser muito desagradável receber reprimendas por tudo o que se faz, mas devemos nos lembrar de que deve ser muito mais desagradável ser idoso e incapaz de realizar as coisas sozinho. Além disso — acrescentou, refletindo —, se uma senhora idosa e rabugenta gosta da acompanhante, esta se torna importante para a família. Minha tia e minhas primas nunca foram tão bondosas para comigo quanto nos meses anteriores à morte da pobre Lady Bugle. Imagine, minha tia chegou a dizer que não sabia como se arranjariam sem mim.

Ela parecia estar tão agradecida por ter merecido essa menção que Desford engoliu o comentário cáustico que lhe chegara à ponta da língua, dizendo simplesmente que Lady Silverdale não era idosa e nem estava às portas da morte, e embora fosse capaz (em sua opinião) de colocar à prova a paciência de um santo, seria injusto considerá-la rabugenta.

Ao chegarem, foram recebidos por Grimshaw, que não demonstrou satisfação ao ver alguém que se tornara frequentador de Inglehurst desde que tivera idade suficiente para cavalgar, e disse com frieza que, se Lady Silverdale soubesse que Sua Excelência pretendia visitá-la, sem dúvida teria mandado atrasar o jantar para que ele pudesse participar. Nas circunstâncias, lamentava sentir-se compelido a informar que Lady Silverdale e a Srta. Henrietta já tinham se retirado para a sala de estar íntima.

Bem acostumado à atitude habitual de sombrio desprezo, o visconde não se surpreendeu nem se sentiu ofendido, e retrucou:

— Claro, imaginei que assim seria, mas tenho certeza de que Lady Silverdale me perdoará. Seja bonzinho, Grimshaw, e avise discretamente a Srta. Hetta que desejo falar com ela a sós. Esperarei na biblioteca.

Grimshaw podia ser imune ao sorriso do visconde, mas não resistia à atração de uma moeda de ouro discretamente passada para suas mãos. Não se dignou sequer a relancear o olhar para a moeda, mas seus dedos tremidos o fizeram saber que se tratava de um guinéu.* Inclinou solenemente a cabeça e foi dar o recado, sem se dar o trabalho de demonstrar desaprovação à Srta. Steane a não ser mediante um único olhar de ofendida surpresa.

O visconde levou a menina a uma pequena sala e a fez entrar, dizendo-lhe que se sentasse como moça bem comportada e esperasse até que ele trouxesse a Srta. Silverdale. Em seguida, retirou-se para a biblioteca, na parte dos fundos do vestíbulo, onde a Srta. Silverdale foi encontrá-lo após alguns minutos, falando ao entrar, em tom de censura:

— Então, o que significa isso, Des? Por que veio aqui tão inesperadamente? E por que o mistério?

Ele tomou as mãos dela, apertando-as.

— Hetta, tenho um problema.

Ela começou a rir.

— Eu já devia ter percebido. E sou eu quem vai lhe salvar?

— É você mesma quem vai me salvar — corroborou ele, com um sorriso nos olhos.

— Você é um patife sem consciência! — exclamou ela, largando-lhe as mãos e sentando-se em um sofá. — Não posso imaginar como poderei salvar você do tipo de problemas que costuma ter, mas sente-se e diga-me tudo.

Assim fez o visconde, narrando a história sem reservas. Os olhos dela se arregalaram um pouco, mas ouviu-o em silêncio até ele terminar com as palavras:

— Eu a teria levado a Wolverham, mas você sabe como meu pai é. Por isso, não podia fazer mais nada a não ser trazê-la a você.

*Moeda inglesa antiga, equivalente a 1 libra e 1 xelim. (*N. do T.*)

Finalmente ela falou, destroçando a confiança dele.

— Mas não creio que possa recebê-la, Ashley!

Ele a olhou, incrédulo.

— Mas, Hetta...

— Você não pode ter imaginado que isso daria certo — disse ela. — Assim como sei como é seu pai, você devia saber como é minha mãe. As opiniões delas sobre sua aventura com Cherry seriam praticamente iguais.

— Ora, sei disso — respondeu ele. — Claro que não contarei a ela a verdadeira história, sua tola. Basta dizer que minha tia Emborough a colocou sob minha guarda, com instruções para entregá-la ao velho Nettlecombe, mas como ele não prestou atenção na data, ou como a carta que o informava se extraviou, ou qualquer coisa assim, ele ainda está fora da cidade, e eu não sabia o que fazer com a moça.

— E o que você dirá — indagou, com voz tranquila — quando ela perguntar por que motivo você não a levou para a casa de sua mãe?

O visconde levou um ou dois minutos para encontrar a resposta a essa indagação, mas finalmente disse, com considerável autoconfiança:

— Quanto estive em Wolversham, há pouco mais de uma semana, encontrei meu pai muito nervoso e mamãe demasiadamente preocupada com ele para poder receber uma hóspede.

Ela deu um suspiro profundo.

— Você não é apenas um patife, Des, mas também um mentiroso!

Ele riu:

— Não, não. Como pode dizer isso? Há uma boa parcela de verdade nessa parte do relato, e você não pode imaginar que eu diga a sua mãe que, no momento em que eu entrasse em casa com Cherry ao meu lado meu pobre e confuso pai imediatamente acharia que não apenas eu estava apaixonado por ela, mas além disso a tinha levado para lá na esperança de que ela o cativasse a ponto de fazê-lo abençoar o tipo de união que mais abomina. Ouso dizer que ela o cativaria, pois é muito encantadora, mas não a esse ponto.

— Ela é muito bonita? — perguntou a Srta. Silverdale, olhando-o nos olhos.

— É sim, bastante, penso eu. Mesmo vestida com roupas que não lhe assentam bem e com os cabelos despenteados. Tem olhos muito grandes num rosto em forma de coração, uma boca feita para ser beijada e boa dose de encanto inocente. Não como o seu, mas acredito que entenda o que quero dizer quando apresentá-la a você. Na primeira vez em que a vi, me pareceu muito assustada, coisa que em geral continua a parecer, graças ao rude tratamento que tem suportado na casa da tia. Mas quando não está assustada, tem uma conversação encantadora, com um brilho de felicidade nos olhos. Tenho certeza de que você gostará dela, Hetta, e acho que sua mãe também. Pelo que entendo, ela tem muito jeito para tratar de... de pessoas idosas e doentes. — O visconde fez uma pausa, observando o rosto da amiga. A expressão dela era inescrutável e por isso, após um momento, ele disse, procurando convencê-la: — Vamos, Hetta! Você não pode me deixar na mão. Por Deus, eu confiei em você a vida inteira. E você também sempre confiou em mim; alguma vez eu lhe neguei ajuda?

Um brilho divertido se acendeu nos olhos dela.

— Você pode ter me salvado de encrencas quando éramos crianças — disse —, mas há anos que não me meto em problemas.

— Você não, mas Charlie sim! — redarguiu ele. — Não pode negar que muitas vezes eu o ajudei quando estava em apuros, só porque me pediu.

— Bem, isso é verdade — reconheceu ela. — E tampouco posso negar que você, muitas vezes, me deu excelentes conselhos sobre a gerência da propriedade, mas o que torna tão difícil para mim fazer o que está me pedindo é que Charlie está em casa. E se a Srta. Steane é tão bonita assim, ele certamente se apaixonará por ela, pois você sabe com que facilidade ele tropeça e cai numa paixão.

— Sei, e sei também que tropeça de novo e a paixão acaba. Da última vez que o encontrei, ele estava correndo atrás de uma bela caçadora de homens, com uns 30 anos, e viúva há menos de 12 meses.

— Eu sei, era a Sra. Cumbertree — concordou ela. — Mas já é coisa do passado, Des.

— Então já deve estar ajoelhado aos pés de alguma outra mulher fascinante e bem mais velha do que ele. Pode ficar tranquila, Hetta: não há perigo de que ele se interesse por Cherry. Os meninos raramente se deixam enfeitiçar por moças da mesma idade. Seja como for, ela não vai ficar aqui por tempo suficiente para que Charlie fique apaixonado por ela. E o que ele está fazendo aqui, aliás? Pensei que ia à Irlanda, com alguns amigos, procurar cavalos.

— Ia, mas teve a infelicidade de sofrer um acidente com a carruagem há três dias, e quebrou a cabeça, o braço e duas costelas — disse a Srta. Silverdale, em tom de quem já estava vacinada contra tais vicissitudes.

— Estava apostando corrida? — perguntou Desford, com relativo interesse.

— Provavelmente, embora é claro que não confesse. Ainda está de cama, pois machucou-se bastante, mas não creio que mamãe consiga fazê-lo repousar ainda por muito tempo. Já está louco para sair do quarto, e foi por isso que ela ficou contente ao ver Simon chegar. Oh, meu Deus, quase me esqueci de contar! Creio que gostaria de saber que Simon tem vindo jantar todos os dias, e está agora fazendo companhia a Charlie. Pelo menos era onde estava quando saí para vir encontrar você, mas creio que mamãe já o tenha tirado de lá, pois falou que não permitiria que ficasse com Charlie por mais de vinte minutos.

— Oh, meu Deus! — exclamou o visconde, em tom de vívida decepção.

Ela não pôde deixar de rir, mas disse, com ar sério:

— Se algum estranho o ouvisse, Des, seria obrigado a concluir que sua falta de estima por seu irmão mais moço é completamente antinatural.

— Bem, não há desconhecidos aqui e você sabe perfeitamente que não me falta estima por ele — disse o visconde, sem remorso. — Mas ele não sabe ser discreto. Imagino que terei de falar com ele, mas se não me fizer alguma chantagem para manter-se calado sobre este assunto, não o reconhecerei.

Ela o censurou por essas palavras, mas acabou tendo de admitir que ele conhecia o irmão melhor do que ela, pois, quando o visconde a convenceu a ir ao Salão Verde para conhecer Cherry, a fim de julgar por si mesma o quanto a moça era inocente e merecia ser ajudada, deparou com o desagradável espetáculo de ver Sua Excelência Simon Carrington em plena atividade para mostrar-se simpático à Srta. Steane. Tampouco teve dificuldade em interpretar o brilho malicioso no olhar do irmão, quando este o saudou.

O visconde não deu atenção e apresentou Cherry à Srta. Silverdale, dizendo, em tom ligeiro:

— Devo preveni-la, Hetta, de que trouxe essa menina tola até aqui muito contra sua própria vontade. Tenho forte suspeita de que ela receie que a estou entregando a uma fera.

Cherry, que rapidamente se levantara da cadeira, corou e gaguejou, enquanto fazia um leve cumprimento:

— Oh, não... Com certeza... não é isso, madame!

— Bem, se ela realmente acha isso, a culpa é inteiramente sua, Desford — disse a Srta. Silverdale, estendendo a mão para Cherry, com um sorriso nos lábios. — Que bela figura você deve ter pintado de mim. Como vai, Srta. Steane? Desford me contou suas aventuras, e falou de sua decepção ao não encontrar seu avô na cidade. Posso bem imaginar o que sentiu. Mas tenho certeza de que Desford o encontrará muito rapidamente e, enquanto isso, espero que possa estar à vontade em Inglehurst.

Cherry ergueu os grande olhos, cheios de lágrimas de gratidão, murmurando:

— Obrigada! Peço-lhe desculpas...

O visconde, que observava esse diálogo com satisfação, transferiu a atenção para o irmão, indagando, com ar de nojo:

— Francamente, Simon, que diabo de roupa é essa?

Henrietta atalhou, rindo, falando por cima do ombro:

— Eu não disse, Simon, que Des iria detestar?

O jovem Sr. Carrington, sempre muito cioso de sua vistosa elegância, estava realmente vestido de maneira pouco convencional, e embora tivesse o porte e a figura adequados para adotar qualquer moda extravagante sem parecer grotesco, o estilo que escolhera em nada poderia agradar o irmão mais velho. Era jovem e bem-apessoado, cheio de efervescente vivacidade, sempre pronto a rir de si mesmo e de seus semelhantes. Seus olhos mostravam que se divertia ao dizer:

— Esta, Des, é a última moda, como você deveria saber se fosse tão elegante quanto acha que é. — Enquanto falava, estendeu uma perna para a frente, indicando com um gesto o volumoso pano que cobria seus membros inferiores. — São calças Petersham, meu filho!

— Já conheço — disse o visconde. Erguendo o monóculo, examinou o irmão através da lente, desde os calcanhares até as exageradas pontas do colarinho da camisa. Estas últimas somente tinham rival na altura da lapela do casaco, que se erguia firmemente na nuca, e nas almofadas que davam relevo aos ombros. As mangas do casaco eram decoradas com diversos botões, sendo que os mais próximos do punho ficavam desabotoados, de maneira negligente. Em volta do pescoço ele exibia um *foulard* de listras muito largas. Depois de reparar em todos esses exageros, o visconde estremeceu e deixou cair o monóculo, dizendo: — Você teve a audácia infernal de sentar-se para jantar com Lady Silverdale, com essa fatiota, seu pateta?

— Des, foi ela quem me pediu — disse Simon, profundamente ofendido. — Ela adorou minha bela roupagem nova, não é verdade, Hetta?

— Eu diria que ela ficou admirada — respondeu Henrietta. — E quando finalmente se recuperou do choque, você já a havia convencido a convidá-lo a jantar conosco, usando mais lisonjas do que tive oportunidade de ouvir em mais de um ano.

— Ora, ora — protestou Simon, imediatamente. — Não faz tanto tempo assim desde que você me viu pela última vez.

Ela riu, mas passou a ocupar-se de Cherry, que ouvia toda aquela troca de frivolidades com olhar interessado. A Srta. Silverdale compreendeu que Desford dissera a verdade ao descrevê-la como encantadora, e com um inexplicável sobressalto ficou pensando que talvez ela o tivesse cativado mais do que ele próprio pudera perceber. Reconhecendo aquele ligeiro receio que sentira, por não ser nem muito jovem e nem encantadora — já tendo deixado para trás o frescor da primeira juventude —, com inveja de alguém que era jovem, bonitinha e meiga, e sem dúvida possuía muito encanto, Henrietta reprimiu severamente tais pensamentos ignóbeis e, sorrindo para a moça, estendeu-lhe a mão, dizendo:

— Preciso apresentá-la a minha mãe, mas tenho certeza de que antes você gostaria de tirar o chapéu e o casaco. Vou levá-la a meu quarto, enquanto Desford explica a ela o motivo pelo qual teremos o prazer de recebê-la aqui por algum tempo. Mamãe está na sala de estar íntima, Des.

Ele assentiu com a cabeça e a teria acompanhado, saindo imediatamente do salão Verde, se Simon não o houvesse retido, perguntando se ele pretendia passar a noite em Wolverham.

— Não, vou voltar a Londres — respondeu ele. — Mas quero falar com você antes de partir. Por isso, não saia daqui antes de conversarmos.

— Tenho certeza de que esse é o seu desejo — disse Simon, olhando-o com expressão travessa. — Vou esperá-lo.

O visconde o olhou de maneira significativa e saiu, a fim de tratar de usar seus próprios poderes de lisonja com Lady Silverdale.

Encontrou-a ocupada bordando um pano de altar, de maneira um tanto descansada, mas ela afastou a obra quando ele entrou na sala e estendeu-lhe a mão gorducha, dizendo, com voz doce e meio sumida:

— Meu querido Ashley!

Ele beijou-lhe a mão, reteve-a nas suas durante um instante e tratou de ganhar-lhe as boas graças fazendo um elogio.

— Querida Lady Silverdale — disse. — Não diga que sou abominavelmente atrevido, mas como consegue parecer mais jovem e mais bonita cada vez que a vejo?

Se ela estivesse munida de um leque, certamente o teria usado para bater-lhe na mão, mas como esse não era o caso, teve de contentar-se em dar-lhe um tapa brincalhão, dizendo com afetada modéstia:

— Mentiroso!

— De forma alguma — tornou ele. — Nunca faço elogios levianamente.

— Ora, mas que exagero! — disse ela.

Ele negou e ela aceitou a negativa com a complacência oriunda da consciência de saber que, em seus melhores tempos, tinha sido realmente bonita. O passar do tempo e uma vida de decidida indolência haviam prejudicado consideravelmente sua aparência, mas em geral todos achavam que ela conservava alguns resquícios de beleza. Além disso, descobrira que um pequeno babado ocultava bem a tendência ao surgimento da papada no queixo. Durante os anos de sua viuvez, sua relativamente pequena afeição ao falecido Sir John Silverdale atingira proporções que teriam assombrado o referido cavalheiro, e não a teriam impedido de aceitar um pedido de casamento feito por algum pretendente de berço e fortuna. Não aparecera nenhum interessado na viúva, que passara a dedicar ao único filho todo o carinho que não dirigia a si própria. As pessoas que não a conheciam intimamente consideravam-na apaixonadamente devotada a ambos os filhos, coisa em que ela própria acreditava, mas quem a observasse mais de perto não se deixaria enganar por seus modos afetuosos; embora se pudesse dizer com justiça que tinha preferência por Charles, sua afeição por Henrietta era apenas morna.

O visconde, que pertencia a este último grupo, não perdeu tempo em indagar com solicitude pela saúde de Charlie, ouvindo com ar interessado a descrição feita por ela dos vários ferimentos recebidos por este último, do choque que o acidente provocara em seus nervos e das graves consequências que adviriam caso ele não ficasse em perfeito repouso até que o caro Dr. Foston o considerasse suficientemente restabelecido para sair do quarto. Como poucas coisas a interessavam mais do que os males capazes de atacar o corpo humano, e ela acreditava que as complicações físicas conferem certa distinção a suas vítimas, o recital tomou certo tempo e foi ainda complementado por um relato dos espasmos e palpitações que ela própria suportara desde que vira o corpo traumatizado do filho ser levado para a casa em uma maca.

— Desmaiei imediatamente, porque achei que ele estava morto! — disse ela, sentida. — Aliás, todos acharam que eu tinha morrido, pois custou muito tempo reanimar-me, e naturalmente eu estava tão aflita que não acreditei que Hetta dissesse a verdade ao afirmar que Charlie não estava morto, e sim com uma profunda concussão. Desde então tenho passado muito mal e o Dr. Foston teve de dar-me conhaque e valeriana para os nervos, que estão realmente despedaçados, como você pode imaginar.

O visconde deu as respostas adequadas e após expressar admiração pela fortaleza de espírito com que ela enfrentara uma experiência tão aterradora, finalmente aventurou-se a tratar do assunto que o levara a ela. Fê-lo muito bem, mas não foi fácil obter seu consentimento para a proposta. Tudo se tornou ainda mais difícil quando revelou que Cherry era neta de lorde Nettlecombe. Lady Silverdale exclamou imediatamente que não queria qualquer tipo de relação com um membro daquela família. Ele respondeu, com franqueza:

— Não a culpo por isso, madame; pois quem gostaria de ter relações com eles? Mas creio que seu bondoso coração deve estar enternecido pelas provações dessa pobre criança. Se o pai não estiver morto, sem dúvida a abandonou, sem deixar-lhe recursos. Ultimamente, ela tem morado com parentes maternos, que não a trataram nada bem. Tão mal, na verdade, que ela tomou a decisão de procurar a proteção do avô até conseguir encontrar emprego em alguma respeitável casa de família. Por isso, como na ocasião eu estava passando um tempo em Hazelfield, minha tia pediu que a trouxesse para Londres comigo, a fim de deixá-la em segurança sob a guarda do velho Nettlecombe. Pode-se imaginar minha decepção quando, ao chegarmos em Albemarle Street, encontramos a casa fechada, sem que nenhum dos vizinhos pudesse informar-me o endereço do lorde. Fiquei sem saber o que fazer com a moça, até lembrar-me da senhora, madame.

Ela o interrompeu, indagando:

— Será possível que ela seja filha de Wilfred Steane?

— Exatamente, pobrezinha. É o mesmo que ser órfã, ainda que ele possa estar vivo.

— Desford — disse ela, estendendo a mão para o cálice de vinagre —, nunca imaginei que você, dentre todas as pessoas, tivesse tão pouca consideração a ponto de trazer a filha daquela criatura a Inglehurst. E como é possível que sua tia... Bem, eu sempre achei a pobre Sophronia um tanto estranha. Mas como ela podia imaginar que eu estivesse disposta a tornar-me amiga da moça...

— Ora, mas não foi ela, madame — interpôs ele. — Tudo o que me pediu foi levar Cherry ao avô. Eu, no entanto, conhecendo a senhora muito melhor do que minha tia, compreendi que se havia uma pessoa em quem eu poderia confiar para entregar essa infeliz jovem, era a senhora. — Sorrindo para ela, acrescentou: — Está querendo convencer-me da dureza de seu coração, repelindo-a? Não vai conseguir: eu a conheço muito bem.

Ela remexeu nervosamente na barra do xale de seda que a cobria, olhando com certo ressentimento. Antes que pudesse resolver o que dizer para fazê-lo levar Cherry de volta porém sem prejudicar a opinião dele sobre sua disposição caridosa, a porta se abriu e Henrietta entrou, trazendo a Srta. Steane pela mão.

— Mamãe, eis a pobre Cherry, que tem passado um mau bocado, como imagino que Desford lhe tenha dito. Está atormentada por suas desgraças, mas quis conhecer a senhora antes que a levasse a seu quarto de dormir. Veja, querida, minha mãe também não é uma fera!

— Muito prazer! — disse Lady Silverdale com voz sumida, dignando-se a inclinar levemente a cabeça. — Hetta, por favor, traga meu tônico!

Bastante desanimada, Cherry murmurou:

— Eu não devia ter vindo. Oh, sei que não devia. Peço desculpas, madame.

Lady Silverdale era egoísta mas tinha bons sentimentos, e aquelas palavras aflitas, além do rosto pálido e fatigado, muito a abrandaram. Era evidentemente impossível expulsar da casa aquela pobre menina, e portanto, embora conservasse a atitude de quem estava prestes a desmaiar e continuasse a falar com voz baixa e sofredora, respondeu:

— Ora, nada disso! Perdoe se deixo com minha filha a tarefa de levá-la a seu quarto; tenho estado indisposta e o médico me aconselhou a não fazer qualquer esforço desnecessário. Pena que tenha vindo nos visitar justamente agora. No entanto, Henrietta cuidará de você. Por favor, diga-me se precisa de alguma coisa. Talvez um copo de leite morno, antes de dormir.

— Imagino, madame, que ela precise de algo um pouco mais substancial do que um copo de leite — disse o visconde, percebendo que Cherry parecia muito abatida e piscando um olho para ela, com grande falta de comedimento.

— Bem, claro que precisa — disse Henrietta. — Vou preparar uma ceia para ela, no momento que colocá-la para deitar-se.

— Oh, obrigada! — exclamou Cherry, com gratidão. — Não creio que mereça tanto, mas gostaria muito. Tia Bugle nunca me deixava...

Interrompeu-se, consternada, pois aquelas palavras causaram efeito imediato em sua anfitriã. Até aquele momento reclinada no assento com ar doentio, aspirando o vinagre, ela de repente deixou a pose de moribunda e empertigou-se de um salto, dizendo secamente:

— De quem você está falando?

— De... de minha... tia Bugle — gaguejou Cherry.

O peito de Lady Silverdale se inflou visivelmente.

— Aquela mulher! — disse ela, em tom venenoso. — Está me dizendo que ela é sua tia, menina?

— Sim, senhora — disse Cherry, estremecendo.

— A senhora a conhece, mamãe?

— Nós fomos debutantes na mesma temporada — revelou Lady Silverdale, dramaticamente. — Peço o favor de não me falar em Amelia Bugle. Era uma moça trepidante, oferecida, tentando atrair qualquer cavalheiro solteiro que chegasse perto, achando-se muito bonita, o que não era verdade, pois tinha um rosto lamentável e um nariz especialmente malformado. Assumiu um ar pretensioso quando agarrou Bugle, pensando ter chegado ao máximo na escala social. Cada vez que me lembro não posso deixar de rir.

O riso não parecia ser a emoção predominante nela, embora soltasse uma curta risada de venenoso sarcasmo. Henrietta, olhando de relance para Desford, disse, com certo tremor nos lábios:

— Pelo visto, mamãe, ela não era uma de suas amigas mais queridas.

— Claro que não. Mas mantivemos relações civilizadas até que ela teve o topete de passar na minha frente por uma porta, dizendo, com ar de importância, que em sua opinião tinha precedência sobre mim, porque o título de baronete do marido era mais antigo do que o dos Silverdale. Depois disso, naturalmente, limitei-me a um leve cumprimento de cabeça, e não tive mais nenhum interesse por ela. Venha sentar-se aqui, perto de mim, querida menina, e conte-me tudo a respeito dela. Tenho certeza de que ela a tratou de maneira abominável, pois lembro-me que nunca teve a menor delicadeza com pessoas que acreditava estarem abaixo dela. Você fez muito bem em deixá-la.

Indicou com um gesto simpático o lugar vazio no sofá a seu lado e Cherry, recuperando-se rapidamente de seu espanto, sorriu timidamente, fez uma pequena reverência e aceitou o convite. A deferência agradou Lady Silverdale, que tomou a mão dela, dizendo:

— Pobrezinha! Não se preocupe, você não será maltratada nesta casa. É verdade que aquela mulher tem cinco filhas?

Percebendo que sua volúvel genitora estava agora completamente envolvida pela curiosidade sobre o terrível destino de sua antiga rival, Henrietta aproveitou a oportunidade para trocar algumas palavras com o visconde.

— Nada poderia ser mais oportuno, não é? — disse ela, em voz baixa. — Me pergunto o que aquela mulher possa ter feito para que mamãe a odeie tanto?

— Eu também! — concordou ele. — Confio em você para saber a resposta. Certamente, a falta de delicadeza dela em tomar a precedência naquela entrada deve ter sido apenas uma impertinência final.

— Imagino que tenham sido rivais em beleza — disse Henrietta. — Mas isso não importa. Cherry ficará conosco até que você encontre o avô dela, mas o que acha que devo fazer? Não seria bom mandar uma carta cortês a Lady Bugle, informando-a de que está passando uns dias em Inglehurst? Não creio que seja correto sair sem uma palavra. Lady Bugle não pode ser tão monstruosa a ponto de não se sentir aflita por ela.

— É verdade — concordou ele, com relutância. — Ao mesmo tempo, Hetta, diga a ela que escreve informando que foi visitar o avô. Que diabo, em poucos dias eu poderei descobrir onde ele está, mas se ela mencionar Inglehurst, certamente Lady Bugle ligará meu nome a esse assunto e fará perguntas a minha tia Emborough, e eu ficarei em apuros.

— Você não pode escrever a Lady Emborough, explicando tudo a ela? — sugeriu Hetta.

— Não, isso não daria certo — respondeu o visconde. — Ela não gosta de Lady Bugle, mas não quer ter desavenças com ela e não ficaria satisfeita em ser envolvida nesta confusão.

— Tem razão. Eu não tinha pensado nisso. Farei como você diz. Vai passar a noite aqui ou voltará a Wolversham com Simon?

— Nenhuma das duas coisas: vou voltar a Londres. Pode ter certeza de que amanhã vou vasculhar a cidade até achar alguém que possa me dar o endereço de Nettlecombe; provavelmente perdendo meu tempo. Bem, isso será uma lição para mim, para que eu aprenda a não socorrer mocinhas desamparadas.

— Aprender a não atravessar um lamaçal sem usar botas — disse ela, rindo.

— Ou, pelo menos, sem ter certeza de que você estará por perto para me ajudar — emendou ele. Tomando-lhe a mão, ele a beijou. — Obrigado, minha melhor amiga. Ficarei eternamente grato.

— Ora, deixe disso. Se vai voltar a Londres ainda hoje é melhor despedir-se agora de sua mocinha; ela está tão cansada que mal consegue manter os olhos abertos. Mandei Grimshaw preparar uma ceia para você e Simon está à sua espera para fazer-lhe companhia.

— Deus a abençoe! — disse ele, voltando-se para despedir-se de sua protegida.

Cherry levantou-se rapidamente ao vê-lo aproximar-se do sofá e ele reparou que a moça parecia realmente muito cansada. Sorriu para ele com esforço e procurou agradecer-lhe a generosidade. Ele a interrompeu, acariciou-lhe a mão e aconselhou-a, como um avô, a comportar-se bem. Em seguida, prometeu a Lady Silverdale que voltaria para despedir-se dela tão logo terminasse a ceia e saiu em direção à sala de jantar.

Lá encontrou o irmão, sentado de lado à mesa, com um cotovelo apoiado no tampo e as longas pernas estendidas, vestidas com as absurdas calças Petersham. Tinha ao lado uma garrafa de conhaque. Grimshaw, com expressão de quem se sentia profundamente ofendido, indicou uma cadeira ao visconde fazendo uma curvatura, lamentando que os pratos postos à mesa fossem parcos, pois a lagosta e o frango haviam sido consumidos no jantar. O mesmo acontecia, acrescentou ele com voz isenta, com a torta de queijo que o Sr. Simon tanto havia apreciado.

— O que ele quer dizer é que eu comi toda a torta — disse Simon. — Estava realmente uma delícia. Gostaria que você não fizesse essa cara de segunda-feira, Grimshaw. Está carrancudo desde cedo, e isso me deixa deprimido.

— Eu diria que sua roupa não o agrada — disse o visconde, servindo-se de salmão em conserva. — E quem poderia culpá-lo? Você parece um janota extravagante. Não está de acordo comigo, Grimshaw?

— Prefiro dizer, meu lorde, que essa moda não me parece recomendável. Tampouco, se me permite dar minha opinião, ela parece adequada para um cavalheiro de trato.

— Bem, você não sabe o que diz — retrucou Simon. — É o estilo mais moderno, e foi Petersham quem o lançou.

— Lorde Petersham, meu senhor — disse Grimshaw, sem se dar por vencido —, é conhecido pela excentricidade, e frequentemente se mostra vestido de maneira que somente se poderia classificar como muito estranha.

— Além disso — acrescentou Desford, enquanto Grimshaw se retirava da sala —, Petersham tem pelo menos 15 anos a mais do que você e seja o que for que vista não fica parecido com um vendedor de macarrão.

— Cuidado, meu irmão — advertiu Simon. — Daqui a pouco você pode acabar se vestindo assim também.

Desford riu, examinando através do monóculo os vários pratos que tinha diante de si.

— Mesmo? Não, realmente, Simon, essas calças são de matar. No entanto, não vim aqui para falar de suas roupas; tenho coisa mais importante para dizer.

— Bem, agora me lembro que também tenho uma coisa importante para falar. Foi uma sorte ter vindo jantar aqui. Des, empreste-me umas quinhentas libras, está bem?

— Não — respondeu secamente Desford. — Nem um tostão, na verdade.

— Muito bem! — disse Simon, em tom de aprovação. — Não se deve estimular os jovens a pedir dinheiro emprestado. Dê-me de presente, e nem uma palavra sobre suas travessuras com aquele botão de flor passará por meus lábios.

— Que bom patife você é! — exclamou Desford, atacando um dos pratos. — Para que quer quinhentas libras? Ainda não se passou muito tempo desde que recebeu sua última mesada. Você não deve estar precisando.

— Infelizmente — disse Simon — a última mesada, confesso, esfumou-se.

— E papai diz que o perdulário sou eu.

— Isso não é nada, meu querido irmão, diante do que ele dirá se ficar sabendo de suas escapadas.

Desford não deu atenção àquela estocada, mas olhou inquisitivamente para o irmão, perguntando:

— Imagino que você tenha andado fazendo das suas. Não me diga que está ficando freguês de prostíbulos, ou está?

Simon sorriu, com ar de desculpas.

— Somente uma vez, Des. Posso dizer que a experiência me custou caro.

— Depenaram você, não foi? Bem, acontece com todos nós. Por isso você foi a Wolversham? Meu pai iria zangar-se, sem dúvida.

— Para dizer a verdade, meu caro, não tive coragem de tocar no assunto com ele, embora essa fosse a razão que me levou até lá. Não me pareceu o momento adequado para trazer à tona assuntos delicados. O ânimo dele não está nada bom.

— Não admira, tendo visto você vestido desse jeito. Que burrice, Simon. Você devia saber que ele se zangaria.

— Não, não, como pode pensar que eu não tenha tato? Vesti-me da maneira mais adequada. Cheguei até mesmo a procurar agradá-lo usando culote para o jantar, mas isso não dá certo diante de um ataque de gota. Posso acrescentar que, tendo sido obrigado a ouvir suas reclamações contra mim, contra você e até mesmo contra Horace durante mais de uma hora hoje à tarde, aproveitei uma oportunidade para escapar e muito delicadamente me ofereci para trazer uma carta de mamãe a Lady Silverdale, em vez do lacaio que ela queria mandar. Ela se sentiu obrigada a escrever para saber notícias de Charlie. Hetta contou a você que esse idiota se meteu em um desastre?

Desford concordou.

— Claro que sim. Como está ele?

— Bem, tem mau aspecto, mas parece que vai acabar bem. E então, que tal aquele dinheirinho, Des?

— Darei a você um cheque do banco Drummond, mas com uma condição.

Simon riu.

— Não direi uma palavra, Des.

— Ora, sei disso, menino. Minha condição é que você jogue fora essa roupa.

— Será um grande sacrifício — disse tristemente Simon — mas assim farei. Além disso, diga-me se há algo mais que possa fazer por você, na estranha situação em que se encontra.

— Fico muito agradecido — disse Desford, um tanto divertido, mas também grato. — Não há nada que você possa fazer, a menos que saiba para onde foi o velho Nettlecombe.

— Nettlecombe? Que diabo que você quer com aquele velho doido? — perguntou Simon, bastante curioso.

— Meu botão de flor, como você a chamou, é neta dele, e eu assumi o encargo de entregá-la a seus cuidados. Mas quando chegamos a Londres descobri que ele tinha saído da cidade e fechado a casa. Por isso a trouxe aqui.

— Meu Deus, ela é da família Steane?

— É a única filha de Wilfred Steane.

— E quem diabos é ele?

— Ora, é a ovelha negra da família, desde muito antes de você nascer. Antes do meu nascimento também, na verdade, mas eu me lembro de que se falava muito nele, especialmente as coisas que papai dizia a seu respeito e de qualquer outro Steane que existisse. Por isso é que não quero que ele fique sabendo a história de Cherry.

— É assim que a moça se chama? — perguntou Simon. — Que nome estranho para uma menina.

— Não, o nome dela é Charity, mas prefere ser chamada de Cherry. Conheci-a quando ela estava morando em Hazelfield. Não pretendo contar a você as circunstâncias que me fizeram levá-la a Londres em busca do avô, mas pode acreditar que praticamente fui obrigado a fazê-lo. Ela morava com a tia materna, e era tratada tão mal que resolveu fugir. Encontrei-a tentando alcançar Londres a pé, e como não consegui convencê-la a deixar-me levá-la de volta à tia, não pude fazer mais nada a não ser ajudá-la.

— Como um verdadeiro Sir Galahad, não? — riu-se Simon.

— Não, nada disso. Se tivesse sonhado que as coisas iam acabar assim, não o teria feito.

— Teria, sim — disse Simon. — Pensa que não o conheço? Aliás, o que foi que a ovelha negra fez para causar tanto escândalo?

— Segundo meu pai, tudo o que era possível, menos assassinato. Nettlecombe o expulsou de casa quando ele fugiu com a mãe de Cherry, mas o que o obrigou a escapar para o exterior foi ter sido descoberto explorando mulheres. Embebedava meninas até poder deflorá-las e depois desaparecia.

Simon arregalou os olhos.

— Que boa bisca! — comentou. — Que aconteceu com ele?

— Parece que ninguém sabe, e como há vários anos não se ouve falar nele, todos acham que deve ter morrido.

— Bem, esperemos que sim — disse Simon. — Se não se importa com o que vou dizer, meu caro, quanto antes você a entregar ao avô, melhor. Você não está interessado nela, está?

— Ora, pelo amor de Deus! — exclamou Desford. — Claro que não.

— Desculpe — murmurou Simon. — Estava apenas perguntando.

Capítulo 7

ANTES QUE OS dois irmãos se separassem naquela noite, Simon guardara no bolso o cheque do visconde e perguntara, em voz baixa e tom travesso, se ele pretendia ir a Newmarket para as corridas de julho. A resposta do visconde foi que inicialmente havia pensado em ir, mas que agora lhe parecia difícil.

— É muito possível que eu ainda esteja procurando Nettlecombe — disse ele. — Mas se está cogitando ir, posso dar-lhe uma barbada: o cavalo Mopsqueezer. O velho Jerry Townton me contou isso em segredo no Tatt, na semana passada, e em geral ele tem bons palpites.

Simon apertou-lhe a mão, sorrindo calorosamente e falando:

— Obrigado, Des. Você é um amigão.

Um tanto surpreso, Desford respondeu:

— Por que, só por dar a informação de Jerry? Não seja tão ingênuo.

— Não, não é por isso, e nem mesmo por esta ajuda — disse Simon, batendo no bolso. — É por não ter me passado um sermão de irmão mais velho.

— Não creio que você desse muita importância.

— Ora, nunca se sabe. Eu bem que poderia — disse Simon, alegremente. Pegou o chapéu, colocando-o inclinado sobre os cabelos claros. Hesitou um instante e falou: — Amanhã devo ir a Londres e ficarei lá até ir a Newmarket. Por isso, se tiver problemas e eu puder ajudar, venha a minha casa e farei tudo o que estiver ao meu alcance. — Em seguida acrescentou, despreocupadamente: — Você não tem ideia de como eu posso ser útil. Adeus, meu jovem!

O visconde deixou Inglehurst cerca de vinte minutos mais tarde, sentindo-se aliviado de pelo menos uma de suas preocupações. Graças, em grande parte, a sua aversão a Lady Bugle e à atitude simples de Cherry, Lady Silverdale parecia disposta a olhar com simpatia sua inesperada hóspede. Talvez fosse uma felicidade o fato de não tê-la achado especialmente bonita.

— Pobrezinha! — dissera ela. — Pena ser tão pequenina, e tão malvestida. Hetta, meu amor, creio que faríamos bem em torná-la mais apresentável. Fiquei pensando em darmos a ela aquele corte de cambraia verde, que achamos que não assentaria bem em você... Ela poderia fazer um vestido. Um vestidinho simples. E poderia cortar um pouco os cabelos, pois não gosto de vê-la despenteada.

Como Henrietta se mostrara perfeitamente disposta a estimular esses planos caridosos da mãe, o visconde se despediu de ambas e partiu achando que, pelo menos por enquanto, a anfitriã trataria Cherry bem.

Quando saiu, Cherry estava mergulhada em profundo sono, que nem o ruído das rodas da carruagem e dos cascos dos cavalos sob sua janela a perturbou. Estava tão exausta após as aventuras e agitação daquele dia que quase não se mexeu quando uma das camareiras veio abrir as cortinas da cama, expressando, enquanto Cherry despertou e se espreguiçava como um gato, o desejo de que ela tivesse dormido bem e informando-a de que o dia estava lindo. Para provar o que dizia, levantou as persianas da janela, fazendo-a piscar com a luz brilhante do sol que inundava o quarto. De um salto, Cherry sentou-se, recordando os acontecimentos do dia anterior, e perguntou as horas. Ao saber que já eram 8 da manhã, soltou uma exclamação de culpa e disse:

— Oh, meu Deus! Devo ter dormido mais de 12 horas. Como pude fazer isso?

A camareira, vendo que ela estava prestes a sair da cama às pressas, avisou-a de que não precisava apurar-se, pois Lady Silverdale nunca descia para a refeição matinal e a Srta. Hetta dera ordens para que a deixassem dormir até às 8 horas. Em seguida, deixou uma caneca de cobre com água quente junto à mesinha de toalete a um canto, pediu-lhe que tocasse a campainha se precisasse de mais alguma coisa e saiu, fazendo uma pausa à porta para informar que o desjejum seria servido na sala de almoço às 10 horas.

Cherry tratou de examinar o aposento. Quando Hetta a levara para a cama ela estava cansada demais para prestar atenção, apesar de ter ficado impressionada com a maciez dos travesseiros e da cama, a mais confortável em que jamais havia se deitado. Agora, porém, segurando os joelhos, olhou em volta de si com assombro e admiração. Achou que aquele era o quarto mais elegante que poderia imaginar, e teria se espantado se soubesse que Lady Silverdale não tinha gostado das cortinas, que em sua opinião estavam tão desbotadas que pareciam detestavelmente mortiças. A dona da casa também tinha detectado uma pequena mancha no tapete, onde algum hóspede descuidado deixou cair uma gota de perfume. Mas Cherry não reparou nisso, e nem no tom das cortinas. O colégio interno feminino da Srta. Fletching era adequadamente mobiliado, embora com austeridade. Em Maplewood, Cherry dormia no mesmo quarto com Corinna e Dianeme, que a mãe não considerava terem idade suficiente para justificar gastos desnecessários. Consequentemente, o espaço era mobiliado com uma coleção heterogênea de cadeiras e armários que ou tinham sido julgados inapropriado para os aposentos onde anteriormente haviam estado ou comprados barato em alguma loja de segunda mão. A própria casa de tia Bugle não tinha cortinas de seda adamascada, pensou Cherry, acariciando-as quase temerosamente.

Deslizou para fora do colchão e descobriu que não apenas alguém havia desfeito sua valise; também passara a ferro os dois vestidos que ela trouxera. Isso lhe pareceu um luxo tão estonteante que ela quase achou que ainda estivesse dormindo e sonhando.

Ao entrar na sala de almoço, para onde fora conduzida por Grimshaw com sua atitude mais solene, encontrou Henrietta preparando o chá e foi recebida de forma tão gentil que perdeu o terror inspirado pelo mordomo, dizendo impulsivamente:

— Creio que não disse ontem à noite o quanto sou imensamente grata à senhorita e Lady Silverdale, por serem tão bondosas para comigo. Na verdade, não sei como poderei agradecer o suficiente.

— Bobagem! — disse Henrietta, sorrindo para ela. — Perdi a conta de quantas vezes você me agradeceu ontem à noite. Creio que foi a última coisa que falou, quando soprei a vela, mas você já estava meio adormecida e posso ter me enganado.

Quando ambas se levantaram da mesa, Henrietta já conseguira fazer com que Cherry perdesse a timidez nervosa, conquistando suficientemente a confiança dela a ponto de sentir-se sinceramente penalizada. Era claro que a tia não a estimulara a partilhar seus segredos, e embora ela se referisse afetuosamente à Srta. Fletching, Henrietta não achou que os laços entre ambas fossem mais profundos do que os do relacionamento entre uma professora justa e caridosa e uma aluna agradecida. Cherry respondia às perguntas dela com bastante discrição e parecia inicialmente esperar ser humilhada. Ao perceber, porém, que não havia esse perigo, passou a comportar-se com muito mais naturalidade, tagarelando alegre, como havia feito na viagem para Londres. No entanto, foi necessária grande dose de persuasão para fazê-la aceitar o corte de cambraia, e, quando ela finalmente capitulou, foi com a condição de que pudesse pagar pela peça, não com dinheiro, mas com serviços.

— Estou habituada a trabalhar — assegurou ela a Henrietta. — Assim, por favor, Srta. Silverdale, diga-me o que quer que eu faça.

— Mas não quero que você faça coisa alguma — objetou Henrietta. — Você é nossa hóspede, Cherry, e não uma empregada.

— Não — disse Cherry, corando e erguendo decididamente o queixo. — A senhorita somente diz isso por bondade, e isso me conforta tanto que não me sentiria feliz caso não me fosse permitido ser útil aqui. Naturalmente, vejo que há muitos empregados, mas deve haver centenas de coisas que eu possa fazer para a senhorita e para Lady Silverdale, e que talvez os empregados não façam. Levar recados, buscar coisas, procurar objetos que possam estar extraviados, remendar fios corridos em meias. Ora, tantas coisas que talvez sejam necessárias e que são entediantes.

Como Henrietta não conhecia nada que a mãe não mandasse os empregados fazerem, não pôde deixar de rir, mas naturalmente não disse a Cherry o motivo do riso. Comentou apenas:

— Bem, farei o que puder para agradá-la, mas acho que devo preveni-la de que, caso me impeça de realizar qualquer tarefa chata, você acabará me transformando na criatura mais indolente e egoísta imaginável.

— Não, isso eu sei que não seria capaz de fazer — disse Cherry, sorrindo para ela.

Passou a maior parte da manhã alegremente ocupada em cortar a cambraia verde e em juntar os pedaços com alfinete. Para isso teve a competente ajuda de Hephzibah Cardle, costureira de Lady Silverdale, cuja atitude de solteirona e fisionomia ácida não faziam ninguém acreditar que a patroa tivesse por essa mulher singularmente circunspecta uma adoração ciumenta. Foi com extrema relutância que ela prodigou seus serviços à Srta. Steane, e não a teria absolutamente ajudado se Lady Silverdale não a houvesse pessoalmente ordenado fazer o possível para dar novo toque à moça. O orgulho profissional sobrepujou sentimentos menos admiráveis levando-a até mesmo (a fim de poupar a patroa a despesa de mandar buscar seu próprio cabeleireiro) a ajeitar as madeixas da Srta. Steane, em um estilo mais decente e muito mais elegante, o que lhe valeu um dos raros elogios da dona da casa. Porém, embora nada pudesse ser expresso com mais graça do que a gratidão de Cherry por seus amáveis ofícios, ela não gostou da moça. Esta encontrou somente uma simpatizante entre os empregados: Sra. Honeybourne, a gorducha e bem-humorada governanta, que a considerou uma doçura. As camareiras e os dois lacaios, e até mesmo o rabugento jardineiro, lhe sorriram indulgentemente, mas Grimshaw a olhava com animosidade e suspeita. Tanto ele quanto a Srta. Cardle estavam convencidos de que ela era uma astuta embusteira, decidida a insinuar-se nas boas graças de Lady Silverdale e de Srta. Hetta mediante lisonjas e toda sorte de truques.

— Se quiser saber minha opinião, Srta. Cardle — disse o mordomo, do alto de sua empáfia —, sinto-me obrigado a dizer que a considero dissimulada. E o que penso da conduta de lorde Desford em metê-la aqui é algo que não me rebaixarei divulgando.

Felizmente para a tranquilidade de Cherry, a meticulosa civilidade com que ambos os antipáticos empregados a tratavam impediu que ela percebesse o azedume com que suportavam sua presença em Inglehurst. Três dias depois de sua chegada ela perdera a expressão apreensiva e espalhava pétalas ao calor de uma aprovação até então desconhecida. Ser recebida com um sorriso ao entrar em uma sala, ser chamada de "querida menina" por Lady Silverdale, ser gentilmente repreendida por ter realizado uma tarefa caseira desnecessária, ser estimulada pela Srta. Silverdale a percorrer à vontade toda a propriedade, e ser tratada como hóspede devidamente convidada, e não como a intrusa importuna que imaginara — tudo isso representava circunstâncias até então desconhecidas, que ela desejava ansiosamente poder retribuir a suas amáveis anfitriãs por todos os meios a seu alcance. Não foi preciso mais do que um dia para compreender que pouco poderia fazer por Henrietta, mas muito por Lady Silverdale. Por não haver anteriormente cuidado de ninguém como ela, Cherry nem por um momento suspeitou de que a voz queixosa e os modos suaves daquela senhora ocultassem egoísmo e decisão de agir como bem quisesse, de forma muito mais impiedosa do que os rudes métodos empregados por Lady Bugle. Esta lhe daria imperiosamente ordem de ir procurar algum objeto de que tivesse dado por falta, e ao trazê-lo de volta a receberia dizendo não saber por que motivo levara tanto tempo para encontrá-lo; Lady Silverdale, por sua vez, iniciaria a busca dizendo: "Oh, meu Deus, como sou tola! Perdi a tesoura de bordado! Ora, onde posso tê-la deixado? Não, minha querida menina, você não precisa preocupar-se com meu descuido." E quando Cherry, após exaustiva busca, encontrava a tesoura desaparecida e a trazia de volta, Lady Silverdale dizia: "Oh, Cherry, minha querida! Não devia ter-se preocupado com isso."

Não admira que ela florescesse com semelhante tratamento e que não considerasse nenhuma ocupação demasiado laboriosa ou desagradável para ser levada a efeito em prol de uma benfeitora tão amável. Nunca se sentira tão feliz em toda a sua vida; percebendo isso, Henrietta se abstinha de intervir. No entanto, procurou avisá-la gentilmente de que o humor de Lady Silverdale era um tanto imprevisível e que dependia em grande parte da maneira como se sentia, das condições climáticas ou das deficiências dos empregados. Não era incomum que, repentinamente, passasse a detestar pessoas a quem anteriormente houvesse tratado de maneira calorosa. Embora esses caprichos durassem pouco, tornavam a vida de sua vítima extremamente desconfortável.

Cherry ouviu essas palavras e assentiu gravemente com a cabeça, dizendo que Lady Bugle também sofria de tais estranhos destemperos.

— Mas os acessos dela eram piores, pois nunca não se mostrava bondosa, nem amável, mesmo nos melhores momentos, o que é o contrário da querida Lady Silverdale. Na verdade, acho que a senhorita e ela são as pessoas mais ternas que já conheci.

Essas palavras foram ditas com um brilho nos olhos. Henrietta somente foi capaz de desejar que a disposição agradável de sua genitora prosseguisse durante toda a estada de Cherry.

Passaram-se três dias até que Sir Charles Silverdale tivesse permissão para sair do quarto, e tanto a mãe quanto a irmã o acharam mais abalado pelo acidente do que ele próprio confessava. Fazia questão de descer, mas ao chegar à biblioteca, amparado pelo camareiro, contentava-se em deitar-se no sofá e tomar o conhaque que sua mãe lhe trazia. Era um jovem de boa aparência, mas a expressão de seu rosto muitas vezes lhe anuviava a fisionomia, que tendia a mostrar-se petulante, e até mesmo mal-humorada. Tanto no temperamento quanto na aparência física assemelhava--se muito à mãe, mas devido ao fato de ter perdido o pai muito cedo e ser extremamente mimado, todos os defeitos herdados da mãe eram exagerados. Possuía bastante encanto pessoal, uma naturalidade que o tornava um conviva aceito por todos, e modos ousados que lhe haviam granjeado a admiração de muitos jovens fidalgos de temperamento semelhante. Os empregados gostavam dele, pois embora fosse exigente como a mãe, e muito mais egoísta, adquirira o jeito que ela tinha de fazer com que as ordens mais extravagantes parecessem simples solicitações. Como sempre agradecia, com um sorriso muito doce, ou expressava arrependimento por suas explosões de ira, ou lhes dava licença para sair quando não previa necessitar de seus serviços, era considerado muito simpático. As façanhas levianas eram julgadas com indulgência, como sendo a conduta típica de um jovem cavalheiro de temperamento inquieto, e seus modos descuidados eram desculpados como normais devido a sua idade. Somente a irmã, cujo carinho natural não a impedia de reconhecer-lhe os defeitos, dissera certa vez, exasperada por algum exemplo de rudeza, que como ele possuía grande quantidade de amigos, imaginava que reservasse o mau humor para a família, conduzindo-se de maneira correta em qualquer lugar além dos limites do lar. O comentário cáustico valeu-lhe instantaneamente a ira e duradoura reprovação da mãe, e ela nunca mais repetiu a observação.

Hetta aguardava com apreensão o aparecimento do irmão após o acidente, conhecendo a suscetibilidade dele e sabendo perfeitamente que a mínima tendência a flertar com Cherry transformaria Lady Silverdale, em um piscar de olhos, de benevolente protetora em inveterada inimiga. Descobriu, porém, que Desford tinha razão: a esfuziante Sra. Cumbertrees poderia já ser coisa do passado, mas o gosto de Sir Charles ainda se dirigia a mulheres de encantos opulentos e vasta experiência. Ele não se interessava por moças inocentes, e seu único comentário, ao ser apresentado a ela, sem dúvida afastou qualquer preocupação da ansiosa mãe. Esta, na verdade, não se afligiu, e concordou com o filho quando ele disse:

— Que coisinha insignificante ela é, mamãe! Uma mocinha sem maiores atrativos. Não sei por que motivo Des se interessou em ajudá-la.

Cary Netthercott também ficou intrigado, mas sendo homem simples e direto, aceitou a explicação do que realmente aconteceu, sem questionamentos e sem dificuldade.

— Somente se pode elogiar o visconde por seu comportamento em uma situação tão difícil — disse ele, acrescentando, com um leve sorriso: — E devemos esperar que todos possam ter fortaleza de espírito para conduzir-se de maneira idêntica em condições semelhantes.

— Imagino que o senhor faria o mesmo — respondeu Henrietta, sorrindo. — Foi um caso muito triste, você sabe; mais triste do que ela poderá ter revelado a Desford. Somente um monstro poderia deixá-la desamparada.

Ele concordou, mas observou, gravemente:

— Mas o que será dela? Tão jovem, e tão abandonada, pois a senhorita não poderá continuar sendo responsável por ela, e nem, imagino, lorde Desford espera isso de você.

— Não, claro que não. Ele simplesmente a deixou aqui em Inglehurst enquanto procura descobrir o paradeiro do avô, embora eu ache extremamente duvidoso que lorde Nettlecombe queira recebê-la em sua casa.

— Não conheço lorde Nettlecombe, somente a reputação dele.

— Eu também não o conheço, mas se metade do que se diz a seu respeito for verdade, deve ser o avarento mais desagradável que se possa imaginar. Somente posso esperar que se comova com o sofrimento de Cherry, e até mesmo se afeiçoe a ela, o que seria maravilhoso, pois ela é uma pessoa encantadora e tem um jeito muito doce.

— Sem dúvida ela possui muito encanto — concordou ele. — Não gosto da ideia de que se torne escrava de um unha de fome como dizem que lorde Nettlecombe é. — Fez uma pausa, franzindo a testa e tamborilando com o dedo sobre a mesa. — O que ela pretende fazer se lorde Nettlecombe não recebê-la? — perguntou, abruptamente. — Ela já pensou nessa possibilidade?

— Pensou, é claro. Tem a intenção, uma firme intenção, de procurar emprego em alguma casa de família respeitável.

A testa dele ficou mais franzida.

— Que tipo de emprego? De governanta? Ela é demasiada jovem para esse trabalho.

— Não apenas é muito jovem, mas também não possui as qualificações necessárias — disse Henrietta. — Ela se considera capaz de ser tutora de crianças depois do jardim de infância, mas espero tê-la convencido de que tal ocupação não representaria uma melhoria das condições dela enquanto esteve na casa da tia. A outra ideia é procurar emprego como acompanhante de uma pessoa idosa e inválida. Ela diz, e acredito em suas palavras, que embora não seja muito dada a leituras, sabe como lidar com o que chama de "velhas rabugentas". Bem, minha própria mãe pode não ser velha, e Deus me perdoe se a considerar rabugenta, mas devo confessar que... Bem, que ela tem certos caprichos. Imagino que o senhor saiba o que quero dizer. — Ele inclinou a cabeça, olhando-a com expressão de seriedade. — O fato — disse ela — é que somente posso dizer que nunca vi ninguém que pudesse mantê-la mais contente e feliz do que Cherry.

— Mais do que a senhorita? — perguntou ele.

— Ora, por Deus, não! — retrucou ela, rindo. — Não levo jeito para isso, digo com certeza. Não tenho paciência suficiente, mas Cherry tem. E ela sabe lidar com hipocondríacos muito melhor do que eu. Isso é um choque para o senhor? Esqueça o que eu disse.

Ele balançou negativamente a cabeça.

— Nada do que a senhorita me dá a honra de confidenciar poderá chocar-me — respondeu, com simplicidade. — O que me choca é saber que a senhorita conhece a natureza fingida dos achaques e males de Lady Silverdale. Desculpe se me expresso mal. Sou impulsivo, e nem sempre consigo transmitir meus pensamentos com palavras. Mas sempre imaginei que a senhorita achasse que ela tem pouca saúde, e nesse caso sua dedicação a ela seria coisa natural, e quem tivesse pena de sua situação seria impertinente, ou mesmo quem tivesse a ideia de resgatá-la.

Calou-se, corando, ao perceber nos expressivos olhos dela tanto divertimento quanto surpresa. Ao responder, as palavras foram como uma ducha de água fria, pois o que disse, rindo, foi:

— Bem, concordo com isso, Sr. Nethercott. Meu Deus, será possível que o senhor me considere digna de pena, ou que precise ser resgatada? O senhor faz uma ideia estranha a meu respeito, e também de minha pobre mãe. Às vezes, ela pode ser um pouco cansativa, mas asseguro que é tão afeiçoada a mim quanto eu a ela. Sinto-me perfeitamente feliz, acredite.

— Desculpe-me — murmurou ele. — Falei demais.

— Claro, naturalmente — tornou ela, sorrindo. — A verdade é que o senhor é demasiadamente romântico, e deveria ter vivido na época em que homens como o senhor saíam à procura de alguma jovem em dificuldades, para salvá-la. Deve ter havido muitas delas, aliás. Quanto aos dragões, gigantes e ogros que as atormentavam, se pensarmos na quantidade abatida pelos cavaleiros brilhantes, teremos de chegar à conclusão de que o país estava positivamente infestado por eles.

Ele não pôde deixar de rir, mas sacudiu a cabeça, dizendo:

— A senhorita tem sempre um excelente humor, Srta. Hetta, e diz coisas muito divertidas. Será que nunca fala sério?

— Bem, não durante muito tempo — replicou ela. — Acho que sou como Beatrice, nascida para sempre dizer coisas alegres e sem substância. Mas vamos, estávamos falando da situação de Cherry, e não da minha. Ela é de fato uma jovem em dificuldades.

— O caso dela, sem dúvida, é difícil — disse ele, em tom grave.

— É verdade, mas tenho a esperança de que não passe muito tempo até que alguém lhe peça a mão em casamento.

— Lorde Desford? — interrompeu ele, observando de perto a expressão do rosto dela.

— Desford? — exclamou ela, elevando involuntariamente a voz. — Por Deus, não! Pelo menos espero sinceramente que isso jamais aconteça.

— Por que diz isso? Se ele estiver apaixonado por ela...

— Meu caro senhor, ouso dizer que Desford deve ser o último homem a esquecer o que deve a seu nome e a sua família. Já imaginou o que lorde Wroxton diria de semelhante união?

— Quer dizer que lorde Desford se casará obedecendo ao desejo do pai?

— Não, mas tenho certeza de que não se casará contra a vontade dele — disse ela. — Quando disse que em minha opinião não demoraria muito para que alguém peça a mão de Cherry, o que penso é que caso possamos introduzi-la em uma casa de família onde ela tenha possibilidade de conhecer convidados, tenho poucas dúvidas de que algum pretendente respeitável efetivamente o faça — e não apenas um só — para quem a reputação do pai nada signifique.

— Permita-me dizer, Srta. Hetta, que a reputação do pai nada deveria significar para o homem que a ame.

— Claro — disse ela, impacientemente —, mas o senhor não pode esperar que um Carrington se case com uma Steane. Eles nem sequer são verdadeiros nobres. Lorde Nettlecombe é apenas o segundo barão, como o senhor sabe, e o pai dele, pelo que ouvi dizer, era um diamante bruto.

— Não se deve desprezar um homem por ter sido um diamante não lapidado.

— Sem dúvida — concordou ela. — Pode ter sido uma pessoa admirável. Mas a menos que minhas informações estejam incorretas, não é isso o que ele era. Há um sangue ruim na família Steane, Sr. Nethercott, e embora esse não seja o caso de Cherry, quem sabe se não poderia ressurgir nos filhos dela?

— Se esses são seus sentimentos, Srta. Hetta, sinto-me admirado que a senhorita tenha ousado expor seu irmão ao risco de apaixonar-se por ela — disse ele, em tom enigmático mas com olhar sério.

Ela respondeu, rapidamente:

— Claro, e devo dizer que tive fortes dúvidas. Mas Desford disse que eu não devia me preocupar com isso, porque não iria acontecer. Disse que os rapazes da idade de Charlie raramente se apaixonam por moças mais jovens do que eles, mas ficam fascinados com as mulheres de tipo fatal. E tem toda a razão, como em geral é o caso. Charlie acha Cherry insignificante. E isso é bom, naturalmente, mas acredito que quando ele tiver idade para arrumar a vida, já terá passado seu gosto por mulheres fatais.

— Essa é a opinião de lorde Desford? — perguntou o Sr. Nethercott, sem conseguir disfarçar um tom sardônico na voz.

Ela não percebeu e disse, franzindo a testa:

— Não creio que jamais tenha perguntado a ele, mas asseguro-lhe de que esse é o caso, porque, agora que penso no assunto, lembro que as primeiras mulheres que o interessaram eram mais velhas do que ele, e não eram do tipo que ninguém, exceto um verdadeiro idiota, teria pensado em pedir em casamento. E isso Desford nunca foi, mesmo em seus dias de maior desespero.

Enquanto falava, os olhos dela se acenderam com um ar de divertida recordação, mas ao olhar para o Sr. Nethercott viu que ele não compartilhava de seu estado de espírito. Por isso, ela prudentemente encerrou o encontro, levantando-se e convidando-o a acompanhá-la à biblioteca, onde Charlie, ainda estendido no sofá, teria prazer em conversar com ele.

Capítulo 8

ENQUANTO ISSO, o visconde encontrava amplos motivos para lamentar seu ato de cavalheiro. Passou o dia seguinte a seu regresso a Arlington Street em várias tentativas malogradas de descobrir o paradeiro de lorde Nettlecombe, chegando mesmo (embora com extrema relutância) a superar sua forte aversão a Jonas Steane e bater à porta da casa dele na Upper Grosvenor Street. Tal como o pai, porém, o Sr. Steane saíra da cidade, e, embora a morada não estivesse inteiramente deserta, o idoso caseiro, que finalmente atendeu à campainha puxada com vigor suficiente para romper o cabo, e a batidas cada vez mais fortes, não foi capaz de dar informações mais precisas, além de dizer que o Sr. Steane havia ido a Scarborough com a família. Tampouco se lembrava de que alguém lhe tivesse dado o endereço de onde se hospedava; sabia apenas que os empregados estavam de férias por 15 dias, mas que regressariam ao fim da semana seguinte com o intuito de fazer uma boa faxina na casa antes da volta da família. Da mesma forma, não sabia se lorde Nettlecombe também tinha ido para Scarborough, mas em sua opinião isso era improvável, porque não tinha boas relações com o Sr. Steane. Finalmente, com a louvável intenção de ajudar o visconde, disse que certamente o procurador do Sr. Steane saberia onde ele estava, mas como não podia fornecer-lhe o nome do advogado, por nunca ter sido informado a respeito, já que não era assunto seu, a sugestão de que Desford o procurasse não foi tão útil quanto imaginava.

Ao fim de um dia especialmente improdutivo, quando o visconde se sentou à mesa para jantar sozinho em sua própria casa, seu mordomo, profundamente interessado e preocupado com a falta de apetite do patrão, deu tratos à bola e, de repente, sentiu-se inspirado a apresentar-lhe o conselho mais promissor até então. Enquanto servia o segundo copo de vinho, disse:

— Meu senhor pensou que lorde Nettlecombe pode ter-se retirado para sua propriedade no campo a fim de passar os meses de verão?

O visconde, que estivera mergulhado em sombrios pensamentos sobre as dificuldades que enfrentava, levantou rapidamente os olhos e exclamou:

— Meu Deus, como posso ter-me esquecido disso?

— Claro, meu lorde — disse Aldham, colocando uma torta de queijo diante dele. — Somente há poucos minutos me lembrei. Assim, enquanto o senhor se servia do primeiro prato, tomei a liberdade de consultar o Diretório da Câmara dos Lordes, que recordei ter visto em sua biblioteca, e embora esse volume já tenha dez anos, imagino que as informações que contém ainda sejam válidas. Vi que a propriedade rural de lorde Nettlecombe fica no condado de Kent, não longe de Staplehurst. Pode-se imaginar que não seja difícil encontrá-la, pois é conhecida pelo nome de Nettlecombe Manor.

— Muito obrigado! — disse calorosamente o visconde. — Fico muito grato. Não sei o que faria sem você. Amanhã de manhã seguirei para Staplehurst.

Assim fez, pedindo a refeição matinal em uma hora pouco comum, de forma que sua carruagem já passara do pavimento das ruas antes que outros rapazes da sociedade que ainda estavam em Londres tivessem saído de seus quartos de dormir. O cocheiro não teve dificuldade em localizar Nettlecombe Manor, pois, a pouca distância de Staplehurst, havia uma tabuleta indicando o caminho para o local. Chegava-se à casa por meio de uma estreita alameda, margeada por uma cerca viva, e havia grama entre os sulcos para as rodas das carroças. Isso não parecia indicar que a descrição da casa de lorde Nettlecombe pudesse justificar-se como "propriedade rural", mas tratava-se de uma grande mansão no meio de um pequeno parque. Havia um caminho para as carruagens a partir de uma casa menor e de muito boa aparência e o parque mostrava sinais de haver sido tratado para retirar ervas daninhas. Quando os cavalos chegaram diante da entrada principal, o visconde saltou agilmente e viu que a mansão estava passando por reparos, circunstância que, conforme mais tarde observou de maneira sarcástica, deveria ter sido suficiente para fazê-lo compreender que quem fosse a pessoa a residir ali, não seria lorde Nettlecombe.

Em pouco tempo, isso revelou-se verdadeiro. O lorde havia alugado a casa a um comerciante aposentado, cuja esposa, ao que o próprio informou a Desford, há anos desejava ardentemente possuir uma mansão no campo.

— Veja, meu lorde — disse ele, com uma risada —, o que ela queria mesmo era uma casa realmente grande, como Chatsworth, ou coisa assim, mas eu a convenci de que esse tipo de residência estava acima de minhas possibilidades, mesmo que o proprietário desejasse alugá-la, o que, pelo que sei, não é o caso. Mesmo assim, foram necessários quase dois anos para que encontrássemos esta. Eu já estava cansado de percorrer o país procurando casas que não eram como queríamos e nem como os agentes imobiliários as descreviam, mas, quando vi esta, resolvi alugá-la, ainda que não tivesse gostado dela, mas devo confessar que depois me agradou. Naturalmente percebi de imediato que precisava de muitos reparos, mas pensei que isso me daria o que fazer quando me aposentasse de meus negócios, pois se não tiver uma ocupação, provavelmente ficarei deprimido. Além disso, consegui uma boa pechincha com o agente do lorde, embora — acrescentou ele, com ar decepcionado — não tão boa quanto poderia ter sido, caso eu soubesse o verdadeiro estado da casa. Bem, se o senhor é amigo do lorde, não quero dizer nada impróprio, mas não acreditaria como deixaram este lugar se transformar em ruína.

— Não sou amigo dele, e acredito perfeitamente — disse Desford rápido, antes que o Sr. Tugsley pudesse continuar a narrativa. — Tenho um assunto... Um assunto de negócios a discutir com ele, e pensei que pudesse encontrá-lo aqui, pois o procurei em sua residência em Londres, mas descobri que ele saíra da cidade. Se o senhor souber onde posso encontrá-lo eu ficaria muito grato.

— Bem, isso eu não sei, mas posso dar-lhe o nome e endereço do advogado dele. Se o senhor nos der a honra de passar à outra sala, que a Sra. T. chama salão Verde, mas que, para mim, é só um cômodo comum, e aceitar alguma coisa de comer, eu verei se posso informá-lo.

O visconde agradeceu, mas teria recusado a hospitalidade se não tivesse percebido que o Sr. Tugsley se ofenderia. Não costumava ferir as suscetibilidades dos inferiores a ele na escala social, e por isso acompanhou o anfitrião à sala contígua, cumprimentou a Sra. Tugsley com uma curvatura como se ela fosse uma duquesa (conforme mais tarde ela relatou ao marido) e até mesmo suportou, com ar de interesse cortês, a excessiva conversação dela por vinte minutos, durante os quais tomou um copo de vinho e comeu um pêssego. A mesa estava posta com muitos pratos, mas ele conseguiu recusá-los sem ofender ninguém, afirmando (e era perfeitamente verdadeiro) que, embora não tivesse resistido ao pêssego, jamais se alimentava entre as refeições.

Era evidente que a Sra. Tugsley tinha ambição de frequentar a alta sociedade e seus esforços para impressioná-lo a levaram a imitar grotescamente o que ela supunha serem as maneiras dos ricos, misturando à conversa os nomes de pessoas da nobreza, descrevendo-as em geral como "uma criatura doce" ou "um perfeito cavalheiro" e procurando demonstrar que as conhecia intimamente. O visconde respondia com naturalidade cortês, não permitindo que surgisse em sua expressão qualquer indício de mau humor ou tédio, mas ficou aliviado com o regresso do Sr. Tugsley trazendo um pedaço de papel no qual transcrevera o nome e endereço do advogado de lorde Nettlecombe. Entregou-o a Desford, recomendando-lhe não deixar que aquele velhaco o enganasse. A Sra. Tugsley reprovou-lhe as palavras vulgares, dizendo (enquanto franzia ameaçadoramente a testa) não saber o que o lorde iria pensar a seu respeito. Mas Desford riu e disse estar muito agradecido ao Sr. Tugsley pela advertência, acrescentando que, se o representante de lorde Nettlecombe fosse tão sovina quanto este último, deveria ser realmente uma pessoa muito difícil.

Finalmente, separou-se do casal Tugsley com mostras de consideração, sem que nenhum dos dois suspeitasse de que, durante quase uma hora, ele estivera ansioso para afastar-se de Nettlecombe Manor. Não havia grande possibilidade de que pudesse chegar a Londres antes que o advogado, Sr. Crick, já tivesse encerrado o expediente, e como o dia seguinte era domingo, seria impossível consultá-lo até segunda-feira.

Aconteceu que somente teve oportunidade de entrevistá-lo na tarde da segunda-feira, pois, ao chegar ao escritório de manhã cedo, foi informado de que o Sr. Crick havia sido chamado por um de seus clientes. O solícito funcionário que deu a Desford essa informação não sabia quando o chefe voltaria, mas achava que não seria antes do meio-dia. Sugeriu, fazendo mais uma de suas humildes curvaturas, que, se o lorde desejasse, o Sr. Crick poderia ir visitá-lo na Arlington Street, a fim de saber de que ele precisava. O visconde, porém, que não pensava em procurar seu próprio advogado, ou o de seu pai, recusou a oferta sem hesitação, dizendo que tudo o que precisava do Sr. Crick era simplesmente saber o paradeiro atual de lorde Nettlecombe.

— Isso — acrescentou ele, com seu agradável sorriso — é algo que acredito que o senhor possa me revelar.

No entanto, tornou-se imediatamente evidente que o funcionário não podia ou não desejava dar-lhe tal informação, portanto somente lhe restava retirar-se, deixando o cartão e dizendo que voltaria mais tarde no mesmo dia.

— Naturalmente — disse Stebbing, ao tomar seu lugar ao lado do visconde no tílburi — isso dará a esse Crick tempo suficiente para fazer-se de rogado.

— Gostaria que você fosse um pouco mais positivo — retrucou Desford, com certa exasperação. — Você tem estado resmungando desde que saímos de Hazelfield, e eu já estou cansado disso. Por que diabos ele se faria de rogado?

— Não saberia dizer, meu lorde, mas o que nós dois sabemos é que ele é o agente de lorde Nettlecombe, e se não procurar se esconder, eu serei um idiota. E isso eu não sou.

—Você pode não ser idiota, mas não há dúvida de que é um dos piores azarentos que já tive a infelicidade de encontrar — disse Desford, secamente. — Sei muito bem o que fez você ficar de mau humor, mas o que também sei é que não é da sua conta se eu resolvi ajudar a Srta. Steane, ou qualquer outra pessoa.

Repreendido com inusitada severidade pelo visconde, Stebbing murmurou algumas palavras de desculpas, mas Desford interrompeu o subsequente pedido de licença para retirar-se, dizendo rudemente:

— Muito bem, mas que isso não se repita. — O cocheiro não se atreveu a falar novamente até chegarem a Arlington Street. Ali, ao receber as rédeas das mãos do patrão, perguntou com inédita humildade a que horas o visconde desejava que o veículo estivesse preparado à porta para a segunda ida ao centro.

— Não vou precisar — disse o visconde. — Tomarei um táxi.

— Muito bem, meu lorde — disse Stebbing, com ar sombrio —, será como Vossa Excelência quiser. No entanto, se preferir o tílburi, poderá levar o jovem Upton em meu lugar.

Nem estas palavras e nem sua expressão poderiam levar os que não os conhecem a perceber que ele desejava ardentemente reconciliar-se com o patrão, mas como o visconde não era um noviço nas relações com seu cocheiro, acabou por ceder, pois bem sabia que a rudeza e as frequentes tentativas de Stebbing de ralhar com ele e mostrar-se autoritário tinham origem em uma genuína afeição. Levar o novato em lugar dele seria feri-lo profundamente. Assim, após olhá-lo severamente durante um momento, o visconde riu e disse:

— Não trate de usar seus truques contra mim, seu velhaco! Pensa que não o conheço? Traga o carro às 14 horas.

Stebbing sentiu-se tão aliviado por aquele claro sinal de que o visconde já não estava zangado que, ao tomar novamente lugar ao lado dele no veículo, comportou-se com extrema e ansiosa delicadeza. Desford sabia que aquela subserviência incomum não duraria muito, e o estimulou a conservá-la. Na verdade, essa atitude pareceu abandoná-lo quando o visconde lhe entregou as rédeas diante do sombrio prédio onde ficava o escritório do Sr. Crick, informando que voltaria muito brevemente. O cocheiro disse então que esperava que o lorde encontrasse o advogado e quis saber o que ele faria em caso negativo; mas o visconde apenas riu e entrou no edifício.

O funcionário o cumprimentou, levando-o ao gabinete do Sr. Crick, onde foi recebido com grande cortesia pelo advogado. Este o convidou a sentar-se e pediu desculpas por ter estado ausente na parte da manhã. No entanto, não informou o endereço de lorde Nettlecombe. Disse estar perfeitamente a par de todos os negócios do fidalgo e tinha certeza de que, caso lorde Desford tivesse a gentileza de dar a conhecer o assunto que desejava tratar com seu cliente, ele poderia encarregar-se disso.

— O que desejo tratar com ele não é assunto de negócios — disse o visconde. — É particular, e somente ele pode responder-me.

Disse essas palavras com perfeito bom humor, mas havia em sua voz um tom subjacente de decisão, que o Sr. Crick não deixou de perceber e que, aparentemente, o perturbou. Tossindo discretamente, ele murmurou:

— Claro! Exatamente! Compreendo... Mas asseguro a Vossa Excelência que não é necessário ter medo ao inteirar-me do assunto. Suponho que se trate de uma questão delicada. Talvez o senhor não saiba, mas devo dizer-lhe que meu cliente me honra com sua inteira confiança.

— É mesmo? — perguntou o visconde, polidamente.

O Sr. Crick remexeu na caixa de pó mata-borrão, arrumou alguns papéis e finalmente falou:

— Ele é... Bem... é uma pessoa muito peculiar, meu lorde, se assim posso descrevê-lo.

— Eu ainda não o conheço pessoalmente, mas sempre entendi que se tratava de um sujeito muito esquisito — concordou o visconde.

O Sr. Crick deu uma risadinha nervosa, mas comentou que não lhe cabia afirmar se estava ou não de acordo, embora tivesse de confessar que lorde Nettlecombe, às vezes, tinha um comportamento bizarro.

— O senhor sabe, ele passou a excluir-se do mundo — disse o advogado — e quase nunca recebe ninguém, exceto o Sr. Jonas Steane, e ultimamente, nem mesmo. — Suspirou, sacudindo a cabeça. — Lamento dizer que ele e o Sr. Steane tiveram uma divergência de opiniões há poucas semanas e, em consequência, lorde Nettlecombe partiu para Harrowgate, deixando-me instruções para tratar de qualquer assunto que surgisse durante sua ausência.

Afirmou — devo dizer que em termos absolutamente claros — que não desejava receber o Sr. Steane, e na verdade mais ninguém, e tampouco quaisquer comunicações, nem mesmo minhas.

— Meu Deus, ele deve ter um parafuso a menos — exclamou o visconde.

— Não, não, meu lorde — apressou-se em explicar o Sr. Crick. — Isto é, não que o senhor queira dizer que ele esteja desequilibrado, que imagino ser o sentido de suas palavras. Ele... bem, sempre se mostra muito mal-humorado e atrevo-me a dizer que seja imprevisível, mas é muito astuto, certamente, muito astuto, no que diz respeito às coisas práticas! Está sempre a par de tudo, ou como ele próprio costuma dizer, conheci todos os truques. — Riu nervosamente outra vez, mas como o visconde não demonstrou qualquer reação a essa descrição dos humores de lorde Nettlecombe, transformou o riso em tosse e falou, abaixando a voz em tom confidencial: — As... As excentricidades dele têm origem, penso eu, nas penosas circunstâncias de sua vida particular, que aliás não tem sido muito venturosa. Seria impróprio que eu me estendesse sobre isso, mas não tenho escrúpulos em dizer a Vossa Excelência (pois é de conhecimento público) que o casamento dele não foi abençoado pelo grau de bem-estar conjugal que, como se sabe, frequentemente atenua os temperamentos um tanto rudes. E também o caráter instável do filho mais moço tem sido fonte de grande sofrimento para ele, sim, muito sofrimento. Esperava-se que Jonas Steane pudesse servir-lhe de conforto, mas infelizmente ele não tem apreço pela esposa do Sr. Jonas, e portanto seu relacionamento com este é relativamente tenso, embora nunca tenha havido uma desavença grave entre ambos, até que... Mas não devo falar mais nesse assunto!

— Meu caro senhor — disse o visconde, cuja impaciência ia crescendo visivelmente durante esse monólogo —, por favor, quero deixar claro que não estou preocupado com os problemas conjugais de lorde Nettlecombe e nem com suas desavenças familiares. Tudo o que desejo saber é onde posso encontrá-lo em Harrowgate.

— Oh, meu Deus, eu disse que ele estava em Harrowgate? — murmurou o Sr. Crick com ar de compunção.

— Foi o que o senhor disse, e portanto pode muito bem dar-me o endereço exato — disse o visconde. — Isso me poupará o trabalho de procurá-lo em todos os hotéis, hospedarias e pousadas do lugar, algo que farei caso o senhor persista em não me revelar o endereço.

— Meu lorde, não sei o endereço!

O visconde franziu a testa, dizendo, com ar incrédulo:

— Não sabe? Como é possível? O senhor me assegurou ter a inteira confiança dele!

— Sim, isso é verdade! — asseverou o Sr. Crick, aparentemente prestes a explodir em lágrimas. — Isto é, sei por que motivo ele se afastou de Londres, mas não me disse onde pretendia ficar, pois afirmou não desejar ser importunado por questões de negócios enquanto estivesse fora. Deu-me a honra de dizer que tinha certeza de minha capacidade de resolver qualquer assunto que pudesse surgir, sem precisar pedir-lhe instruções. Posso atrever-me a sugerir a Vossa Excelência que aguarde a volta dele a Londres. O que, segundo sei, ocorrerá no mês vindouro...

— Ora, é claro! — disse afavelmente o visconde, erguendo-se de seu assento e recolhendo o chapéu e as luvas. — O senhor tem a liberdade de sugerir o que quiser, Sr. Crick. Lamento não ser capaz de informar-me o endereço de lorde Nettlecombe, e não desperdiçarei mais o seu tempo. Por favor, não é preciso acompanhar-me até a porta. Posso muito bem encontrar o caminho da saída.

O Sr. Crick, no entanto, não permitiria tal coisa. Atravessou correndo a sala a fim de abrir a porta para seu ilustre visitante, curvando-se ainda mais do que seu funcionário e seguiu-o pelas escadas empoeiradas, inicialmente pedindo desculpas e, posteriormente, suplicando que compreendesse a delicadeza de sua posição como homem de confiança de um nobre cliente. O visconde assegurou-lhe compreender ambas as coisas, mas deixou-o com ar mais aflito do que nunca. As últimas palavras do Sr. Crick, ditas quando Desford se preparava para subir ao tílburi, foram que ele esperava que nada do que tivesse dito causasse impressão equivocada. Lorde Nettlecombe havia ido a Harrowgate para ver se as águas minerais ferruginosas podiam ajudar no tratamento de seu ataque de gota.

— Não se aflija — disse Desford, por cima do ombro. — Não direi ao lorde que foi o senhor quem, inadvertidamente, me informou que ele tinha ido a Harrowgate.

Tomou assento no tílburi, recebendo as rédeas das mãos de Stebbing, e partiu num trote rápido, dizendo, abruptamente:

— Acho que meu pai também foi a Harrowgate uma vez, há muito tempo, quando a gota apareceu pela primeira vez. Creio que eu ainda estava em Oxford.

Stebbing pensou um ou dois minutos antes de responder, fazendo um esforço para lembrar-se. Finalmente, disse:

— Sim, meu lorde, é verdade. Mas, pelo que me lembro, ele voltou menos de uma semana depois, pois não gostou do lugar. A menos que tivesse ido para Leamington* — e com essas palavras franziu mais a testa, logo relaxando-a, e prosseguiu: — Não, não foi Leamington, mas as águas nunca fizeram bem a ele. Foi Harrowgate, é certo. As águas de lá também não serviram, mas não se pode afirmar com certeza, porque ele bebeu apenas um copo e disse que o gosto era tão ruim que o deixava enjoado.

O visconde riu, agradecendo a informação.

— Pobre papai! Sem dúvida, teve motivos para voltar de lá. Você foi com ele?

— Eu, meu lorde? — disse Stebbing, espantado. — Por Deus, não! Naquele tempo eu era apenas um dos cavalariços.

*Estação de águas medicinais na parte central da Inglaterra. (*N. do T.*)

— Imagino que sim. É pena, porque eu imaginava que você conhecesse o lugar, pois eu não conheço. Ora, não importa, vamos parar na livraria Hatchard. Pode ser que eu encontre um bom guia lá.

— Meu lorde, o senhor vai fazer essa viagem toda só para encontrar o avô da senhorita? — exclamou Stebbing. — Perdoe-me por tomar esta liberdade, mas ele não parece um parente que valha a pena conhecer.

— Muito provavelmente não. Na verdade, quase certamente não, mas dei minha palavra à Srta. Steane que o encontraria e... Que diabo, agora estou com raiva e não vou desistir.

— Mas, meu lorde — obtemperou Stebbing —, o senhor vi levar quatro ou cinco dias para chegar lá. Harrowgate fica a mais de 360 quilômetros daqui, e isso eu sei bem, porque quando lorde e Lady Wroxton foram, precisaram de cinco dias de viagem, e o Sr. Rudford, que era o camareiro de Sua Excelência naquele tempo, sempre dizia que foi isso o que o fez detestar o lugar e resolver voltar, quaisquer que fossem os resultados.

— Meu Deus, você não imagina que eu queira viajar na carruagem da família? Com quatro pessoas dentro do veículo, mais o cocheiro, um par de lacaios do lado de fora e uma outra carroça com a bagagem, além do restante dos empregados de meu pai, muito me admira que não tenham passado uma semana na estrada. Vou viajar em minha chaise, com Tain e apenas uma valise, mudando de cavalos sempre que necessário. Asseguro que não levarei mais do que três dias. Não, não faça essa cara de decepção. Se sou capaz de ir a Doncaster em dois dias, coisa que, como sabe, já fiz muitas vezes, posso também chegar a Harrowgate em três, e até menos!

— Sim, meu lorde, porém também mais, caso haja algum acidente. Ou talvez algum cavalo mais lento, ou manco.

— Ou talvez eu fique atolado na neve — disse o visconde.

— Isso — disse Stebbing, com frieza — não foi o que eu disse, e nem diria, pois não sou idiota para falar em neve nesta época do ano. Mas se o senhor se afastar da estrada principal, não é possível ver-se enterrado em algum atoleiro?

— Por que não? Vou me lembrar disso, e prestar atenção na estrada principal — disse o lorde.

Stebbing fungou, mas absteve-se de prosseguir no diálogo.

Desford não encontrou um guia de Harrowgate na livraria Hatchard, mas sugeriram-lhe um grosso volume que dizia ser um guia de todas as estações de águas e de banhos de mar, que continha, além de algumas vistas, também numerosos mapas, plantas de cidades e itinerários. Comprou-o a fim de consultá-lo naquela noite, esperando encontrar um capítulo dedicado às atrações de Harrowgate e uma lista dos hotéis e hospedarias. Mas embora cerca de uma dúzia de estabelecimentos fossem mencionados com elogios, não parecia haver nas duas partes em que se dividia a cidade nenhum hotel comparável aos de estações de águas mais elegantes, e não havia menção a hospedarias. Enquanto lia o que o desconhecido autor informava, imaginando a visita de seu pai ao lugar, sua reação passava de certa curiosidade divertida a um forte desejo de não ser obrigado a viajar. O próprio parágrafo inicial era assustador, pois afirmava que, como Harrowgate não possuía "em grau elevado", nem a fama de estar na moda e nem belas paisagens, era em geral procurado por pessoas muito doentes. Sem dúvida por acreditar ter sido demasiado severo, o autor fazia alguns elogios à situação geográfica do povoado, que a seu ver era extremamente agradável, servindo como porta de entrada para a região rural mais distante. No parágrafo seguinte, porém, referia-se a "árida falta de originalidade" dos prédios da cidade, e às "ermas colinas de Yorkshire", o que permitia a conclusão de que o lugar não o agradara. Ao folhear as páginas que tratavam das qualidades e virtudes das nascentes e ao ler o trecho relativo a costumes e acomodações, Desford achou que isso não era surpreendente. Sentiu um arrepio na nuca ao ler que uma das vantagens desfrutadas pelos visitantes de Harrowgate era que a estreita gama de diversões os fazia frequentar "algo semelhante a festas familiares". Começou a rir ao ficar sabendo que a presença de senhoras na mesma mesa com cavalheiros "evitava a rudeza ou falta de civilidade", mas descobrindo, na página seguinte, que uma das vantagens da convivência com as senhoras era o comedimento na bebida — coisa para a qual o autor comentava com azedume que as águas minerais contribuíam "em larga medida" — riu tanto que teve de esperar alguns minutos até que a vista se desanuviasse. Apesar disso, continuou a ler, e embora não encontrasse menção a cervejarias, notou a existência de um salão de reuniões, um mestre de cerimônias que dirigia os bailes públicos, um teatro, duas bibliotecas, uma sala de bilhar e uma sala de estar em um dos prédios, denominada Promenade. Tudo isso o fez pensar que provavelmente não seria difícil descobrir onde estaria lorde Nettlecombe.

O que lhe parecia difícil de compreender era por que motivo aquele fidalgo, que não costumava apreciar a companhia de seus semelhantes e durante anos desprezou até mesmo seus conhecidos mais antigos, resolvera repentinamente passar os meses de verão em um lugar no qual, segundo o autor do guia, as refeições (servidas nos refeitórios dos diversos hotéis) eram "animadas pela conversação social" e onde "ambos os sexos competiam entre si na arte de serem mutuamente agradáveis". Era possível que o preço moderado das acomodações e alimentação atraísse o econômico fidalgo, mas essa vantagem certamente seria anulada pelo custo da longa viagem. Ao levar a vela para seu quarto, o visconde formulou que lorde Nettlecombe poderia ter utilizado a diligência comum, mas deixou de lado a ideia, convencido de que o velho lunático não seria tão avarento assim. Poderia, com toda dignidade, ter viajado na diligência dos Correios, mas, embora esta fosse muito mais barata do que o aluguel de um veículo particular, não era de forma alguma pouco dispendiosa, especialmente para dois passageiros. Lorde Nettlecombe poderia não viajar ao estilo fora de moda preferido por lorde Wroxton, mas Desford considerava inconcebível que pudesse ter partido para uma longa ausência sem ter levado consigo o camareiro. A ideia da principesca viagem de seu solene e imponente genitor a Harrowgate e de sua breve estada naquela cidade fez com que Desford começasse a rir novamente. Fez uma anotação mental de que precisava recordar-se de perguntar ao pobre e querido pai, num momento adequado, sua opinião sobre Harrowgate.

Tain, seu extremamente competente camareiro, recebera, sem sequer piscar os olhos, a notícia de que o jovem e ativo patrão pretendia partir praticamente ao raiar do dia em direção a um balneário fora de moda em Yorkshire. Ao ser instruído a levar em uma só valise tudo o que fosse estritamente necessário, simplesmente dissera:

— Certamente, meu lorde. Quantos dias Vossa Excelência pretende passar em Harrowgate?

— Ora, não mais de dois ou três dias — respondera Desford. — Não pretendo participar de reuniões sociais noturnas, e portanto não leve roupas formais.

— Nesse caso, uma valise será suficiente para Vossa Excelência — disse Tain, calmamente. — A caixa de toalete cabe dentro da chaise e não levarei as botas e nem os casacos que o senhor veste na cidade. Imagino que não serviriam para serem usados naquele lugar.

Foi tudo o que disse sobre a projetada expedição, tanto naquele momento quanto mais tarde. Desford, que há muitos anos conhecia a competência dele, nem sequer pensou em perguntar se ele pusera na mala camisas e *foulards* em quantidade suficiente e se havia lugar para uma muda das roupas externas.

De sua parte, Tain não demonstrou a mínima surpresa com o que lhe poderia parecer uma hora muito estranha de partida, e nem deixou o visconde perceber pela expressão ou por algum comentário que estava perfeitamente ciente do objetivo dele em seguir a toda pressa para Harrowgate, quando sua intenção era assistir às corridas em Newmarket. O camareiro ainda não tinha visto a Srta. Steane, mas conhecia os detalhes do encontro dela com o patrão porque tinha relações muito amistosas com o casal Aldham e conseguira, sem denotar curiosidade vulgar que não se ajustava a um homem de sua responsabilidade, saber por meio deles muita coisa do que já conheciam, além de muitas das especulações da Sra. Aldham sobre o provável resultado da aventura. A esse último respeito ele não tomara partido, por achar que conhecia o nobre muito mais intimamente do que ambos e por não haver percebido nele nenhum dos sinais característicos de um cavalheiro perdidamente apaixonado. Não conversou sobre o assunto com Stebbing, não apenas porque estaria abaixo de sua dignidade de assistente direto de um fidalgo entrar em intimidades com um cocheiro, mas também porque tinha tanto ciúme de Stebbing quanto este tinha dele.

Antes de recolher-se, o visconde escreveu uma breve carta à Srta. Silverdale informando-a de que iria partir para Harrowgate, onde tinha informações fidedignas de que ali se encontrava Nettlecombe, mas esperava regressar em menos de uma semana, quando pretendia dirigir-se imediatamente a Inglehurst a fim de relatar-lhe o resultado de sua missão, ou, acrescentava ele, *se não tiver sido bem-sucedida, conversar-lhe sobre o que seria melhor fazer em favor daquela pobre menina. Eu me consideraria o maior dos patifes por tê-la imposto a você, minha queridíssima amiga, se não tivesse certeza de que ela deve haver-se recomendado a sua estima.*

Entregou essa missiva a Aldham na manhã seguinte, instruindo-o que a mandasse por mensageiro expresso a Inglehurst. Em seguida, embarcou na chaise e partiu para a longa jornada em direção a Yorkshire.

Capítulo 9

A VIAGEM DO VISCONDE não teve atrasos, e ele poderia ter posto os pés em Harrowgate no final do segundo dia se não tivesse lhe ocorrido que chegar a uma estação de águas no auge da temporada de verão provavelmente ocasionaria uma longa procura por acomodações e que um fim de tarde dificilmente seria o melhor horário para isso. Por isso, passou a noite na hospedaria King's Arms, em Leeds, faltando apenas cerca de 35 quilômetros para seu objetivo. Era jovem e tinha boa saúde, e como passava grande parte de seu tempo praticando esportes vigorosos, raramente se cansava; mas dois longos dias de viagem em uma chaise o fizeram sentir-se tão exausto quanto entediado. A chaise, que lhe pertencia, tinha muito bom molejo, mas era também levíssima, e embora isso a tornasse veloz também a fazia sacolejar nas irregularidades da estrada de uma forma que não permitia o repouso. Na metade do segundo dia, ele observou a Tain que gostaria de trocar de lugar com um dos lacaios que viajavam do lado de fora. Bastante espantado, o camareiro falou, incrédulo:

— Trocar de lugar com um lacaio, meu lorde?

— Claro, pois pelo menos eles têm alguma coisa para fazer. Mas devo dizer que não me sentiria bem naquela posição, sem poder me mexer — acrescentou, após curta reflexão.

— Não, meu lorde — disse Tain, empertigando-se. — Isso não seria adequado para um cavalheiro.

— E também desconfortável, não lhe parece? — sugeriu Desford, olhando-o com ar de simpatia.

— Eu nunca me sentei lá, e, portanto, não posso aventurar-me a dar uma opinião — replicou o camareiro, com frieza na voz.

— Preciso lembrar-me de perguntar aos meus lacaios — disse Desford, em tom provocador.

Mas Tain, recusando-se a prosseguir naquela conversa, disse simplesmente:

— Certamente, meu lorde — deixando Desford lamentando que fosse ele, e não Stebbing, quem estava a seu lado. Stebbing, sem dúvida, teria entrado entusiasmado em um debate, embelezando-o com alguns exemplos ilustrativos das vantagens e desvantagens de uma carreira de cocheiro de diligência.

No entanto, o arrependimento desapareceu quando o visconde se lembrou do quanto os serviços de Tain se tornavam importantes a partir do momento em que este descia da chaise e entrava na hospedaria que seu patrão resolvesse honrar com sua presença. De uma forma misteriosa que somente ele conhecia, era capaz de transformar em um piscar de olhos, como se diz, a mais modesta alcova em um aposento acolhedor; preparar uma muda de roupa para o patrão; encontrar maneiras de organizar seu conforto de uma maneira que Desford não julgaria necessário exigir, se tivesse de fazê-lo sozinho. Lavar o *foulard* e a camisa, passar a ferro o casaco, estocar velas e trazer água quente sem demora ao quarto do lorde, tão logo ele desejasse. Stebbing podia ser um companheiro mais divertido para abrandar uma viagem entediante, mas nada sabia das artes de Tain, conforme o visconde percebeu e reconheceu ao murmurar, quando o empregado fechou o cortinado em volta de sua cama naquela noite:

— Obrigado. Só desejo que você tenha zelado por metade de seu conforto tanto quanto tratou do meu.

Somente chegou a Harrowgate pouco antes do meio-dia seguinte, porque, embora tivesse a intenção de partir para a etapa final da viagem às 8 horas, Tain propositalmente o acordou uma hora depois, dizendo maliciosamente, mas com absoluto sangue-frio, que não havia entendido bem as instruções. Não revelou, entretanto, que havia entrado silenciosamente no quarto às 8 horas e encontrado o visconde em sono tão profundo que não teve coragem de despertá-lo. Adivinhou, usando sua própria experiência, que o lorde tivesse passado a primeira parte da noite ainda imaginando que se encontrava sob a trepidação da estrada e que tinha dormido agitadamente e com interrupções, até ser vencido pela exaustão. Como essa suposição estava correta, e Desford ainda estava sonolento e cansado, a desculpa foi recebida com um imenso bocejo, acompanhado por nada mais alarmante do que um olhar cético e um murmúrio.

Reanimado por uma excelente refeição matinal, Desford sacudiu a lassidão pouco comum e retomou a viagem. Era um dia de sol brilhante, com uma brisa que vinha dos alagadiços com suficiente frescor para revigorá-lo. Nessas condições, a impressão que teve de Harrowgate foi das melhores, a ponto de pensar que o apócrifo Guia havia caluniado o local. A parte baixa da cidade não o atraiu, mas a parte mais elevada, que ficava a cerca de 1 quilômetro de distância da primeira, era agradável, conforme, de má vontade, o livro a descrevera. Em um dia claro — e esse estava límpido — era possível ver York Minster* a distância, com as colinas de Hambleton mais adiante, e a oeste as montanhas de Craven. Além do

*Catedral gótica em York, Inglaterra, uma das maiores e mais antigas da Europa. (*N. do T.*)

hipódromo, do teatro e da principal fonte ferruginosa, a parte alta de Harrowgate possuía um grande campo gramado, que era uma de suas vistas mais agradáveis, em torno do qual estavam os três principais hotéis, muitas lojas e o que parecia ser uma biblioteca bastante atraente.

— Ora essa! — exclamou Desford alegremente, quando a chaise parou diante do hotel Dragon. — Não me parece um lugar muito aborrecido. Que acha, Tain?

— Vossa Excelência ainda não o viu com chuva — respondeu Tain, sem entusiasmo. — Eu não gostaria de parar aqui num dia de mau tempo, quando provavelmente tudo estaria cercado de nevoeiro.

Nem o Dragon ou o Granby tinham um quarto disponível, mas o visconde teve mais sorte no Queen, onde, após um apressado colóquio com a esposa, levado a efeito em urgentes murmúrios, o gerente teve a satisfação de informar ao fidalgo que dispunha de apenas um quarto vago — na verdade, um dos melhores quartos, com vista para o parque, e que somente tinha a possibilidade de oferecê-lo porque o cavalheiro que o reservara havia deixado de aparecer. Em seguida, acompanhou Desford ao primeiro andar para que ele examinasse o aposento, e, ao ser aprovado, desculpou-se com uma curvatura e tratou de descer correndo as escadas, primeiro para mandar os carregadores levarem a bagagem ao quarto número sete e depois para informar à ansiosa esposa que, caso o Sr. Fritwell se apresentasse, Jack teria de abandonar seu quarto e alojar-se nos estábulos. Como a mulher se atrevesse a discutir, silenciou-a dizendo que se ela achava que ele iria negar alojamento a um fidalgo bem vestido, que viajava em uma chaise com quatro cavalos, acompanhado de um camareiro, simplesmente para evitar ofender o velho Fritwell, que era mais inclinado a tergiversar do que a gastar liberalmente seu dinheiro, estava absolutamente equivocada.

Embora sem o saber, o visconde devia a decisão do proprietário de sacrificar o velho Fritwell à entrada em cena de Tain carregando a caixa de toalete. O esperto dono do estabelecimento percebera, com o primeiro olhar ao visconde, que um membro da alta sociedade havia entrado em sua hospedaria. Após uma segunda mirada ao corte do casaco do lorde, às intrincadas dobras de seu *foulard* e ao brilho de seu calçado, viu que não se tratava de um pequeno fidalgo rural, e sim de um aristocrata londrino da mais elevada estirpe; mas o que resolveu o assunto foi a aparição de Tain. Cavalheiros e damas desconhecidos que viajavam sem empregados pessoais tinham dificuldade em obter acomodações em qualquer dos melhores hotéis de Harrowgate, pois os valetes e camareiras aparentemente eram considerados como garantia contra possíveis impostores.

O visconde não pensou que fosse necessário revelar ao hoteleiro seu nome e seu título, mas Tain, que era mais versado nesse tema do que o fidalgo, rapidamente retificou essa tola omissão. Em vez de seguir o visconde em direção ao quarto, esperou no pé da escada a volta do homem e, com grande urbanidade, tratou de fazê-lo saber as necessidades do patrão. No momento em que chegou ao ponto de adverti-lo de que, sob nenhuma circunstância, o engraxate poderia encostar sequer um dedo nos calçados do seu senhor, já havia exagerado de tal forma a importância dele que não seria de admirar que o hoteleiro imaginasse estar hospedando, se não um príncipe, pelo menos um membro da família real.

Em consequência dessa tática competente, ainda que arrogante, ele se viu em condições de informar o visconde, ao voltar a sua presença no quarto número sete, que conseguira obter uma sala particular para ele e que nela o hoteleiro lhe serviria o jantar. O fidalgo, que estava de pé junto à janela, observando os transeuntes na rua, respondeu, distraidamente:

— É mesmo? Não pensei que valesse a pena pedir uma sala de jantar particular, pois não espero permanecer aqui mais do que duas noites, mas creio que você tem razão. Sabe, Tain, este lugar está cheio de idosos doentes. Nunca vi tanta gente caminhando com bengalas em minha vida.

— Exatamente, meu lorde! — disse Tain, começando rapidamente a arrumar o conteúdo da caixa de toalete. — Já vi três entrando no hotel, inclusive uma senhora idosa um tanto tagarela. Pensei que, se ela sujeitasse Vossa Excelência a uma descrição de seus males e do tratamento que está seguindo, seria difícil manter uma aparência de civilidade.

— Nesse caso, você agiu bem em procurar uma sala particular para mim — disse o visconde, rindo.

Deixando Tain ocupado em desfazer a mala, Desford saiu para continuar a busca por lorde Nettlecombe. Já havia perguntado no Dragon e no Granby, mas só obteve olhares de incompreensão e negativas com a cabeça. Porém, como o balneário de águas ferruginosas, com sua imponente cúpula, ficava do lado oposto do gramado, achou que seria útil começar por lá. Se lorde Nettlecombe viera a Harrowgate para cuidar da saúde, parecia provável que nessa altura ele já fosse conhecido no pavilhão. Nenhum dos empregados, entretanto, demonstrou ter ouvido falar nele; o mais solícito não fez mais do que sugerir procurá-lo no Poço Tewit, a segunda das duas fontes de águas ferruginosas, a cerca de 800 metros a oeste da principal.

Desford foi caminhando, contente em poder esticar as pernas depois de ter estado sentado por tanto tempo, mas sua rápida caminhada terminou em outro insucesso, acompanhado pela recomendação de tentar a fonte sulfurosa que ficava na parte baixa da cidade, além da informação de que, embora pela estrada a distância fosse de 1 quilômetro, havia um atalho que reduzia o caminho a metade. No entanto, as instruções para encontrar o atalho eram vagas, como acontece frequentemente, e por isso ele preferiu investigar nas hospedarias e pensões da parte alta antes de ampliar a busca para a parte baixa de Harrowgate.

Em pouco tempo, percebeu que, embora o guia descrevesse Harrowgate como sendo formada por duas vilas separadas, isso na verdade era mais uma de suas informações desconexas. A maioria das hospedarias e pensões estava situada na parte alta e em nenhuma das que visitou conseguiu notícias da pessoa que buscava. Quando ouviu as seis badaladas no relógio de uma igreja, hora em que os melhores hotéis serviam o jantar, mas que em Londres não era considerada elegante, já se sentia cansado, com fome e exasperado, abandonando de bom grado a infrutífera busca naquele dia.

Ao chegar ao hotel Queen, surpreendeu-se com as demonstrações de respeito com que foi recebido: o porteiro fez uma reverência para dar-lhe as boas-vindas, um garçom correu para perguntar se ele aceitava um cálice de xerez antes de subir para o quarto e o hoteleiro interrompeu a conversa com um hóspede menos ilustre para acompanhá-lo até a escada, informando-o de que o jantar — que esperava estivesse a seu gosto — seria servido imediatamente e de que mandara trazer da adega uma garrafa do melhor Bordeaux e outra de um clarete bastante razoável, caso o fidalgo preferisse um vinho mais leve.

Logo o visconde compreendeu o motivo de toda aquela obsequiosa atenção. Ao tomar-lhe o chapéu e as luvas, Tain disse que havia se atrevido a pedir para ele um jantar simples, composto de sopa de legumes, filé de vitela, rins e um pouco de patê, seguidos por um segundo prato cujos elementos principais eram camarões, ervilhas e torta de frutas.

— Tomei a precaução, meu lorde, de examinar o cardápio, e vi que era exatamente o que eu temia: coisas muito comuns, nada do que o senhor está acostumado a comer. E, por isso, mandei fazer o que achei que o senhor gostaria.

— Bem, claro que estou com fome, mas não seria capaz de comer metade disso — declarou o visconde.

No entanto, ao sentar-se à mesa, percebeu que tinha mais fome do que imaginara e comeu bem mais do que a metade do que lhe fora trazido. O clarete, embora não de primeira classe, era melhor do que a descrição um tanto negativa do hoteleiro o levara a esperar, e o conhaque com o qual ele encerrou a refeição era de origem pura. Sob a benigna influência da bebida, ele começou a considerar com mais otimismo as perspectivas imediatas e pensar no que deveria fazer em seguida. Chegou à conclusão que o melhor seria visitar primeiro a fonte sulfurosa e depois, caso não conseguisse nenhuma pista de lorde Nettlecombe, descobrir os nomes e endereços dos médicos que trabalhavam em Harrowgate.

A experiência do primeiro e cansativo dia que havia passado na busca de lorde Nettlecombe o impediu de surpreender-se ou de decepcionar-se demasiadamente ao ver que sua investigação na fonte sulfurosa não produziu mais do que desculpas e negativas, mas sentiu-se um tanto intimidado ao receber um inventário dos médicos de Harrowgate. Não imaginara que houvesse tantos num balneário tão pequeno como aquele. Retirou-se para o pub Crown, a fim de estudar a lista diante de uma fortificante caneca da cerveja da casa. Depois de riscar os nomes dos que se intitulavam cirurgiões e de consultar uma planta das duas vilas, que tivera a precaução de comprar naquela manhã, partiu a pé a fim de visitar os médicos da parte baixa de Harrowgate. Nenhum dos dois que consultou inicialmente tinha lorde Nettlecombe entre seus pacientes, mas justamente quando o visconde já enfrentava com desgosto a perspectiva de passar o restante do dia empreendendo o que cada vez mais lhe parecia ser uma busca inútil, a sorte finalmente lhe sorriu. O Dr. Easton, terceiro da lista, não apenas sabia onde se hospedara Nettlecombe mas de fato tinha sido chamado para atendê-lo quando este último sofrera um forte ataque de cólicas abdominais.

— Tanto quanto tenho conhecimento — disse ele, olhando gravemente Desford do alto de seus óculos — Sua Excelência não deixou suas acomodações, mas como não procurou mais meus serviços, já não o considero meu paciente. Direi mais: se ele me pedir novamente que o atenda, não hesitarei em recomendar que consulte outro médico mais disposto do que eu a ouvi-lo dizer que o diagnóstico está errado e vê-lo desprezar as receitas.

Resistindo a um impulso absurdo, porém vigoroso, de desculpar-se com o Dr. Easton pela rudeza de Nettlecombe, Desford despediu-se, dizendo que ficava muito agradecido e assegurando, com um sorriso irresistível, que o médico lhe merecia toda a consideração.

Ficou sabendo que o lugar onde Nettlecombe se hospedava era uma das maiores pensões da cidade baixa. A casa tinha um ar de sombria respeitabilidade e era dirigida por uma senhora de feições angulosas cuja aparência dava a ideia de estar de luto por algum parente próximo, pois usava um vestido de mescla de seda e algodão de tom escuro, sem enfeites, rendas ou mesmo uma fita para alegrar a sobriedade. Trazia na cabeça uma touca de cambraia engomada, amarrada sob o queixo. Os cabelos visíveis eram grisalhos, arrumados em tranças tão severas quanto sua expressão fisionômica. Desford não pôde deixar de lembrar-se da mulher que, na vila próxima a Wolversham, aterrorizava as crianças da zona rural inculcando-lhes bom comportamento e os rudimentos do aprendizado básico. Não se surpreenderia se visse uma vara de marmelo na escrivaninha atrás da qual ela se encontrava.

Quando Desford entrou, a mulher estava falando com um casal idoso, cujas maneiras finas e vozes educadas combinavam perfeitamente com o ambiente, mas ela interrompeu a conversa para lançar-lhe um olhar penetrante de avaliação, o que o fez imaginar que a qualquer momento iria adverti-lo de que o *foulard* estava torto ou perguntar se ele havia lavado as mãos antes de aventurar-se a apresentar-se. Os lábios dele tremeram levemente e seus olhos se agitaram em uma dança, mas em seguida a fisionomia dela relaxou-se. Desculpando-se ao casal, a mulher se adiantou, dizendo, com uma leve curvatura da cabeça:

— Pois não, senhor? Que posso ter a honra de fazer para ajudá-lo? Se estiver buscando hospedagem, lamento não poder satisfazê-lo: minha casa está sempre inteiramente reservada para a temporada.

— Não, não desejo acomodações — respondeu ele — mas creio que lorde Nettlecombe esteja hospedado aqui. É verdade?

O rosto da mulher endureceu novamente e ela respondeu, gravemente:

— Sim, é verdade.

Era claro que a presença de lorde Nettlecombe na casa não a agradava e que a pergunta de Desford tivera o efeito de fazer fenecer no berço qualquer opinião favorável que ela tivesse formado a seu respeito. Ao pedir que ela mandasse levar o cartão dele ao lorde, fungou com desprezo e sem se dignar a responder voltou-se para chamar um garçom que estava prestes a entrar no refeitório:

— George! Conduza este cavalheiro aos aposentos de lorde Nettlecombe.

Em seguida, honrou o visconde com uma leve inclinação da cabeça e retomou a conversa com o casal idoso.

Um tanto divertido, mas também ligeiramente insatisfeito por esse tratamento altivo, Desford já ia dizer que, ao entregar-lhe o cartão, sua intenção fora que este fosse levado a lorde Nettlecombe, e não colocado sobre a escrivaninha, mas logo pensou que talvez fosse melhor não lhe dar a oportunidade de recusar-se a recebê-lo. Reprimiu, assim, o impulso de colocar em seu lugar aquela criatura ridiculamente emproada e seguiu o garçom, subindo a escada e caminhando por um corredor. O empregado, cujo ar de profunda indiferença denotava uma vida de intolerável escravidão, mas que provavelmente se devia à dor dos pés chatos, parou diante de uma porta no fim do corredor, perguntando a quem deveria anunciar. Ao receber a resposta, abriu a porta e repetiu o nome com voz alta e em tom indiferente.

— Ei! O que é isso? — indagou lorde Nettlecombe, em tom raivoso. — Não quero recebê-lo! Que diabo está fazendo, trazendo gente aqui sem minha permissão? Diga a ele que vá embora.

— Temo que o senhor mesmo terá de fazer isso — disse Desford, fechando a porta para o garçom e adiantando-se. — Por favor, aceite minhas desculpas por não ter mandado meu cartão. Era minha intenção fazê-lo, mas a severa senhora lá embaixo não concordou.

— Aquela imbecil — exclamou o lorde, ferozmente. — Ela teve a impertinência de tentar me engazopar. Mas eu não estou aqui para receber ordens, já disse isso a ela. Ambiciosa! Bandida! Prostituta! — Calou-se subitamente e rosnou: — Que deseja?

— Trocar algumas palavras com o senhor — disse o visconde, tranquilamente.

— Bem, não quero conversar com o senhor. Não quero conversar com ninguém. Se seu nome é Desford, o senhor deve ser filho do velho Wroxton, e ele não é meu amigo, fique sabendo.

— Ora, sei muito bem disso — retrucou o visconde, colocando na mesa o chapéu, as luvas e a bengala de vime.

Esse indício de que ele pretendia prolongar a visita enfureceu tanto Nettlecombe que ele exclamou, quase gritando:

— Não faça isso! Vá embora! Quer me matar? Sou um homem doente. Estou débil até os ossos por todos os meus problemas e preocupações. Estou chegando ao fim, que diabo! Não quero ser obrigado a falar com gente desconhecida.

— Lamento que o senhor não esteja bem de saúde — disse Desford, polidamente. — Procurarei não abusar de sua situação, mas tenho um dever a cumprir sobre algo que lhe diz respeito, e acho que...

— Se veio da parte de meu filho Jonas, está perdendo seu tempo! — Interrompeu Nettlecombe, com os olhos claros brilhando de suspeita.

— Não é o caso — disse Desford, cuja voz calma contrastava com o tom agudo da de Nettlecombe. — Vim aqui da parte de sua neta.

— Isso é um ardil dos infernos! — exclamou instantaneamente o lorde. — Jonas é quem tem de cuidar de seus rebentos, diga isso a ele. Lavo minha mãos em relação a toda a ninhada.

— Não estou falando das filhas do Sr. Jonas Steane, meu senhor, e sim da única filha de seu filho mais moço.

As mãos ossudas do fidalgo apertaram convulsivamente os braços da cadeira.

— Não tenho filho mais moço!

— Até onde sei, pode ser que isso seja verdade — disse Desford.

— Ah! Ele morreu, não é? Se estiver morto, será muito bom — disse Nettlecombe, com azedume. — Para mim ele já morreu há muitos anos e se acha que vou me interessar por uma filha dele, está muito enganado.

— Mas eu acho que sim, e estou convencido de que não me engano. Quando o senhor souber da situação desesperadora em que ela se encontra, duvido que se recuse a ajudá-la. A mãe morreu quando ela ainda era pequena e o pai a pôs em um colégio interno em Bath. Até há poucos anos ele pagou as mensalidades, embora nem sempre pontualmente, e de vez em quando a visitava. Mas os pagamentos e visitas cessaram...

— Sei da tudo isso! — interrompeu Nettlecombe. — A mulher me escreveu. Exigiu que eu pagasse pela menina. Achei a carta muito insolente. Disse a ela que apelasse para os parentes maternos da menina, porque de mim não iria sair nem um tostão.

— Ela obedeceu, meu senhor, e dirigiu-se a Lady Bugle, mas acho que também não saiu nem um tostão dela — disse Desford, secamente. — Lady Bugle, percebendo que havia uma oportunidade de conseguir uma empregada gratuitamente, levou a Srta. Steane para sua casa em Hampshire, sob um odioso pretexto de caridade, pela qual exigiu gratidão servil e trabalho sem limites, não apenas para si, mas para todos os demais membros de sua família. A disposição da Srta. Steane é dócil e afetuosa; ela tinha o sincero desejo de retribuir à tia o lar que lhe havia proporcionado, e sem se queixar executava todas as tarefas que lhe eram impostas, desde costurar lençóis a levar recados das primas e tomar conta das crianças pequenas. E ouso dizer que ainda estaria fazendo isso, perfeitamente satisfeita, se a tia a tratasse gentilmente. Mas não o fez, e a pobre menina se sentiu tão infeliz que fugiu, com a intenção de apelar a sua proteção.

Nettlecombe, que ouvira tudo com a testa franzida, murmurando alguns comentários e remexendo-se nervosamente na cadeira, explodiu, zangado:

— Isso não é problema meu! Avisei ao patife do meu filho como me comportaria caso ele não se emendasse. Ele fez a cama e agora tem de se deitar nela!

— Mas não é ele quem irá se deitar — disse o visconde. — É a filha, vítima inocente das estripulias do pai.

— O senhor deveria ler a Bíblia, meu jovem — retorquiu Nettlecombe, em tom de triunfo. — Os pecados dos pais atormentarão os filhos! Que acha disso?

Uma resposta ácida chegou aos lábios do visconde, mas permaneceu sem ser pronunciada, pois naquele momento a porta se abriu e uma mulher de meia-idade e busto pronunciado entrou no quarto, dizendo, com sotaque pouco refinado:

— Bem, isto é, sem dúvida, uma surpresa. Quando aquela velha lá embaixo, que tem o desplante de dizer-se Sra. Nunny, como se aquele marido dela valesse alguma coisa, me disse que meu lorde tinha uma visita, eu quase caí para trás, porque em geral ele não recebe ninguém, por causa da saúde debilitada. Mas em breve ele vai estar em forma outra vez, não é assim, meu lorde?

O fidalgo respondeu àquele vaticínio com um rosnado. Quanto a Desford, sua surpresa foi muito maior do que a da recém-chegada, pois esta falava como se o conhecesse bem e ele jamais a havia visto. Ficou pensando quem poderia ser. A forma pela qual se dirigira a Nettlecombe fazia supor que poderia ser uma enfermeira, contratada para cuidar dele durante a convalescença de alguma doença, mas um olhar espantado para o chapéu alto e de plumas que lhe cobria os cabelos alourados rapidamente fez com que essa impressão se desvanecesse. Nenhum profissional de saúde que usasse aquela exagerada peça de moda poderia ter permissão para cruzar os umbrais de um quarto de enfermo e nem sonharia em vestir-se (ainda que tivesse recursos para tanto) com uma saia longa de cauda curta, enfeitada com laços de fita.

O espanto deve haver transparecido no rosto dele, porque a mulher sorriu afetadamente e disse, com sarcasmo:

— Tenho uma vantagem sobre o senhor, não é verdade? O senhor não sabe quem sou, mas eu sei quem é o senhor, porque vi seu cartão. Portanto, meu lorde não precisa dizer-me.

Com esse claro lembrete de suas obrigações sociais, lorde Nettlecombe disse, com azedume:

— Lorde Desford... esta é Lady Nettlecombe. E não precisa fazer essa cara! — acrescentou, vendo que o visconde o olhava, sem acreditar no que ouvia. — Meu casamento não precisa de sua aprovação.

— Claro que não — disse Desford, recuperando-se da surpresa. — Por favor, aceite minhas felicitações, senhor. Lady Nettlecombe, muito prazer.

Fez uma curvatura e, ao ver que ela lhe estendia a mão, tomou-a (já que evidentemente ela esperava que ele o fizesse) e levou-a levemente aos lábios.

— Como fez para nos encontrar, meu lorde? — perguntou ela. — Tivemos muito cuidado para manter em segredo nossa partida em lua de mel. Não que esteja infeliz em conhecê-lo, pois dificilmente poderíamos esperar um conviva mais agradável.

— Não diga bobagens, Maria — disse Nettlecombe, irritado. — Ele não foi convidado. Quando forçou a entrada aqui, nem sabia que eu estava casado. O que ele deseja é me obrigar a aceitar a filha de Wilfred, e eu não a quero.

— O senhor está enganado — disse seriamente o visconde. — Não tenho o menor desejo de ver a Srta. Steane em uma casa onde não seja bem-vinda. Meu objetivo, ao vir visitá-lo, é informá-lo de que ela, sua neta, deixe que lhe recorde, está inteiramente desamparada. Se eu não estivesse na companhia dela no momento em que encontrou sua casa fechada, a situação seria desesperadora, porque ela não conhece ninguém em Londres e não tem uma só pessoa no mundo a quem apelar, exceto o senhor. Deixo à sua imaginação o que poderia acontecer a ela.

— Ela não tinha nada que fugir da casa da tia — disse Nettlecombe, zangando-se. — Isso é muito impróprio. Um comportamento absolutamente grosseiro. Mas eu não esperaria algo diferente da filha daquele sem-vergonha que me recuso a chamar de filho. Voltando-se para a esposa, prosseguiu: — Ele está falando da filha de Wilfred, Maria; você se lembra de como fiquei furioso quando recebi uma carta de uma professora cara de pau exigindo que eu, logo eu, pagasse o colégio da menina! Bem, agora veja... — interrompeu-se, com o olhar repentinamente fixo no xale que ela usava para envolver os ombros. — Isso é novo! — exclamou, apontando com um dedo acusador. — De onde veio?

— Acabei de comprar — respondeu ela, corajosamente. Ela sorria, mas isso não combinava com o queixo erguido e com o brilho marcial dos olhos. — E não tente me ludibriar dizendo que não me deu licença para comprar um xale novo, porque foi o que fez, hoje mesmo, de manhã.

— Mas isso é de seda! — gemeu ele.

— Seda de Norwich — disse ela, alisando suavemente o xale. — Ora, não se altere, meu lorde! Você não gostaria que me vissem usando um xale barato, como uma qualquer, não é? Sou sua esposa!

Nada na expressão dele a estimulava a pensar daquela maneira. Enquanto ele se queixava desconsoladamente de que, caso ela continuasse a desperdiçar seu dinheiro com roupas caras, ele em breve se veria arruinado, acrescentando que esperava que o casamento representasse economia, Desford se viu como única testemunha de uma rusga conjugal, porém inteiramente ignorado. Dentre as várias coisas que foram ditas, ele percebeu, sem muita surpresa, que lorde Nettlecombe se casara com a governanta. O motivo dessa decisão não ficou claro, mas ele iria saber mais tarde. Era evidente, porém, que na função de governanta a noiva do fidalgo havia se revelado tão sovina quanto ele próprio, e tão logo conseguira fisgá-lo, havia deixado de lado os antigos hábitos de economia. Observando-a discutir com o lorde, sempre com o firme sorriso nos lábios e o perigoso brilho nos olhos, Desford achou que não se passaria muito tempo para que Nettlecombe se visse completamente dominado. Por um instante, imaginou que talvez fosse possível obter o apoio dela, mas apenas por um momento, pois Lady Nettlecombe se preocupava somente com sua própria defesa. Não havia sinal de compaixão feminina em seu olhar e nenhuma doçura sob o decidido sorriso.

A desavença terminou tão rapidamente quanto começara. A dama lembrou-se repentinamente da presença do visconde e exclamou:

— Oh, o que pode lorde Desford estar pensando de nós, discutindo como crianças por uma ninharia? Por favor, desculpe-nos, meu senhor. Bem, sempre se diz que o primeiro ano de casamento é difícil, mas certamente meu primeiro marido e eu tivemos muitas brigas, como esta que tive agora com o segundo. — Enquanto falava, curvou-se para a frente, procurando a mão indiferente do segundo marido, rogando-lhe, com voz adocicada, que não se amofinasse por causa de um simples xale.

— Não me importa o que ele pense a meu respeito — declarou Nettlecombe, com o rosto corado. — Rapaz atrevido, se metendo em minha vida!

— Ora, não! — interpôs Desford. — Apenas trouxe a seu conhecimento assuntos que lhe dizem respeito.

Nettlecombe fuzilou-o com o olhar.

— A filha de Wilfred não é problema meu. Parece-me mais que seja seu, meu jovem. Ora, alguma coisa não está bem explicada neste caso. Por que o senhor a acompanhava quando ela bateu em minha casa? Explique-me isso. Acho que vocês fugiram juntos da casa da tia e agora quer ver-se livre dela. Bem, está malhando em ferro frio. Ninguém até hoje conseguiu me ludibriar.

Desford empalideceu de raiva e por um instante seu olhar faiscou com brilho tão terrível que Nettlecombe se encolheu na cadeira e a esposa se adiantou, pedindo dramaticamente ao visconde que levasse em conta a idade e a doença do marido. Mas foi desnecessário. O visconde já controlara o gênio e, embora ainda estivesse pálido, conseguiu dizer, com voz calma:

— Não estou me esquecendo disso, madame. A enfermidade de Sua Excelência parece haver-lhe afetado o cérebro, e Deus me livre ter de discutir com um lunático. Se eu me deixasse levar por meus próprios desejos, sairia imediatamente deste quarto, mas não estou aqui para tratar de um interesse meu, mas falo em nome de uma pobre menina que não tem a quem recorrer exceto ele, e portanto preciso resignar-me a deixá-lo insultar-me com a paciência que possa reunir.

Nettlecombe, que se amedrontara, amainando a fúria desatada, murmurou alguma coisa que poderia ter sido um pedido de desculpas, acrescentando, em tom suave:

— Bem, mas me pareceu estranho, e acredito que outros também achariam.

— Porém, não é nada disso. Não fugi da casa da tia com a Srta. Steane. Ainda que eu fosse um tonto em fugir com qualquer moça, o senhor não pode imaginar que eu o fizesse depois de conversar menos de meia hora com ela. No dia seguinte ao que a conheci, encontrei-a caminhando pela estrada em direção a Londres, sozinha e carregando uma pesada valise. Naturalmente fiz parar meus cavalos e procurei descobrir o que a levara a dar esse passo tão imprudente... e devo dizer, bastante impróprio. Não vou aborrecê-lo narrando tudo o que ela me contou, direi apenas que estava muito aflita e que é jovem e inexperiente demais para ter a mais débil ideia de quais seriam as desastrosas consequências de sua impulsividade. Pensava somente em chegar a sua casa, acreditando, inocentemente, que o senhor a ajudaria. Como o senhor não hesitou em insultar-me da maneira mais grosseira, não preciso eximir-me de dizer-lhe que não compartilhei da convicção dela. Fiz o possível para persuadi-la a deixar-me levá-la de volta à casa da tia, mas não tive êxito. Em vez disso, ela me suplicou para que a levasse a Londres. Chegamos à sua casa no fim da tarde e, nessa altura, eu já havia conversado com ela o suficiente para imaginar que ninguém, muito menos um avô, poderia ser tão cruel a ponto de escorraçá-la. E, apesar das expressões desabridas que ouvi do senhor, ainda acho que se estivesse em casa e a visse, teria tido pena dela. Mas o senhor não estava em casa, o que para mim foi uma decepção quase tão grande quanto para ela. Naquelas circunstâncias, achei que a melhor coisa a fazer seria levá-la a uma velha amiga minha, deixando-a sob seus cuidados até que pudesse descobrir seu paradeiro e explicar-lhe o caso. Espero que o que disse possa satisfazê-lo.

— Só há uma coisa que ela pode fazer: deve voltar para a casa da tia — afirmou Nettlecombe — Foi quem a tirou da escola e portanto a responsável pela menina é ela, e não eu.

— Era justamente o que eu estava pensando — concordou a mulher.

— Pensar nisso é uma perda de tempo. Ela não deseja ir. Eu diria que prefere ir trabalhar como ajudante de cozinha.

— Bem, e por que não? — perguntou a dama, rudemente. — Sem dúvida é uma ocupação muito respeitável e haverá muita oportunidade para que ela progrida, se tiver juízo e for competente.

— Que diz o senhor a isso, lorde Nettlecombe. — indagou o visconde. — Poderia suportar a ideia de que sua neta está ganhando a vida como empregada doméstica?

Nettlecombe deu uma risada brutal.

— Por que não? Eu me casei com uma!

Compreensivelmente, essa afirmação desconcertou Desford, que ficou sem palavras; mas aquela última fala tivera outro efeito sobre a mulher. Chegou-se bem perto de Nettlecombe e disse, com voz trêmula:

— Nunca fui sua empregada, é melhor que você se lembre disso. Não espalhe mentiras a meu respeito. Não se atreva a repetir isso, ou vai ouvir coisas que não deseja, meu lorde! Está avisado!

Ele ficou um tanto envergonhado e mais do que um pouco apreensivo, dizendo apressadamente:

— Ora, não leve a mal, Maria! Não disse isso a sério. O fato é que Desford me exasperou tanto que nem sei mais o que digo. Espere, veja... bem, deixe para lá! Vou comprar um chapéu novo para você.

Essa oferta provocou imediata reconciliação, e ela tratou de abraçá-lo, exclamando:

— Bem, agora estou reconhecendo o meu velho e querido Nettle!

— Sim, mas irei com você para escolher, fique sabendo — disse ele, cuidadosamente. — E quanto à filha de Wilfred, senhor, se pensa que pode me convencer a recebê-la em minha casa, já disse e repito que não o farei.

— Não creio que consiga convencê-lo. O que peço licença para sugerir é que estabeleça uma pensão para ela; algo que lhe permita manter-se de maneira respeitável. Não uma fortuna, mas o suficiente para sua independência.

Essa proposta, no entanto, fez os olhos de Nettlecombe piscarem de assombro, com tanta incredulidade quanto descontentamento. Com voz apagada, disse:

— Desperdiçar meu dinheiro com essa bastardinha? Acha que sou algum idiota?

Recebeu apoio imediato da esposa, que o aconselhou em termos firmes que não se deixasse ser explorado daquela maneira. Acrescentou, com grande franqueza, que quanto a si própria não tinha a menor intenção de labutar para economizar o dinheiro dele e vê-lo gastá-lo com uma mocinha qualquer que não tem motivo para exigir coisa alguma.

— Já basta você ser obrigado a encher os bolsos de Jonas — disse ela —, e quando penso na maneira como ele se comportou comigo, procurando fazer você desistir de mim, e naquela mulherzinha dele, vivendo uma boa vida as nossas custas, chego a ficar nauseada.

O visconde pegou o chapéu e as luvas, dizendo, com ar de desprezo:

— Muito bem, meu senhor. Se, na sua opinião, dinheiro é mais importante do que reputação, já não há mais nada a dizer, e posso me despedir.

— É mais importante, sim! — retrucou Nettlecombe. — Não me importa o que falam de mim; nunca me importei. E quanto mais depressa o senhor sair, mais contente vou ficar.

Mas as palavras do visconde fizeram a esposa olhar severamente para ele, com expressão incerta. Ela gaguejou:

— Tenho certeza de que não há motivo para que ninguém culpe meu marido. Ninguém nunca o censurou por repudiar o pai da menina, e trata-se do próprio filho.

O visconde, que não deixara de perceber aquela ligeira expressão de desconcerto, replicou, erguendo levemente as sobrancelhas:

— Bem, isso não é realmente verdade, madame. Todos compreenderam que ele teve graves motivos, mas certas pessoas acharam que lorde Nettlecombe agiu de uma forma que, bem, digamos, uma forma inadequada para um pai, e além disso, um fidalgo.

— Besteira! — rugiu Nettlecombe, corando. — Como sabe o que as pessoas comentaram? O senhor ainda estava na escola!

— O senhor deve recordar que meu pai foi um dos que o censuraram, meu lorde — disse suavemente o visconde. — E... bem, não escondeu a desaprovação.

Como a censura de lorde Wroxton tinha sido feita com clareza e diretamente a Nettlecombe diante de certo número de outros fidalgos, não admira que o tom vermelho de seu rosto se tornasse quase roxo. Ele rosnou:

— Como se eu me importasse com a opinião de Wroxton! Mas seus dedos se retorceram como garras e ele fitou Desford como se desejasse esganá-lo com elas.

— Além disso — prosseguiu Desford, impiedosamente —, quaisquer que fossem os motivos que desculpassem o tratamento dado a seu filho, não pode haver razão para seu comportamento para com a neta órfã, que é inocente de qualquer deslize, mas que se tornará não apenas vítima da negligência do pai, mas também do rancor do avô.

— Digam o que quiserem. Não me importo nem um pouco!

— Ninguém saberá de nada — disse a mulher. — Meu lorde não costuma sair muito atualmente... — Parou de falar, olhando para Desford, que sorria de maneira muito alarmante.

— Ora, claro que saberão, madame! — Dou-lhe minha palavra que dentro de uma semana toda a cidade vai saber de tudo.

— Seu intrigante, mal-educado! — rugiu Nettlecombe.

Nesse ponto, porém, a senhora interveio novamente, rogando ao marido que não se exaltasse.

— Agir precipitadamente não servirá de nada — argumentou ela. — Você pode não se importar com o que digam, mas tenho certeza de que vão pôr a culpa em mim. Até mesmo seus amigos me trataram com muita frieza, e não tenho dúvida de que dirão ter sido por minha causa que você não quer saber dessa menina, e isso não é bom para mim, meu lorde. Pode tentar me convencer, mas não mudarei de ideia.

— E para mim não é bom gastar meu dinheiro com ela. Daqui a pouco, você vai acabar querendo que eu dê um dote à menina.

— Não, não quero. Ninguém espera que você faça isso e nem mesmo que dê a ela uma mesada, pois pode não estar em condições de abrir a burra... quero dizer, de pagar a mesada! Não gosto de mesadas; a gente fica nervosa sabendo do vencimento a cada trinta dias. Não, tenho uma ideia melhor na cachola, e melhor para a moça também. Coitada, o que ela quer é um lar. E isso você pode dar, sem precisar pagar nada. Por que não escreve a ela, oferecendo-se para recebê-la na família? Cuidarei para que não o aborreça e ela também não vai me aborrecer. Na verdade, quanto mais penso nisso, mais acho que gostaria de que ela viesse. Servirá de companhia para mim.

— Trazer a filha de Wilfred para a família? — repetiu ele, quase assombrado.

Ela acariciou-lhe a mão.

— Bem, o lorde tem razão quando diz que ela não tem culpa de ser filha de Wilfred. E eu digo que sinto realmente pena dela. E se você está pensando na despesa, Nettle, não ficarei admirada se ela acabar representando uma economia, pois não será mais uma boca para alimentar. Lembre-se de que despedi Betty antes de sairmos de Londres, por achar que era um desperdício pagar a alguém só para cuidar das toalhas, limpar os candelabros e as porcelanas, ajudar o velho Lattiford com a prataria, e tudo o mais. Veja, é uma perda maior de dinheiro manter um mordomo velho e doente como ele, mas é melhor não demiti-lo porque você terá de pagar a aposentadoria. Enquanto ele puder trabalhar, é melhor que fique conosco.

Nettlecombe, que a ouvia com crescente irritação, gritou, explosivamente:

— Estou dizendo que não! Não a receberei em minha casa.

— Deixe-me tranquilizá-lo, meu senhor! — disse Desford. — É claro que ela não irá para sua casa. Não a ajudei a escapar de uma escravidão para atirá-la em outra.

Encaminhou-se para a porta, sem dar atenção ao pedido da senhora para que esperasse. Ela o seguiu no corredor, suplicando que não se importasse com a teimosia do lorde e assegurando que saberia como convencê-lo.

— O fato — disse ela — é que ele não raciocina bem, coitado, e isso não é surpresa, com toda a confusão que houve quando achou que ia me perder, porque aquele safado do Jonas teve a impertinência de insinuar que eu estava interessada nele, o que nunca aconteceu. Apenas procurei tratar bem dele e tenho certeza de que consegui. Fui a melhor governanta que o lorde já. Mas quando Jonas começou a dizer que eu era uma caçadora de homens e a prevenir o pai contra mim... Bem, fui obrigada a pedir demissão, pois tenho de pensar em minha honra. Por isso o lorde me pediu em casamento, e foi isso o que Jonas conseguiu querendo se ver livre de mim. — Terminou a fala com um tom de triunfo, mas como o visconde se mostrara totalmente alheio, ela apertou com mais força a manga do paletó dele, dizendo, com ar generoso: — E quanto a escravizar a neta dele, o senhor não entendeu o que eu quis dizer. Certamente, não pedirei a ela nada que eu própria não queira fazer —, e obviamente, já fiz muita coisa, muitas vezes! Claro que não nasci para isso, veja bem, claro que não! Muitas vezes penso que meu pobre pai estremeceria na cova se tivesse sabido das dificuldades que passei, quando roubaram a herança dele e meu filho perdeu a fortuna, deixando-me sem um tostão furado, o que me obrigou a ganhar a vida da melhor maneira possível. Ninguém melhor do que eu sabe o que é descer do lugar devido. Se o senhor pensou que a Srta. Steane iria ser uma empregada na casa do avô, está muito enganado. Ela terá um excelente lar, e ninguém pedirá que faça coisa alguma além do que uma jovem educada não faça normalmente para ajudar a mãe.

— A senhora está perdendo seu tempo, madame — respondeu ele, inexoravelmente, retirando a mão dela da manga e continuando a caminhar na direção da escada.

Vencida, ela lançou a última flecha.

— Pelo menos — disse, com voz esganiçada — o senhor não pode dizer que não fui eu quem não quis oferecer um lar à menina!

Capítulo 10

AO DEIXAR O hotel de lorde Nettlecombe, o visconde ainda espumava de raiva, mas, já na metade do caminho para a parte alta da cidade, se acalmara bastante e começou a reparar no lado cômico da entrevista com tanta intensidade que o brilho de ira em seus olhos desapareceu e a dureza da expressão relaxou-se. Recordando algumas das coisas que haviam sido ditas, riu consigo mesmo; e ao imaginar as situações que deveriam ter atraído Nettlecombe ao casamento com a governanta mais econômica que já tivera, viu-se quase a sentir apreço por aquela criatura vulgar.

Gostaria que houvesse alguém junto a ele para compartilhar o humor da situação. Hetta, por exemplo, que tinha um sentido de ridículo tão agudo quanto o seu. Naturalmente, ele iria relatar a ela o acontecido, mas narrar uma experiência absurda não era o mesmo que compartilhá-la. Esperava que ela não cometesse o erro de casar-se com aquele indivíduo sem graça que a cortejava em Inglehurst, pois não serviria para ela: era do tipo capaz de pedir explicações quando ela fizesse um gracejo. Pensando bem, nenhum dos pretendentes de Hetta — e realmente tinha havido muitos — jamais lhe parecera à altura dela. Era estranho que aquela jovem tão inteligente não conseguisse reconhecer imediatamente os homens que lhe eram inferiores. Relembrando os numerosos admiradores de Hetta, o visconde não foi capaz de pensar em nenhum de quem efetivamente gostasse. Alguns eram realmente chatos; pelo menos dois eram boquirrotos, que nunca paravam de tagarelar, e diversos eram, em sua opinião, extremamente limitados.

Essas reflexões o desviaram do problema imediato que enfrentava, mas em breve o assunto voltou-lhe à mente, extinguindo sua inclinação a achar graça no fracasso de sua missão ou a especular sobre as estranhas variações do espírito feminino. Um homem menos decidido poderia imaginar que nada mais havia a fazer senão desistir da empreitada, mas, por trás de seu temperamento descontraído, o visconde tinha uma forte dose de obstinação e não pretendia ver-se derrotado naquele caso, como tampouco em nenhum outro. Sem dúvida, perdera uma batalha, e portanto nada podia fazer senão pensar em outra maneira de assegurar o bem-estar futuro de Cherry. No momento, não lhe ocorria nenhuma ideia. Ficou imaginando o que ela poderia estar fazendo naquele momento, se estaria contente em Inglehurst ou se a ansiedade a impediria de sentir-se bem. Com certa surpresa, percebeu que já fazia nove dias desde que a deixara lá.

Ele não poderia saber, mas Cherry se sentia absolutamente feliz e apenas ocasionalmente pensava em seu futuro. Adaptara-se ao ambiente como se houvesse passado a vida inteira em Inglehurst e parecia igualmente contente em ser útil a suas anfitriãs, quanto em participar das pequenas reuniões sociais que Lady Silverdale organizava para as vizinhas. Na verdade, Henrietta achava que ela se sentia mais feliz do que parecia, porque era de temperamento reservado e a timidez a fazia falar pouco. Quando estava à mesa de jantar ao lado de uma pessoa desconhecida, tendia a conversar por meio de monossílabos. Henrietta atribuía isso ao tratamento recebido de Lady Bugle, que a havia relegado a uma posição secundária, dando-lhe de maneira tão sistemática a impressão de que ela era muito menos importante do que as primas, sem jamais ser-lhe permitido sobressair como se fosse igual a elas, até que isso se tornara para a moça uma segunda natureza. Henrietta esperava que ela sobrepujasse esse retraimento quase mórbido diante de estranhos, pois na sua opinião tal excessiva timidez era uma desvantagem para qualquer mulher sem recursos financeiros que tivesse de batalhar sozinha seu lugar no mundo. Era também uma pena que ela se mostrasse visivelmente menos à vontade com os diversos rapazes que frequentavam a casa, do que com os respectivos pais. No entanto, ela se tornava menos reservada à medida que os ia conhecendo melhor e passava a conversar com eles com bastante naturalidade. Em pouco tempo, travou amizade com Sir Charles e com o jovem Sr. Beckenham, mas mantinha-se bastante distante de Tom Ellerdine, que se mostrava sempre pronto a tratá-la com galanteria juvenil. Henrietta não deixava de considerar que isso era uma pena.

Lady Silverdale não tinha a mesma opinião.

— Quanto a mim — dizia ela —, acho-a uma moça muito bem-comportada. Entendo, minha querida, que não é de forma alguma espevitada, nem oferecida, como muitas moças de hoje em dia, pois nunca poderia esperar que uma Steane se conduzisse tão bem. Aliás, a mãe dela não era grande coisa nesse quesito. Eu não a conheci, porque ela fugiu com Wilfred Steane assim que saiu da escola, o que mostra total falta de elegância, exatamente o que se poderia esperar de uma irmã daquela mulher Bugle.

— Mamãe querida, concordo com a senhora quanto a vários defeitos de Lady Bugle, mas isso já é ir longe demais — disse Henrietta, rindo. — Ela é uma criatura detestável, mas estou certa de que é tediosamente respeitável.

— Meu Deus, Henrietta, você discorda de tudo! — queixou-se Lady Silverdale. — Sabe perfeitamente o que quero dizer. Ela é excessivamente mal-educada e isso, certamente, não é o caso de nossa querida Cherry. Acho extraordinário que assim seja, pois todos sabemos como são os Steane, e embora eu nunca tenha ouvido alguém falar mal dos Wisset, eles não frequentam os círculos de elite. Creio que o velho Sr. Wisset era advogado, ou alguma coisa assim. E sabendo que o único lar que Cherry já teve foi a casa da tia, é um mistério para mim entender como ela veio a ter esse jeito recatado e agradável. Sem dúvida, não aprendeu com Amelia Bugle.

— Não. Imagino que tenha aprendido com a Srta. Fletching — disse Henrietta. — Pelo que Cherry me contou, ela deve ser uma pessoa excelente, e podemos elogiar o Sr. Wilfred Steane por tê-la colocado naquela escola, ainda que não pagasse as mensalidades.

— Bem, isso talvez seja verdade — confessou Lady Silverdale, hesitante em reconhecer qualquer elemento positivo no caráter de Wilfred Steane — mas, na verdade, imagino que ele tenha escolhido a primeira escola de que teve notícia. Inclino-me a pensar que os modos de Cherry tenham origem em seu temperamento afável e obsequioso, com fundamentos tão delicados, do que em qualquer coisa que a Srta. Fletching possa haver-lhe ensinado. Sabe, minha querida, raramente me afeiçoo a alguém, mas confesso que tenho muito bons sentimentos para com essa menina e sentirei sua falta quando ela nos deixar. Na verdade, caso Nettlecombe se recuse a adotá-la, o que absolutamente não me surpreenderia, pois sempre foi um unha de fome e tem ficado cada vez pior nos últimos anos, vejo com bons olhos a possibilidade de mantê-la aqui.

Henrietta sabia muito bem que não raro a mãe desenvolvia estima por outras pessoas, pois frequentemente esse parecia ser o caso, porém mais cedo ou mais tarde acabava descobrindo que se equivocara quanto ao caráter de sua mais recente protegida; ela surpreendeu-se e exclamou:

— Não vá com tanta sede ao pote, mamãe. A senhora conhece Cherry há menos de uma semana!

— Já faz nove dias que a conheço — replicou a mulher, com toda a dignidade. — E devo pedir-lhe, Hetta, que não use palavreado vulgar quando falar comigo; aliás, com ninguém, porque isso não fica bem. Não tenho a mínima ideia do que possa significar, mas imagino que tenha ouvido Charlie usar essa expressão, e tenho de dizer que você faz muito mal em repetir as coisas que os jovens falam.

— Ora, não ponha a culpa em Charlie, mamãe — disse Henrietta, rindo e com os olhos brilhando. — Isso é o que Desford diz, quando acha que estou prestes a fazer alguma coisa insensata. Mas eu não devia ter usado estas palavras com a senhora, e peço desculpas. Em linguagem irrepreensível, espero que a senhora pense bem antes de tomar qualquer decisão a respeito de Cherry.

— Claro que farei isso — disse Lady Silverdale. — Pode ter certeza!

Henrietta não tinha certeza alguma, porém não acrescentou mais nada, por saber que poucas coisas teriam mais poder de impelir Lady Silverdale a tomar decisões precipitadas do que mostrar-se contrária às opiniões dela. Refletindo posteriormente, percebeu que deveria estar mais bem preparada para a afirmação que a surpreendera, fazendo-a usar a expressão ofensiva aos ouvidos puros da mãe, pois havia visto Cherry ser cada vez mais apreciada e várias vezes escutara-a dizer que não podia imaginar como tinha sido capaz de viver sem "nosso pequeno e doce raio de sol". Bem, nada havia de surpreendente nisso, e menos surpreendente ainda era que Lady Silverdale apreciasse a presença da moça, pois esta se mostrava sempre pronta a fazer qualquer coisa que sua bondosa anfitriã desejasse, dedicando--se a pequenas tarefas, desemaranhando novelos de seda para bordados, fazendo lentas e tediosas caminhadas com ela pelo jardim, acompanhando-a em passeios tranquilos na caleça, lendo em voz alta para ela e ouvindo com genuína atenção um repertório de casos muito pouco interessantes. Até aquele momento, esses deveres incumbiam à filha, e embora ela os executasse de bom grado, sentia-se entediada, especialmente por ter de ouvir reminiscências que já haviam sido narradas muitas vezes e ler em voz alta romances absurdamente melosos e de aventuras, gêneros literários pelos quais Lady Silverdale tinha paixão incurável. Três dias depois da chegada de Cherry a Inglehurst, no entanto, Henrietta contraiu um leve resfriado, que causou dor de garganta, dificultando-lhe a leitura. Ela sugeriu que a moça a substituísse até recuperar-se da passageira indisposição. Pediu desculpas a ela por impor-lhe um dever que, na sua opinião, era abominavelmente chato, mas a jovem respondeu que não se sentiria entediada e, na verdade, para surpresa de Henrietta, não se sentiu. Pelo menos no início, tudo parecia realmente surpreendente, mas logo ela compreendeu que o gosto literário de Cherry combinava perfeitamente com o de Lady Silverdale. Como a Srta. Fletching nunca a deixava ler romances, a menina ficou imediatamente encantada pelo livro que Henrietta lhe deu, compartilhando as angústias da indefesa heroína, adorando o herói, detestando o vilão e aceitando sem nenhuma crítica todas as extravagâncias do enredo, além de debater apaixonadamente com a anfitriã quanto ao possível desfecho da história. O *Espelho da Moda*, revista mensal de que Lady Silverdale era assinante, despertou-lhe o mesmo interesse, fazendo-a prontificar-se a percorrer-lhe as páginas pelo tempo que a anfitriã desejasse. Era forçoso admitir que apesar de todas as vantagens de um rostinho bonito, modos encantadores e temperamento doce, um dom lhe havia sido negado: faltava-lhe intelecto. Henrietta achava que, quando a inocência da juventude se extinguisse, ela se tornaria tão tola quando Lady Silverdale (embora provavelmente não tão indolente) e acabaria por parecer tediosa a um homem de espírito superior, pois interessava-se somente por coisas triviais e assuntos domésticos, demonstrando muito pouca compreensão de temas mais amplos. Para Henrietta, que possuía considerável energia mental, isso a tornava uma companheira à altura de uma criança, mas servia admiravelmente a Lady Silverdale e provavelmente também seria do agrado de qualquer outra dama idosa e um tanto oca. Era, porém, uma triste perspectiva para uma jovem afetuosa como Cherry, que desejava ser amada e bem tratada. Henrietta lamentava essa circunstância, mas não via outra solução para o problema do futuro da jovem, caso lorde Nettlecombe a recusasse. Ao perceber que a mãe se dispunha a manter a companhia de Cherry, sentiu-se profundamente preocupada. Não era possível prever até quando Lady Silverdale conservaria a afeição por ela: a qualquer momento poderia passar a detestá-la, e ainda que isso não acontecesse, quase certamente a consideraria um fardo incômodo quando a família regressasse a Londres, como sempre fazia na primavera, e as muitas atividades sociais de que passaria a ocupar-se não lhe deixassem tempo para outra assistente, a não ser a modista. Na capital, Cherry seria quase inevitavelmente considerada uma cansativa conviva a mais na mesa, um problema para qualquer anfitriã, e poderia sentir-se satisfeita caso uma repentina indisposição de alguma das damas convidadas proporcionasse oportunidade para sua inclusão em um dos jantares dados por Lady Silverdale. Imaginar que os instintos matrimoniais desta última a estimulariam a procurar um marido adequado para a moça era algo impossível. Tais ambições se concentravam unicamente na filha, cuja obstinada preservação do estado de solteira constituía o único espinho em uma vida livre de outras preocupações. Dentro de um ano ou dois, ela certamente buscaria uma noiva para o adorado filho, mas jamais lhe pareceria ser seu dever encontrar um par para Cherry.

Ao lembrar-se do irmão, Henrietta sentiu-se inquieta. Não ocorrera a Lady Silverdale que ele poderia pensar que um flerte com Cherry seria uma boa distração para sua estada forçada em Inglehurst. No entanto, a irmã não fazia ilusões a respeito dele e via que começava a olhar Cherry com mais boa vontade do que quando a conhecera inicialmente. Já não falava dela como "uma coisinha de nada", e já dissera, a pelo menos duas visitantes matutinas de Lady Silverdale, que a jovem era uma gatinha encantadora. Nem por um instante Henrietta imaginou que ele tivesse alguma intenção mais séria, e suspeitava astutamente de que o comportamento amistoso de Cherry para com ele derivasse de um desejo recatado de evitar ofender as suscetibilidades da irmã e da mãe, e não de tentativas de estimular seus avanços. Inicialmente se mostrara muito tímida para com ele, mas isso foi se dissipando à medida que o ia conhecendo melhor. Em poucos dias, ela já se sentia à vontade, comportando-se com uma cerimônia ligeiramente maior do que usaria para com um irmão mais velho. Ajudava-o com pequenas tarefas e procurava diverti-lo jogando cartas, gamão e damas; e até mesmo jogos infantis, nos quais a habilidade superior dele era compensada pela incapacidade de usar a mão direita. Ela se dedicava a isso por ter pena dele e por desejar ardentemente ajudar a mãe e a irmã a mantê-lo distraído. Embora Cherry gostasse dessas brincadeiras e fosse suficientemente jovem para procurar mostrar-se adversária competente, Henrietta achava que ela não apreciava muito seu irmão. Isso a fez lamentar-se novamente, não porque desejava que Cherry sucumbisse à atração de Charlie, mas preferiria que ela não se mostrasse tão indiferente a todos os rapazes que ia conhecendo, pois essa atitude, aliada a uma timidez que a emudecia, colocava-a em desvantagem. Os únicos homens que ela tratava com naturalidade e sem reserva eram todos de idade suficiente para terem sido seus pais, e ainda que não fossem demasiadamente idosos, já teriam idade bastante para não serem considerados possíveis pretendentes. Certamente gostava de Desford, mas embora ele fosse apenas dez anos mais velho que ela, tinha pelo menos vinte anos a mais em experiência e Henrietta acreditava (e desejava) que ela o visse como protetor e não como candidato a sua mão. Ela estimava também Cary Nethercott e Sir James Radcliffe, mas esses dois simpáticos cavalheiros já tinham passado dos 30 anos, o que provavelmente não a fazia parecer acanhada quando eles iam a Inglehurst, conversando com ambos com total naturalidade. Certa noite, sentada à mesa ao lado do Sr. Nethercott, chegou a falar-lhe sobre o emocionante romance que estava lendo para Lady Silverdale. Henrietta a ouviu e apreciou em silêncio a boa disposição com que ele escutava, com aparente interesse, a complicada história que lhe estava sendo narrada.

Quanto a Charlie, Hetta não tinha dúvidas de que se alguma jovem atraente viesse a seu alcance, ele não teria preocupações a respeito de Cherry. Infelizmente, não havia jovens atraentes nos arredores, nem quaisquer mulheres moças e sem compromisso. Difícil dizer se realmente era uma pena o fato de que seus amigos mais íntimos, nenhum dos quais era natural de Hertfordshire, se encontravam divertindo-se em Brighton ou se teriam seguido para os lares paternos em outras partes do país a fim de se recuperarem dos danos que causaram a seus próprios corpos e bolsos, depois de tantos exageros e prazerosas festividades, era um assunto para ser discutido. Lady Silverdale vivia dizendo que, caso dois ou três dentre os amigos morassem a uma distância razoável, poderiam vir visitá-lo, e chegou a sugerir que ele convidasse algum deles para passar algumas semanas em Inglehurst. Charlie recusou a ideia, dizendo rudemente que os amigos achariam muito entediante ficarem isolados no campo sem nada para fazer o dia inteiro e nada para tornar mais agradáveis as noites, exceto jogos de cartas e comércio rural. Depois de afirmar essas coisas desagradáveis, percebeu que a irmã tirara os olhos do livro que estava lendo e que o fitava com as sobrancelhas erguidas. Vermelho, pediu desculpas à mãe, dizendo:

— Não quero ser grosseiro, mamãe, mas a senhora talvez não compreenda. Ora, como é possível convidar alguém para visitar-me se não posso andar a cavalo, nem dirigir a charrete, nem jogar bilhar... ou fazer qualquer coisa?

Lady Silverdale entendeu a força desse argumento, mas como continuasse a lamentar-se durante os vinte minutos seguintes, Henrietta dificilmente poderia censurar Charlie quando este se levantou do sofá e saiu da sala.

Tinha pena dele, mas há muito já suspeitava de que a aparência fraca e a lenta recuperação dos ferimentos do irmão não fossem resultado somente do acidente mas também da vida de dissipação que ele vinha levando em companhia dos amigos que, na opinião particular dela, eram um bando de desocupados que rapidamente iam envenenando-lhe o caráter. A suspeita foi confirmada pelo advogado que o visitara dois dias depois do desastre e que dissera sem rodeios que tinha sido uma sorte para o jovem boêmio haver-se acidentado. Era um dos administradores dos bens de Charlie, e conhecia intimamente tanto ele quanto a irmã durante toda a vida, o que lhe permitia falar com sinceridade. Afirmou que Charlie precisava de um longo e reparador descanso.

— Ele tem se excedido, minha cara; basta olhá-lo para perceber. Eu avisei sua mãe de que ele era demasiadamente inexperiente para ficar solto na cidade, mas ela somente resmungava que não queria que ele ficasse preso a suas saias, que tinha absoluta confiança nele, e muitas outras coisas assim. Isso estaria muito bem —, respondi eu —, caso o pai dele ainda estivesse vivo, ou se ele tivesse irmãos mais velhos ou um tutor masculino, que pudessem aconselhá-lo e instruí-lo sobre as coisas que nenhuma mulher sabe. Ora, não vamos chorar o leite derramado, e não falarei mais nisso. Não sei como seu pai, que era um dos homens mais espertos que conheci, pode ter deixado que ela o convencesse a nomeá-la tutora de Charlie! Bem, estou falando demais, mas você é uma moça sensata, Hetta, e não deixará de prestar atenção no que digo. Esperemos que essa última travessura tenha sido uma lição para Charlie. — Serviu-se de uma pitada de rapé e acrescentou, em tom reconfortante: — Não há motivo para que ele não venha a ser um homem de bem, como seu pai. Você sabe, Hetta, a maioria dos rapazes jovens leva tempo para aprumar-se. O melhor para ele seria encontrar uma boa moça. Ele anda correndo atrás de damas elegantes do mundo da moda, mas isso não é ruim. Pelo menos não tem tido relacionamento com mulheres de vida fácil, e afirmo que isso é verdade, porque o tenho vigiado desde que ele foi morar sozinho em Londres.

— Que posso fazer, Sir John? — perguntou ela, diretamente.

— Nada! — retrucou ele, voltando a guardar a caixa de rapé no amplo bolso do casaco. — Basta tratar de diverti-lo para que ele não escape antes de melhorar de saúde.

Hetta deveria ficar satisfeita com esse conselho, mas achou impossível segui-lo. As únicas coisas que divertiam Charlie eram os esportes que estava impedido de praticar e quase todos os tipos de jogos. Para fazer-lhe justiça, é preciso dizer que ele gostava dos jogos que lhe desafiavam a habilidade, mas Henrietta, que conhecia bem o jogo de xadrez, tinha tão pouca familiaridade com as cartas que ele se aborrecia ao jogar com ela. Cherry, por sua vez, não tinha vontade e nem capacidade para dominar as complexidades do xadrez, mas tinha certa vivacidade que lhe permitia aprender rapidamente as regras e o objetivo dos jogos de baralho, sendo capaz de jogar suficientemente bem para que ele afirmasse que, em pouco tempo, ela se tornaria uma adversária perigosa.

— Isso foi muito bom, minha querida! — observou Lady Silverdale à filha. — Pelo menos encontramos uma coisa que o mantém toleravelmente entretido. Como você sabe, os homens sempre gostam de ensinar, mas parecem sentir-se perplexos quando pessoas como eu e você, meu bem, não demonstram aptidão, ou pelo menos não compreendem de imediato o que eles nos dizem. É uma feliz circunstância o fato de que Cherry tenha jeito para os jogos de cartas. Declaro-me positivamente agradecida a Desford por tê-la trazido.

Dois dias depois, no entanto, a estrela de Cherry sofreu um eclipse temporário, quando o mais antigo dos admiradores de Lady Silverdale teve a má ideia de pedir à jovem que lhe desse uma das rosas que ela estava levando para a casa. Com galanteria juvenil, suplicou que ela colocasse a flor em sua lapela com as próprias mãos, afirmando que assim ficaria mais perfumada. Como Cherry o considerava mais como um avô, a moça aquiesceu, mas não pôde deixar de dar uma risadinha ao receber aquele galanteio. Lady Silverdale, no entanto, não achou graça, e durante um momento de ansiedade Henrietta receou que Cherry estivesse a ponto de perder os favores da mãe. O fiel admirador de Lady Silverdale teve presença de espírito para dizer (após notar-lhe a fisionomia severa) que se sentia contente que Cherry tinha se retirado para a casa, porque nunca encontrava o que dizer a meninas da idade dela, acrescentando, ao sentar-se novamente no banco do jardim ao lado da dona da casa:

— Agora podemos ficar sozinhos juntos, minha lady! — Essas palavras a abrandaram tanto que, em vez de ralhar com Cherry, ela simplesmente a advertiu para que não estimulasse flertes de pessoas estranhas. Porém até mesmo essa suave reprimenda fez com que lágrimas de surpresa brotassem dos olhos da jovem, que exclamou, com voz trêmula:

— Ora, não, não! Na verdade, pensei que ele estivesse sendo gentil comigo porque a senhora tivesse pedido, madame. — Ajuntou, em tom de súplica, com as lágrimas a rolar pelo rosto: — Não fique aborrecida comigo. Por favor, não fique zangada, querida Lady Silverdale. Não suporto vê-la descontente comigo, pois eu nada faria para desagradá-la, quando a senhora é tão bondosa comigo.

Emocionada com essas palavras, Lady Silverdale derreteu-se completamente, chegando a derramar algumas lágrimas também. Menos de uma hora depois, ela respondeu a uma crítica oblíqua feita contra Cherry pela camareira, solteirona invejosa, dizendo que esta última era maldosa e rude, e que se ousasse outra vez referir-se à Srta. Steane como aquela Srta. Steane, seria imediatamente dispensada. Com isso, Cardle também explodiu em lágrimas, mas como essa demonstração de sensibilidade foi acompanhada por protestos lamentosos de que suas próprias virtudes não eram reconhecidas, e pela esperança de que a dona da casa percebesse quem eram suas verdadeiras amigas, antes que fosse tarde demais, Lady Silverdale conseguiu facilmente evitar sucumbir a sua própria tendência lacrimosa à mínima provocação. Aceitou seu pedido de desculpas, porém com gélida dignidade, e foi imediatamente dizer a Henrietta que a camareira estava ficando intoleravelmente metida e que se não fosse o fato de ser excelente costureira, inclinar-se-ia por livrar-se dela. Henrietta sabia, naturalmente, que nada faria a levar a cabo essa ameaça, mas o relato feito pela mãe da lamentável cena a deprimiu, pois em sua opinião nada poderia fazer aumentar mais a inveja de Cardle em relação a uma pessoa que ela considerasse ser sua rival. Tratou de dedicar-se à tarefa de acalmar os ânimos, dizendo à mãe encrespada que, sem dúvida, Cardle era detestavelmente cheia de si, porém acrescentando que era tão fiel à patroa que se ressentia até mesmo de que ela, a própria filha de Lady Silverdale, ousasse prestar à mãe algum serviço que considerasse ser sua prerrogativa.

— Por favor, mamãe, diga alguma coisa simpática a ela, quando for dormir hoje. Cardle vai chorar a noite inteira, se achar que a senhora ainda está zangada com ela.

Essa tática funcionou muito bem com Lady Silverdale, mas Henrietta não conseguiu criar na camareira uma boa disposição em relação a Cherry. Nem mesmo uma referência casual à probabilidade de que a estada da moça terminasse em breve teve qualquer efeito positivo sobre ela.

— Quanto mais depressa, melhor, senhorita! — afirmou, com azedume. — De uma coisa tenho certeza: no dia em que minha patroa a convidar para morar definitivamente aqui, eu deixarei esta casa. Tenho pena da senhorita, sendo esquecida por causa daquela menininha intrigante e deixando-se encantar pelas adulações dela, assim como minha pobre e iludida patroa. E não me censure por dizer que ela é uma menininha intrigante, pois não ousaria fazê-lo se a senhorita não tivesse puxado esse assunto, pois sei o que estou dizendo e espero que não se arrependa da generosidade que está tendo para com ela.

Henrietta desceu para o jantar esperando, por sua vez, que Desford não demorasse muito a voltar de Harrowgate.

De fato, o visconde demorou mais do que havia previsto, pois a viagem em direção ao sul não foi acompanhada pelas auspiciosas circunstâncias que haviam tornado tão rápida a excursão ao norte. Ocorreu uma série de acidentes, dos quais o mais grave, a perda do revestimento de borracha de uma roda, o deteve durante um dia e meio. Isso aconteceu no primeiro dia depois da partida, que era um sábado, a meio caminho entre Chesterfield e Mansfield. Quando finalmente a chaise chegou manquitolando a Mansfield, já era tarde para providenciar o conserto. No domingo, as oficinas do borracheiro e do ferreiro permaneceram fechadas: a primeira porque o proprietário se opunha terminantemente a trabalhar nos domingos, e a segunda porque o ferreiro tinha saído da cidade a fim de passar o feriado com a irmã. Somente na tarde de segunda-feira a roda recebeu nova capa de borracha e o visconde pôde prosseguir sua viagem. Em seguida (confirmando a convicção dele de que a sorte o abandonara), um dos cavalos começou a mancar, de maneira que o trajeto até a estação de troca de animais mais próxima foi coberto com velocidade de cortejo fúnebre, indigna de um cavalheiro de fortuna e posição social. Com isso, e mais alguns problemas menores, passaram-se quatro dias até chegar a Dunstable, onde o visconde resolveu passar a noite, pois ainda faltavam 45 quilômetros de estrada até Inglehurst e ele não desejava chegar lá muito depois da hora do jantar.

Portanto, somente depois de transcorrida uma quinzena após ele ter depositado Cherry em Inglehurst foi que Henrietta, pouco depois do meio-dia, teve a satisfação de vê-lo ser levado a sua presença. Grimshaw o anunciou com voz sepulcral, e ela saltou da cadeira em que estava sentada diante da escrivaninha, exclamando, impulsivamente:

— Oh, Des, estou tão feliz porque finalmente voltou!

— Por Deus, Hetta, há algum problema? — perguntou ele, detendo-se em seu avanço através da sala.

— Nada! Isto é, espero que nada, mas creio que as coisas estão começando a ficar mais complicadas. — Ele havia tomado as mãos dela nas suas, beijando-as, e ainda as segurava firmemente quando ela o afastou de forma delicada, perscrutando-lhe o rosto e dizendo: — Sua missão não deu certo, não é verdade?

Ele sacudiu a cabeça.

— É. Nettlecombe se tornou um homem sério.

Henrietta arregalou os olhos.

— Casou-se? — perguntou, incrédula.

— Isso mesmo; está amarrado à governanta. Isto é, à Lady governanta!

— Ei! — exclamou ela, com um brilho de entendimento nos olhos. — Aposto que ela própria disse isso a você.

— Não, mas foi o que ela disse a Nettlecombe, quando este afirmou que havia se casado com a cozinheira. Disse que ele não devia se esquecer de quem ela era agora, e não tenho dúvida de que ele o fará. Oh, Hetta, você não imagina o quanto desejei que você estivesse presente naquela conversa. Você ia rir até não poder mais.

Ela se encaminhou para o sofá, indicando o lugar a seu lado.

— Conte-me tudo — disse.

Desford assim fez e ela se divertiu com a história, como ele imaginara. Terminou a narrativa, porém, em tom sombrio, ao fazer uma pausa após descrever a cena final no corredor, dizendo, abruptamente:

— Hetta, eu não tive coragem de jogar a pobre menina numa casa como aquela.

— Claro que não — concordou ela, tão preocupada quanto ele. — Mas... Des, que vai ser dela? Há uma semana, mamãe disse que, se Nettlecombe a repudiasse, ela pensava em mantê-la aqui, mas isso não vai dar certo. Sei que não dará certo. É sempre o mesmo, quando mamãe se afeiçoa intensamente a alguém. No início considera perfeito seu novo tesouro, mas, em seguida, começa a perceber os defeitos, e, ainda que sejam triviais, ela os exagera na mente. E o que é pior, sempre se lembra deles e os acrescenta ao erro seguinte em que a pobre favorita se deixa cair.

— Meu Deus, chegamos a isso? Pobre Cherry!

— Não, ainda não — assegurou ela. — Mas mamãe começou a criticá-la, bondosamente , apenas notando hábitos inocentes, ou maneiras de falar, dizendo que gostaria que Cherry as deixasse de lado. E aquela odiosa camareira tem tanta inveja dela que nunca perde uma oportunidade de envenenar mamãe contra ela. Por enquanto, ainda não conseguiu fazer com que ela se voltasse contra Cherry, mas digo, Des, não posso deixar de pensar que...

— Não se atormente com isso — interrompeu ele. — Cherry certamente não pode permanecer aqui. Nem por um momento essa solução passou por minha cabeça. Eu pensei em deixá-la aqui somente por alguns dias, mas somente descobri o paradeiro de Nettlecombe na segunda-feira da semana passada e, mesmo depois de ficar sabendo que ele tinha ido para Harrowgate, não foi possível fazer com que seu advogado me desse o endereço exato. Fui obrigado a passar quase dois dias esquadrinhando a cidade em busca dele.

— Pobre Des! Não admira que você pareça tão cansado.

— Pareço? Bem, se é assim é devido à horrível viagem de Yorkshire para cá — respondeu ele, alegremente. — Tão logo resolvíamos um problema, surgia outro, e por isso custei tanto a mostrar minha cara, como diria Horace. No entanto, tive tempo para chegar a uma conclusão sobre o que seria melhor para Cherry, e esse é o principal assunto em que quero que você pense, minha querida e melhor amiga.

A porta se abriu.

— Sr. Nethercott — anunciou Grimshaw.

Cary Nethercott entrou na sala, mas se deteve ao ver o visconde, dizendo:

— Desculpem! Grimshaw deve ter-me entendido mal. Perguntei por Lady Silverdale e ele me trouxe para cá, onde somente posso imaginar que esteja me intrometendo, Srta. Hetta.

— Absolutamente — respondeu ela, levantando-se e apertando-lhe a mão. — O senhor já conhece lorde Desford, não é verdade?

Os dois cavalheiros trocaram cumprimentos. O Sr. Nethercott disse, com certa dificuldade, que já tinha tido o prazer. O visconde ficou calado. Em seguida, o Sr. Nethercott explicou que tinha vindo para trazer à Lady Silverdale seu exemplar do último número do *New Monthly Magazine*, no qual havia um artigo interessante que ele havia mencionado a ela por ocasião de sua última estada em Inglehurst e que ela dissera desejar ler.

— Muita bondade sua — disse Henrietta. — Ela foi dar uma volta pelo pomar, com a Srta. Steane.

— Bem, nesse caso eu mesmo levarei a revista a ela — respondeu o outro, enrubescendo um pouco. — Espero vê-la novamente em breve, Srta. Hetta. — Em seguida, com uma curvatura para o visconde, disse: — Às ordens! — e saiu da sala.

Desford, que o observava sem simpatia, quase não esperou que a porta se fechasse para perguntar:

— Esse homem mora aqui em Inglehurst, Hetta?

— Não — respondeu ela, calmamente. — Mora em Marley House.

— Bem, ele parece estar aqui todas as vezes que eu venho ver você — tornou o visconde, em tom irritado.

Ela franziu a testa e depois de aparentemente fazer um esforço de memória, perguntou, com ar de fingida inocência:

— Mas você não o conheceu quando passou por aqui a caminho de Hazelfield?

O visconde ignorou a pergunta e disse:

— Não sei quem ele queria enganar com aquele truque do *New Monthly*. Meu Deus, que fingimento! — Sem voltar a sentar-se, olhou inquisitivamente para Henrietta e prosseguiu, com aspereza incomum: — Não posso imaginar que você... Bem, não importa. O que estávamos dizendo quando ele nos interrompeu?

— Você ia me dizer o que achou que seria o melhor a fazer por Cherry — respondeu ela. — O assunto mais urgente a ser considerado... ou melhor, que você quer que eu considere.

— Sim, era isso. Há outras coisas que eu gostaria de tratar, mas até que tenha resolvido esse problema, ela deverá ser minha única preocupação.

— Resolver o problema dela? — repetiu ela, erguendo os olhos para os dele.

— Claro. Que mais posso fazer senão tentar dar a ela uma situação estável? Não fui eu quem a fez fugir de Maplewood, mas, quando a levei para Londres, tornei-me responsável por ela; não tenho como escapar desse fato, Hetta. Que diabo, eu seria um patife se a abandonasse agora.

— É verdade. Qual é seu plano? — perguntou Hetta. — Eu acho que... que o casamento é a única solução para o problema, mas... o pai e a falta de recursos devem ser um empecilho, não lhe parece?

Ele assentiu com a cabeça, mas disse:

— Seria preciso um homem que se apaixonasse por ela e não precisasse de uma mulher rica. Mas isso é para o futuro; minha preocupação é o presente imediato. Vou a Bath, para tentar convencer a Srta. Fletching a ajudar Cherry. Ela falou com você sobre a Srta. Fletching? Cherry esteve na escola dela e falou-me a respeito na viagem para Londres, dizendo que ela tinha sido muito bondosa.

— Sim, falou, e com grande afeição; mas quando sugeri que ela voltasse àquela escola como professora, em vez de trabalhar como dama de companhia, Cherry respondeu que a Srta. Fletching teria oferecido emprego caso ela tivesse suficiente cultura ou habilidade no piano para ensinar música. O fato é que ela não possui essas qualidades. Acredito, Des, que infelizmente isso seja verdade. Sua única destreza é com a agulha e linha. Tem excelente ânimo, mas não é uma moça voltada aos livros. Ainda que a Srta. Fletching a aceite, acredito que Cherry recusaria, porque já se sente extremamente devedora a ela.

— Sei disso. Mas se eu pagar à Srta. Fletching o débito...

— Não, Desford! — exclamou Henrietta, com veemência. — Não faça isso. Ela é altiva demais para concordar com uma coisa dessas.

— Não se achar que eu convenci Nettlecombe a abrir a mão.

— Se ela acreditar nisso, escreverá uma carta para agradecer a ele.

— Posso dizer que ele pagou à Srta. Fletching com a condição de que Cherry não lhe escrevesse e nem procurasse jamais voltar a vê-lo. Aliás, é exatamente o que ele próprio diria.

Ela sorriu, mas sacudiu negativamente a cabeça.

— Isso não vai dar certo. Imagine a situação desconfortável em que Cherry ficaria se soubesse que você pagou à Srta. Fletching para dar um lar a ela. E pense também em sua própria situação; você ficaria tão comprometido quanto ela. Sabe o que os mexeriqueiros e linguarudos iriam dizer. É inútil pensar que o segredo não se espalharia, porque certamente isso iria acontecer.

Os olhos do visconde refletiram o sorriso, mas ele falou, em tom de lamento:

— Já pensei nisso. Tinha a esperança de que você achasse a ideia absurda, mas também imaginava que você não diria isso.

Claro que tem razão. Nesse caso, vou contar tudo à Srta. Fletching e perguntar se ela conhece alguém na cidade que poderia dar um emprego a Cherry. Deve haver muitos idosos doentes por lá: sempre que estive em Bath o local me pareceu cheio de velhas caquéticas. E, já que não há outra função que ela queira exercer, penso que Bath é realmente o melhor lugar para ela. Sempre poderia contar com a Srta. Fletching e sei que ela possui outros conhecidos na cidade.

Henrietta exclamou, enquanto a ruga desaparecia de sua testa:

— Claro, isso é o que é preciso fazer, desde que não seja você quem a recomende a um possível empregador, Des!

— Bem que achei que já estava faltando um sermão de sua parte, minha doce espirituosa — observou ele, com afeição. — Foi muito bom você ter me lembrado disso; eu, às vezes, sou um pouco lento demais.

Ela riu.

— Não, você nada tem de lento, Ashley. Mas é muito imprudente quando encasqueta com uma de suas ideias quixotescas.

— Meu Deus, Hetta, você também deve ter alguns moinhos de vento na cachola. Nunca fiz coisa igual em toda a minha vida. Vamos, não faça cara feia. Vou amanhã mesmo para Bath, pois não tenho tempo a perder. Aliás, pensando bem, creio que seria de bom alvitre ir-me embora antes que Cherry apareça. Eu seria obrigado a revelar meus planos, e se ela não tentar me deter, e em vez disso gostar da ideia, não quero suscitar o que talvez sejam esperanças vãs.

— Mas ela, sem dúvida, vai saber que você esteve aqui — protestou Henrietta. — O que posso dizer a ela?

— Diga que vim, mas não podia permanecer mais do que alguns minutos porque tenho um compromisso urgente em Londres, e somente interrompi minha viagem para informar que não a abandonei, embora não tenha conseguido convencer Nettlecombe, e que tenho um novo plano para ajudá-la. E diga que não o revelei a você, por medo de que possa não dar certo.

— Seu mentiroso!

— Não, realmente receio que não dê certo. Por falar nisso, Lady Bugle fez alguma coisa para fazê-la voltar a Maplewood?

— Não, e isso me recorda algo que preciso lhe dizer. Lady Bugle não sabe onde ela está, porque, quando sugeri a Cherry que escrevesse à tia, ela ficou tão nervosa que tive de desistir. Mas preciso avisá-lo de que, embora Lady Bugle não saiba o paradeiro dela, tem conhecimento de que você esteve de alguma forma envolvido na fuga. Isso me leva a outra coisa que tenho de dizer. Lorde e Lady Wroxton sabem que ela está em Inglehurst.

— Oh, meu Deus! — exclamou ele. — Como se eu já não tivesse problemas suficientes! Quem foi o delator que levou a notícia a Wolversham?

— Meu caro Ashley, não me diga que não sabe como inevitavelmente as notícias se espalham neste país. Mexerico de empregados, que desta vez chegou a Wolversham por uma das camareiras, que é filha de nosso principal cavalariço. Lady Wroxton deu licença a ela para vir a Inglehurst por ocasião das bodas de prata dos pais. Não é preciso dar outra explicação.

Ele a olhava fixamente.

— E isso não é tudo, não é verdade?

— Não. Lorde e Lady Wroxton estiveram aqui há dois dias.

— Se meu pai fez uma viagem de 25 quilômetros, ou a gota desapareceu ou ele deve estar achando que estou prestes a desgraçá-lo ainda mais — observou o visconde.

— Bem, ele estava usando bengala, mas creio que a saúde melhorou muito — informou-lhe Henrietta, desculpando aquela interrupção porque ela aliviara sua ansiedade. — Vieram saber notícias de Charlie. Pelo menos foi isso que lorde Wroxton falou a minha mãe, mas o verdadeiro objetivo, tenho certeza, foi descobrir se o que tinham ouvido dizer era verdade. Não tive ocasião de conversar muito com o lorde, mas sua mãe me puxou de lado e pediu-me, sem rodeios, que lhe dissesse se realmente tinha sido você quem trouxera Cherry para cá, e nesse caso por que o fizera. Não tive receio de ser sincera com ela, porque ela estava certa de que você tinha um bom motivo para isso. Des, eu gosto muito de sua mãe!

— Tem razão, eu também — respondeu ele, cordialmente. — Ela tem a cabeça no lugar. Que foi que você contou a ela?

— Disse a verdade, exatamente como você me narrou. Ela então me revelou que tinha recebido uma carta de sua tia Emborough, dizendo que Lady Bugle a visitara, querendo saber o que você tinha feito em relação a Cherry. Parece que uma das filhas dela, não lembro o nome, mas era um nome muito estranho...

— Todas têm nomes estranhos, todas as cinco.

— Deus do céu! Bem, parece que essa escutou sua conversa com Cherry na noite do baile e, quando a fuga foi descoberta, ela botou na cabeça de Lady Bugle que a prima tinha fugido com você. Não sei como Lady Bugle foi capaz de acreditar numa história sem pé nem cabeça como essa, mas aparentemente acreditou. Encaminhou-se imediatamente a Hazelfield para perguntar a Lady Emborough quais eram as suas intenções, Des. Lady Emborough escreveu a sua mãe dizendo que somente pôde rir da ideia de que você estivesse envolvido com a fuga de Cherry, assegurando a Lady Bugle que, em vez de escapar com Cherry de Maplewood de madrugada, você estava tomando o desjejum em Hazelfield às 10 horas da manhã. Mas, na carta, ela disse também que estava ansiosa por saber se você efetivamente tinha algo a ver com a fuga de Cherry, porque se lembrava de que você parecia mais interessado nesta do que na prima, que é uma jovem excepcionalmente bonita.

— Lucasta — concordou ele. — Eu estava mais interessado em Cherry, sim, mas isso não vem ao caso. Você disse que minha tia escreveu a minha mãe. Espero que não tenha contado nada disso a meu pai, ou será que contou?

— Não, e sua mãe não mostrou a carta a ele. Mas ele foi o primeiro a ouvir os mexericos, e tenho uma impressão muito clara de que foi ele quem insistiu em vir nos visitar, a fim de descobrir se eram verdadeiros, ou melhor, para que sua mãe descobrisse. Você sabe como ele é, Des.

— Ninguém melhor do que eu para isso. Ele acha que está abaixo de sua dignidade demonstrar interesse pelas aventuras dos filhos, claro que para qualquer pessoa, menos os próprios filhos.

— Exatamente! — concordou ela, piscando um olho. — Felizmente, essa visita aconteceu num momento em que minha mãe estava especialmente contente com Cherry, por ter encontrado um pedaço de renda que ela pensava que tinha jogado fora há anos, e estou certa de que falou muito bem de Cherry a lorde Wroxton.

— Ele viu Cherry?

— Sim, mas não sei se gostou dela ou não. De qualquer forma, foi muito cortês com ela.

— Isso não nos serve de guia — disse Desford. — Ele a trataria com civilidade, mesmo que não a apreciasse. Bem, não adianta fazermos conjeturas. Vou ter de passar a noite em Wolversham, o que significa mais um atraso. Lamento, Hetta, mas você compreende meu problema, não? Não pergunto se está disposta a manter Cherry aqui durante mais alguns dias, porque sei qual será sua resposta. Deus a abençoe, minha querida! — Tomando novamente as mãos dela, beijou-as e partiu sem dizer mais.

Capítulo 11

O VISCONDE FOI recebido em Wolversham de maneira inesperadamente boa. Não se admirou quando Pedmore o saudou com um amplo sorriso, dizendo:

— Bem, meu lorde, que agradável surpresa! — porque sabia que o mordomo tinha grande afeição a ele e a seus irmãos, mas sorriu com certa ironia ao ouvi-lo dizer: — Lorde Wroxton terá muito prazer em revê-lo, senhor! Lady Wroxton está descansando, mas o senhor encontrará seu pai na biblioteca. Pretende ficar aqui muito tempo?

— Não, somente uma noite — respondeu o visconde. — Por favor, acomode os cocheiros e cuide bem deles. Sei que fará isso de bom grado.

— Claro que sim, senhor — disse Pedmore, afetuosamente.

Verificando, com uma rápida olhada ao espelho Chippendale do vestíbulo, que as dobras do *foulard* estavam no lugar e que os cabelos não se haviam desalinhado — duas possibilidades de incorrer na censura do pai — caminhou com passos resolutos para as portas duplas que davam para a biblioteca. Fez uma pausa momentânea antes de entrar, preparando-se para o que certamente (apesar das palavras estimulantes de Pedmore) seria uma recepção bastante ácida; mas ao erguer os olhos do jornal que lia a fim de ver quem entrara, lorde Wroxton nada disse de alarmante senão:

— Ah! É você, Desford? Fico muito contente em vê-lo, meu filho!

Vencendo galhardamente o espanto, o visconde atravessou a sala em direção à cadeira onde o fidalgo estava sentado, beijou-lhe a mão estendida e falou, com seu atraente sorriso:

— Obrigado, senhor. Da minha parte, estou muito feliz em vê-lo sem as ataduras no pé. Sente-se tão bem quanto parece?

— Ora, estou em muito boa forma — disse o nobre, animado. — Da última vez que me viu, comentou que eu parecia uma múmia, seu patife, mas não era ainda a minha hora. Vai passar muito tempo ainda até que eu bata as botas.

— Assim espero — retorquiu o visconde. — Não tente me enganar para que eu pense que o senhor está decrépito, pronto para entregar a alma a qualquer momento, porque eu sei exatamente qual é a sua idade.

Reclamando do atrevimento do filho, o conde o advertiu para que não falasse com ele usando aqueles termos, pois rapidamente descobriria que estava enganado. Secretamente, no entanto, ficara satisfeito, como sempre acontecia (a não ser quando a gota exacerbava seu mau humor) quando algum de seus filhos se mostrava, como ele dizia, cheio de ousadia comedida. Assim, tendo ralhado brevemente com o visconde, para não perder o hábito, fez um gesto convidando-o a sentar-se e pediu que contasse o que havia feito desde sua última estada em Wolversham.

— Foi para isso que vim aqui — disse Desford. — E já que não gosto de rodeios, assim como o senhor, direi logo que acabo de vir de Inglehurst, onde soube de sua visita.

— Exatamente o que pensei — disse o conde. — Você veio pedir-me que o ajude a sair da encrenca em que se meteu, não é?

— Não, nada disso — respondeu o visconde. — Vim simplesmente para narrar-lhe tudo o que aconteceu, pois entendo que o senhor ficou sabendo, por intermédio de empregados, da presença de Cherry Steane em Inglehurst e de que fui eu quem a levou para lá. Tenho certeza de que o senhor não sabe de tudo.

— Sei perfeitamente — disse o pai, com os olhos brilhando. — E, antes que você diga mais alguma coisa, Desford, deixe-me informá-lo de que não formo minhas opiniões por meio de mexericos de criados, principalmente quando dizem respeito a meus filhos.

O visconde sorriu para o pai.

— Claro que não, senhor. Mas ainda assim foi a Inglehurst para descobrir o que eu tinha feito para suscitar esses mexericos, não foi? Não o culpo. O senhor deve ter pensado que eu estava metido até os ossos em algum assunto escabroso. Hetta poderia ter-lhe dito que lhe pedi que cuidasse de Cherry, porém ela me contou que o senhor não perguntou nada.

— Você imagina que eu iria fazer perguntas a ela, ou a qualquer outra pessoa, sobre assuntos privados de meus filhos? — retorquiu o conde, asperamente. — Palavra, Desford, se é essa a ideia que você faz de mim, trate de voltar atrás.

— Já o conheço muito bem, meu pai, para pensar isso a seu respeito — disse o visconde, imperturbavelmente. — Por isso, achei que o melhor era vir falar pessoalmente ao senhor, com toda a franqueza.

— Então pare de dar voltas e fale! — ordenou o pai, com voz severa.

Com esse estímulo, Desford narrou ao conde, em termos objetivos, os acontecimentos das duas últimas semanas. O pai o ouviu em silêncio, franzindo a testa por sobre as sobrancelhas, com olhar duro e penetrante. Não mudou de expressão quando o visconde chegou ao fim do recital, mas disse apenas:

— Está em apuros, então?

— Posso estar em apuros, mas não estou em um beco sem saída, acredite.

O conde grunhiu:

— O que pretende fazer se essa mulher da escola não quiser colaborar?

— Procurar outra saída.

O conde grunhiu novamente, acentuando as rugas da testa. Depois de uma longa pausa, durante a qual deu a impressão de estar em conflito interno consigo mesmo, disse, como se as palavras lhe saíssem com dificuldade:

— Você é maior de idade, não depende de mim e pode fazer o que quiser, mas... Peço-lhe, Desford, não se sinta obrigado a casar-se com a moça por uma questão de honra.

— Não tenho essa intenção, porque não a coloquei de forma alguma em situação comprometedora. Mas creio estar obrigado, por uma questão de honra, a ajudá-la com amizade — respondeu o visconde, suavemente.

O pai assentiu com a cabeça, mas disse, repentinamente exasperado:

— Gostaria que você tivesse saído da casa de Sophronia uma hora mais cedo.

— Bem — disse o visconde, com um sorriso oblíquo —, aqui entre nós, senhor, eu também gostaria que tivesse sido assim. Pelo menos... não, realmente não creio que gostaria quando penso no que poderia ter acontecido àquela menina encantadora e tolinha se eu não tivesse passado por ela na estrada. Mas certamente preferiria não ter aceitado o convite de minha tia para visitar Hazelfield.

— Não vale a pena chorar sobre o leite derramado. Vamos deixar isso de lado. Você se meteu numa enrascada complicada, mas podia ser pior. — O conde tirou a caixa de rapé do bolso e aspirou uma pitada, dizendo, abruptamente: — Conheci a moça. Não receio dizer a você que fui a Inglehurst para isso, e ainda bem que o fiz, porque percebi imediatamente que ela não é do tipo interesseira do qual você costuma gostar.

— Perdão, senhor, como sabe que tipo de interesseira costumo gostar?

— Sei mais do que você pensa, meu rapaz — disse o conde com ar sério, porém contente consigo mesmo. — Quando ouvi falar desse assunto pela primeira vez, tive medo de que você estivesse apaixonado e que pretendesse juntar-se a ela para sempre. Você não iria levar uma leviana para a casa dos Silverdale, e se tivesse pensado em ser hóspede pelo resto da vida não a teria trazido para cá, porque sabe perfeitamente que eu faria o impossível para impedir que você entrasse para *aquela* família. Outra possibilidade era que ela o tivesse enfeitiçado, claro, sei que você se considera muito esperto, mas homens mais vivos do que você já caíram em armadilhas de mulheres ambiciosas. Para dizer a verdade, eu estava disposto a pagar para que ela desaparecesse da cena, mas aprendi a vida muito antes que você nascesse e precisei de apenas alguns minutos para perceber que ela nada mais era do que uma pobre mocinha saída do colégio, bonitinha, é verdade, mas não seu tipo de mulher e, além disso, muito tímida. Portanto, Desford, talvez agora você possa ter a bondade de me dizer por que motivo não a trouxe aqui, em vez de empurrá-la para Lady Silverdale?

O visconde já havia previsto que, mais cedo ou mais tarde, essa pergunta lhe seria feita. Ergueu uma das mãos, como um esgrimista que reconhece haver sofrido uma estocada, e disse, com expressão cômica de culpa:

— *Peccavi*, papai. Eu não ousei trazê-la!

O conde deu uma rápida risada, mas imediatamente cessou, dizendo:

— Suponho levar em conta que, apesar de seus erros, você pelo menos é honesto. Entendo que não ousou trazê-la aqui receando que eu estivesse de tal forma preso ao comportamento convencional adequado e expulsasse ambos da casa. Muito obrigado, Desford!

— Papai, como é possível castigar-me assim? — indagou Desford, com ar de reprovação. — O senhor sabe perfeitamente que não pensei nada disso, mas imaginei que ficaria muito zangado se eu impusesse ao senhor e à mamãe a filha de Wilfred Steane. Se me disser que eu estava equivocado, nada mais tenho a fazer exceto pedir perdão por havê-lo julgado de maneira tão mesquinha; mas terei estado tão longe da verdade?

O pai o fulminou com o olhar durante vários minutos, mas finalmente respondeu, como quem tivesse sido acuado:

— Não, que diabo!

— Se sou honesto — disse Desford, sorrindo —, essa é uma virtude hereditária, senhor.

— Seu verme! — exclamou o lorde, escondendo sua satisfação por trás daquela palavra humilhante. — Não pense que pode me enganar. — Em seguida, temperou a severidade dizendo, após um momento de reflexão: — Ora, ora, não quis atormentar você, e por isso não falemos mais desse assunto. Tudo o que direi é que se você se encontrar sem saída, venha falar comigo. Posso estar ultrapassado e ter um humor dependente da gota, mas ainda não estou gagá.

— Nem um pouco gagá, senhor — respondeu Desford. — Sem dúvida, virei procurá-lo se não souber o que fazer.

O fidalgo assentiu com a cabeça, aparentemente satisfeito, pois suas palavras seguintes foram:

— Imagine o velho Nettlecombe caindo no laço nesta altura da vida. Você disse que ele se casou com a governanta?

Assim, quando meia hora depois, Lady Wroxton entrou na biblioteca, encontrou pai e filho em perfeita harmonia. Na verdade, o primeiro som que ouviu ao abrir a porta foi uma gargalhada de Desford, a quem o pai descrevia, em termos vívidos, suas próprias peripécias em Harrowgate. Ela não se admirou muito, pois confiava na habilidade de Desford para tratar com o pai e sabia que ele era o filho preferido, embora o marido negasse veementemente essa ideia.

O lorde a recebeu afetuosamente, dizendo:

— Aqui está você, minha senhora! Entre, e conte a Desford como fui envenenado por aquelas águas fedorentas em Harrowgate.

— Bem, sem dúvida, elas lhe fizeram muito mal — disse ela. — Mas você tomou apenas uma pequena quantidade, e não se pode dizer que não fariam bem, se pudéssemos tê-lo convencido a prosseguir. — Enquanto falava, abraçou calorosamente Desford, que se levantara à entrada dela e, atravessando a sala, apertou-a nos braços com enorme carinho. Ela o beijou, mas também beliscou-lhe o queixo, dizendo enquanto olhava com adoração para o belo rosto do filho: — Então você agora virou cavaleiro andante, pelo que ouço dizer! Qual vai ser sua próxima travessura, meu querido?

Desford riu, mas o lorde aproveitou para dizer que a proibia de ralhar com ele.

— Ele contou tudo a mim com grande honestidade, dizendo o que era necessário, e por isso basta. Ninguém — acrescentou com absoluta convicção — pode dizer que eu sou capaz de guardar rancor!

— Não, meu caro — disse ela, gravemente, mas com o sorriso de Desford ainda oculto nos olhos. Deixou-se conduzir a uma cadeira pelo filho e apertou-lhe ligeiramente a mão antes de soltá-la, dizendo: — Tive uma boa conversa com Hetta, Ashley, e entendo, pelo que ela me relatou, que sua protegida é uma moça muito amável e muito bem comportada; o que, devo dizer, muito me surpreende e me faz pensar que a mãe dela tivesse princípios mais delicados do que geralmente se suspeita, recordando as circunstâncias do casamento dela, porque Wilfred Steane não tinha em absoluto princípio algum. Ao que parece, Lady Silverdale tomou-se de grande estima por ela e está inclinada a convidá-la a morar em Inglehurst, mas Hetta acha que isso não resolveria o problema.

— Sei que ela pensa assim, mamãe, e concordo com ela.

— É pena — respondeu ela, com seu jeito tranquilo. — No entanto, ouso dizer que Hetta tem razão. Nesse caso, que pensa em fazer com a pobre criatura?

Desford contou-lhe seu plano e a mãe o aceitou, acrescentando apenas que, se fosse necessário recomendar Cherry a outro possível empregador além da Srta. Fletching, teria muito prazer em fazê-lo. Depois disso, não se falou mais no assunto. O conde perguntou sua opinião sobre o velho Nettlecombe ter-se deixado aprisionar pelo casamento com a governanta e pediu a Desford que narrasse à mãe suas aventuras em Harrowgate.

Nada ocorreu para empanar a harmonia no resto da tarde e da noite. O lorde se encontrava em perfeita paz com o filho ao desejar-lhe boa-noite do lado de fora de seu quarto, em parte por sentir-se muito aliviado ao saber que seu herdeiro não contemplava casamento com a filha de um homem que, sem hesitação, ele classificava como o maior patife que já conhecera, e em parte porque conseguira vencer duas partidas de *picquet* que jogara com ele.

Antes de partir para Londres, no dia seguinte, Desford conseguiu ter uma conversa a sós com a mãe, enquanto lorde Wroxton recebia seu advogado. Ela o levou para ver as melhorias feitas no roseiral e, enquanto caminhavam juntos pelas aleias, ele perguntou, erguendo inquisitivamente o sobrolho, se devia a ela as afetuosas expressões de boas-vindas com que fora recebido pelo pai.

— Não, não, Ashley! Não disse uma só palavra em sua defesa — assegurou ela. — De fato, comentei que nunca imaginaria que você pudesse ter feito tal coisa e que jamais tinha ficado tão chocada em minha vida.

— Sempre posso contar com você, mamãe — respondeu ele, em tom agradecido. — Na verdade, realmente devo o perdão à senhora.

Ela sorriu, mas sacudiu negativamente a cabeça.

— Você sempre será desculpado por ele, meu querido, por mais que o tenha irritado. Mas talvez não tivesse obtido o perdão com tanta rapidez se eu procurasse justificá-lo, pois sabe que nada torna seu pai mais obstinado do que a oposição, e ele estava realmente muito zangado. Porém, você deve reconhecer que é difícil culpá-lo. Saber que o filho mais velho iniciara uma ligação com uma pessoa de uma família pela qual ele tem grande desprezo foi um forte choque para ele.

O visconde concordou, fazendo uma careta.

— Sim, eu sabia que ele ia subir pelas paredes se soubesse que eu tinha qualquer relação com uma Steane, e foi por isso que eu não queria que ele soubesse de nada. Por que imagina que eu levei a moça para Hetta, sem trazê-la aqui? Não que tivesse alguma dúvida de que a senhora entenderia o caso, eu lhe garanto, mas não tenha tanta certeza no caso dele. Lembre-se, mamãe, que eu já estava na lista negra de papai. Durante minha última visita, ele me disse que não queria mais ver minha cara e, pelo que me contou Simon, quando o encontrei em Inglehurst no dia em que levei Cherry para lá, o humor de papai não tinha melhorado.

— Realmente, não! — suspirou ela. — Pobre Simon! Tive tanta pena dele, e ele suportou tudo com tanta paciência! Mas também

tive pena de seu pai, porque sempre que ele se zanga com um de vocês, fala coisas que não quer e, em seguida, fica deprimido e diz que não queria ter sido tão suscetível. Naturalmente, nunca reconhece, embora tenha dito, depois de sua última visita, que se você achou que ele estava dizendo a verdade ao declarar que não queria mais ver sua cara, era um idiota ainda maior do que ele supunha. Assegurou-me de que eu não precisava me preocupar com isso, pois não tinha dúvida de que você voltaria muito em breve, mas também não se importava, porque não se incomodaria com o tempo que você passasse fora. Portanto, nunca pense que ele não tem estima por você.

— Com toda certeza, mamãe — riu Desford.

— Bem, claro que sim. Você sabe como ele é, Ashley! Acha que seria uma fraqueza demonstrar a qualquer de vocês o quanto os ama. Mas devo dizer que nada poderia ter sido mais impróprio do que você e Simon terem chegado por acaso para nos visitar, justamente naquela ocasião. Ele estava bastante abatido, não apenas por estar sofrendo muito com a gota, mas porque o novo remédio que lhe tinha sido receitado não se ajustava a sua constituição. Sou obrigada a dizer que o remédio foi bom para a gota, motivo que o fez continuar a usá-lo, embora a droga o deprimisse. Fiquei contente quando o médico substituiu-o por uma dieta de uma mistura de raízes e folhagens, que é muito melhor para ele. — Sorrindo, prosseguiu: — Mas tê-lo visto e ter-se reconciliado farão mais bem a ele do que todos os remédios do mundo.

Desford olhou-a rapidamente.

— Será isso uma sugestão para que eu passe a morar em Wolversham, mamãe? Tenho grande apreço a meu pai. Na verdade, creio que pouca gente terá um melhor, mas seria muito difícil morar com ele.

— Bem, tampouco acho que ele conseguiria morar com você — replicou ela, judiciosamente. — Sem dúvida vocês se enfrentariam, porque ambos são terrivelmente decididos. Basta que continue a fazer como está fazendo, aparecendo aqui de vez em quando. Desde que não dê motivo para suspeitar que está prestes a entrar em um casamento imprudente, ele continuará muito contente com você.

— Ele não precisa ter medo, mamãe, que eu perca de vista tudo o que devo, não apenas a ele, mas também a meu nome, para fazer alguma coisa que o faça considerar-me um... Bem, como uma pena faltando na asa dos Carrington.

Ela sorriu ligeiramente ao ouvir aquilo.

— Não, meu querido; tenho certeza de que ele não precisa recear isso. E, se você tivesse resolvido casar-se com a Srta. Steane, ele teria procurado agir da melhor maneira possível, ainda que ficasse decepcionado, pois gostou dela e indubitavelmente não pensa que seja uma moça ambiciosa. Na verdade, disse-me que era duro de acreditar que fosse filha de Wilfred Steane. Além disso, querido, ainda que a tivesse detestado e você tivesse casado com ela, enfrentando sua oposição, ele não o repudiaria. Seja o que for que você faça, e por mais raivoso que ele esteja, isso é uma coisa que ele jamais faria, porque é absolutamente contra seus princípios.

— Claro, sei que é assim — concordou Desford, sorrindo com divertida afeição. — Todos sabemos, e é isso que torna quase impossível para qualquer de nós fazer alguma coisa que possa magoá-lo. Isso também é o que faz dele um excelente pai. Horace acertou quando me disse certa vez que, quanto a ele papai poderia, durante seus acessos de raiva, falar o que quisesse a respeito dele, porque sem dúvida, em última análise, sempre defenderia seus filhos até a morte.

— Então, você sabe disso, Ashley! — exclamou Lady Wroxton, abraçando-o eloquentemente.

— Claro que sim, mamãe — assegurou ele. — Mas ele é realmente teimoso. É capaz de dizer que Wilfred Steane mereceu ser repudiado, e, no momento seguinte, censura diretamente lorde Nettlecombe por tê-lo feito.

— Por favor! — exclamou Lady Wroxton, com um tremor nos lábios. — Como ousa falar dessa maneira? Você não entendeu. Claro que seu pai disse isso com toda a naturalidade, mas, na opinião dele, lorde Nettlecombe se comportou de forma indigna para um pai, e isso também é verdade. Portanto, não é incoerente que ele tenha condenado ambos, e não permito que você diga que ele é teimoso.

— Agora que a senhora me explicou tudo, mamãe, compreendo que estava na contramão quando disse aquilo — replicou o visconde.

Ela não se deixou enganar pela expressão séria de remorso do filho, mas disse, com uma risadinha involuntária:

— Estava mesmo, seu menino malvado, odioso e impertinente. — Fez uma pausa e retirou a mão que lhe segurava o braço a fim de cortar uma rosa murcha do caule. — Aliás, lembra-se de que lhe falei de Cary Nethercott? O sobrinho do velho Sr. Bourne, que há pouco tempo herdou a propriedade?

— Lembro. Por quê?

— Nada, só que eu o conheci, com seu pai, quando estivemos em Inglehurst. Eu não o havia ainda encontrado, e por isso...

— Conheceu-o em Inglehurst, não foi? Suponho que ele tenha ido lá para levar alguma revista para Lady Silverdale, ou inventou outra desculpa?

Espantada pelo tom sarcástico da voz dele, Lady Wroxton olhou-o de relance e respondeu, com a calma habitual:

— Meu querido, como posso saber? Ele estava lá quando chegamos, no terraço, em companhia de Henrietta e da Srta. Steane.

Não posso saber qual o pretexto da visita, se é que havia algum. Fiquei com a impressão de que ele tem suficiente intimidade com os Silverdale para poder aparecer em Inglehurst quando desejar.

— Está sempre por lá, não é? Não sei como Hetta consegue tolerar um sujeito tão sem sal.

— Então, você também o conhece?

— Não posso dizer que não. Tropeço nele toda vez que vou a Inglehurst.

— E não gosta dele? Achei-o agradável e bem-educado.

— Bem, acho que ele é maçante — disse Desford.

Ela fez um comentário anódino e, quase imediatamente, mudou de assunto, reprimindo, com muito esforço, um ardente desejar de continuar a tratar do tema.

O visconde partiu para Londres após consumir um almoço leve, estimulado pela recomendação do pai de seguir para Bath bem cedo no dia seguinte, sem se deixar ficar na cama até tarde ("como vocês, vagabundos preguiçosos, gostam de fazer"), pois quanto mais rapidamente resolvesse "aquele problema", melhor seria para todos os interessados.

— Pelo menos uma vez concordo inteiramente com o senhor — retrucou o visconde, com ar de riso. — Tanto que vou passar a noite em Speenhamland.

— Ah, é isso que quer fazer? No Pelican, certamente! — disse o pai, com terrível ironia.

— Mas claro, papai. Onde mais se pode dormir na estrada para Bath?

— Posso imaginar que você escolheria a hospedaria mais cara da região para dignificar com sua presença — disse o conde. — Quando eu tinha a sua idade, Desford, não fazia essas bobagens, mas também não tinha uma tia-avó idiota para deixar-me sua fortuna. Ora, está bem, não é problema meu saber como você desperdiça seu dinheiro, mas não venha me procurar quando ficar na miséria.

— Não, não, o senhor me repudiaria, não é? Eu não seria capaz de me atrever — falou o visconde, gracejando audaciosamente.

— Vá embora de uma vez, perdulário! — ordenou o austero pai.

Mas quando a chaise do visconde desapareceu de sua vista, ele se voltou para a mulher, dizendo:

— Esse assunto fez muito bem a ele, minha senhora! Confesso que fiquei um pouco preocupado quando soube, mas não é o caso de pensar que ele foi agarrado por alguma mulherzinha traiçoeira.

— Sem dúvida, querido — afirmou a companheira de sua vida.

— Claro que nunca houve essa possibilidade. Seria muita idiotice. Mas não quero mais falar disso. A verdade é que, pela primeira vez na vida, ele tem um problema a resolver e não está querendo escapar. Está disposto a fazer o que deve, e que diabo, tenho orgulho dele. Mostra que tem juízo. Agora, se ele se ajeitar, se formar uma ligação estável com alguma mulher digna, eu daria Hartleigh de presente a ele.

— Uma ideia excelente — concordou Lady Wroxton. — Seria uma beleza, meu amor, ver Ashley morando na casa onde nós dois vivemos quando meu pai morreu.

— Ora, mas há quanto tempo foi isso? — respondeu o fidalgo, com voz sombria. — Essa é a questão, Maria.

— Acho que não foi há tanto tempo assim — disse a esposa, abafando o riso.

Capítulo 12

ENQUANTO O VISCONDE esperava impacientemente o fim de um conserto na roda de sua chaise, o mais novo de seus irmãos estava a meio caminho de Londres, vindo de Newmarket, com um de seus amigos mais íntimos sentado a seu lado na caleça. Ambos os cavalheiros estavam de muito bom humor, após terem feito uma lucrativa visita à cidade. De fato, o Sr. Carrington tinha os bolsos consideravelmente mais gordos do que o amigo, pois havia ousadamente apostado todo dinheiro no palpite dado pelo visconde, e vira o cavalo Mopsqueezer atravessar a galope a linha de chegada um corpo à frente de seu rival mais próximo. Em seguida, no último páreo, descobriu um cavalo chamado Brother Benefactor* e imediatamente, sem dar atenção aos apelos dos colegas para que não se importasse com aquele azarão, fez uma aposta de cem libras nesse animal. O cavalo venceu por uma cabeça, pagando o belo prêmio de dez para um e Simon saiu do hipódromo extremamente satisfeito, com os bolsos estufados por vários rolos de notas, um dos quais

*Irmão Benfeitor. (*N. do T.*)

ficou consideravelmente reduzido ao final da noitada, pois serviu para proporcionar lauta comemoração aos amigos mais chegados num suntuoso jantar no White Hart.

Por ser bastante resistente ao vinho e possuir constituição física capaz de suportar esses excessos, Simon levantou-se no dia seguinte (conforme ele próprio declarou) sentindo-se apenas um pouquinho indisposto e com o bom humor intacto. O mesmo não se poderia dizer de seu companheiro, cuja aparência o fez exclamar:

— Por Deus, Philip, você parece um cadáver!

— Tenho uma dor de cabeça dos infernos — replicou o sofredor, olhando-o com asco.

— Tudo bem, meu velho! — disse Simon, animando-o. — Você vai ficar ótimo assim que respirar um pouco de ar fresco. Nada como um passeio num dia bonito e com brisa suave para levantar um homem.

O Sr. Harbledon não deu outra resposta a não ser um som surdo, algo entre um ronco e um gemido. Subiu à caleça, fez uma cara feia quando o veículo se moveu com um tranco e durante toda a hora seguinte não deu sinal de vida, exceto alguns gemidos quando o veículo sacolejava num trecho malcuidado da estrada e súplicas veementes a Simon para que parasse de cantar. Felizmente, a dor de cabeça começou a diminuir durante a segunda hora e, quando Simon puxou as rédeas do par de animais diante da taverna e hospedaria Green Man, em Harlow, Philip já estava suficientemente recuperado para demonstrar certo interesse pelo cardápio e até mesmo para debater com o garçom os méritos relativos de um pescoço de veado e um prato de carne bovina, servido com repolho e um molho espanhol.

No meio da tarde do dia seguinte, Simon alcançou sua residência na Bury Street. Como nem ele e nem o Sr. Harbledon tinham pressa, haviam concordado tacitamente em ceder aos reclamos da natureza, permanecendo na cama até tarde. Depois, serviram-se descansadamente de uma substanciosa refeição matinal e já passava do meio-dia quando saíram da Green Man. Ainda cheio de gratidão fraternal, Simon caminhou até Arlington Street, esperando ter a sorte de encontrar Desford em casa. Não se admirou quando Aldham, que lhe abriu a porta, informou que o lorde não se encontrava; mas ao saber, em resposta a outra pergunta, que o irmão ainda não tinha voltado de Harrowgate, arregalou os olhos, espantado, repetindo:

— Harrowgate?

— Sim, senhor. Assim acredito — disse Aldham.

Simon não era um imbecil e não precisou de muito tempo para compreender o motivo da partida do irmão para aquela viagem longa e tediosa. Riu involuntariamente, mas depois de olhar especulativamente para Aldham, achou que seria inútil tentar extrair dele outras informações. Além disso, tanto quanto sabia, Desford não costumava revelar muita coisa ao mordomo. Contentou-se, portanto, em deixar um recado para o visconde, dizendo:

— Ora, muito bem, quando ele voltar, diga que estarei em Londres até o fim da semana.

— Certamente, Sr. Simon — assegurou Aldham, muito aliviado por safar-se daquele dilema. Fitou Simon com indulgente ar afetuoso, porque o conhecia desde o berço, mas sabia que o jovem era imprevisível. Como havia aprendido com Pedmore que um dos primeiros deveres de um mordomo era ser infalivelmente discreto, sem nunca, em quaisquer circunstâncias, tagarelar sobre as atividades do patrão, estaria em apuros para responder a perguntas mais incisivas sem trair o visconde e nem ofender o rapaz.

Simon havia combinado ir ao encontro de um grupo de amigos em Brighton e poderia ter ido para lá antes de todos, se não tivesse se lembrado de que os quartos no hotel Ship estavam reservados a partir do sábado naquela semana. Somente quem não conhecesse os hábitos da sociedade imaginaria a possibilidade de conseguir alojamento em Brighton no auge da temporada, a não ser em pensões muito modestas, e não lhe restava saída senão resignar-se a passar vários dias sem ter o que fazer em Londres, que, para um membro da alta sociedade, em julho, mais parecia um deserto do que uma metrópole elegante. Não que Londres não tivesse o que oferecer para entreter visitantes fora de época. Havia muitas atrações e, dois dias depois de sua ida a Arlington Street, Simon conjeturava se seria mais divertido visitar o teatro Surrey ou o Cockpit Royal, quando o aposentado proprietário da casa em Bury Street, onde, na ocasião, moravam três cavalheiros, entrou na sala e entregou-lhe um cartão de visita, dizendo laconicamente:

— Há um senhor que deseja vê-lo.

O cartão mostrava a seguinte inscrição, em letras rebuscadas: Barão Monte Toscano. Simon olhou-o rapidamente e devolveu-o.

— Nunca ouvi falar nessa pessoa — disse. — Diga que não estou.

Uma voz melíflua se fez ouvir junto à porta:

— Devo pedir-lhe mil perdões. Percebi tardiamente que dera a esse senhor o cartão equivocado. Estou tendo a honra de dirigir-me a Simon Carrington? Ora, mas nem é preciso perguntar. O senhor se parece muito com seu pai, o qual espero que se encontre em boa saúde.

Consideravelmente surpreso, Simon respondeu.

— Sim, sou Simon Carrington. Mas creio estar em desvantagem, porque não sei quem é o senhor.

— Naturalmente — falou o visitante, sorrindo com benevolência. — Ouso dizer que o senhor nunca me viu; na verdade, tenho plena certeza disso, pois até este momento eu somente sabia seu nome. — Fez uma pausa e com um gesto dispensou o mordomo da casa, dizendo cordialmente: — Muito obrigado, meu bom homem. Não preciso de nada mais.

— Meu nome — respondeu — é Diddlebury, se não tiver nenhuma objeção — disse o mordomo, em um tom que demonstrava claramente desprezo pelo visitante do Sr. Carrington.

— Absolutamente, bom senhor. Um nome interessante, não posso deixar de notar — tornou este último, com gentileza.

Esperando em vão algum sinal do Sr. Carrington, Diddlebury retirou-se da sala, com relutância.

— Agora — disse o recém-chegado —, preciso reparar o tolo engano que cometi ao entregar àquele homem o cartão errado. — Tirou do bolso um estojo cheio de cartões de visita, e começou a procurar entre eles, enquanto Simon o olhava com ar de estupefação.

Era um homem de meia-idade, vestido de maneira tão vistosa quanto sua própria fisionomia. Embora o auge do estilo fosse um tanto severo, que fizera excluir de todos os guarda-roupas elegantes as camisas de babados que, seis meses antes, haviam sido a última moda, para não mencionar exageros como coletes floridos e casacos de cores berrantes, ou a ausência de joias, exceto um anel e um alfinete de gravata; o visitante trajava casaco justo de um forte tom arroxeado, camisa com babado engomado que o fazia parecer um pombo e um colete ricamente bordado. Trazia um monóculo ornado preso ao pescoço e do bolso do colete pendiam várias correntes com medalhões; diversos anéis lhe enfeitavam os dedos. Quando jovem, deveria ter sido um homem de grande beleza física, pois as feições eram atraentes, mas as indisfarçáveis consequências de uma vida de dissipação haviam-lhe marcado a textura da pele e feito surgir bolsas sob os olhos, os quais exibiam traços vermelhos.

— Ah, aqui está! — exclamou, tirando um cartão do estojo. No entanto, após ter tido a precaução de examiná-lo por meio do monóculo, disse: — Não, não é este. Será que esqueci... não, ei-lo aqui, finalmente!

Fascinado, Simon interveio:

— O senhor... o senhor usa diversos cartões de visita?

— Claro. Acho muito conveniente mostrar um cartão aqui, outro acolá, pois devo dizer que moro no exterior e passo muito tempo viajando. Mas este cartão — prosseguiu, entregando-o a Simon com uma mesura — contém meu verdadeiro nome, e sem dúvida explicará por que motivo procurei o senhor.

Simon tomou o cartão, olhando-o com pouco interesse, mas o nome inscrito o fez sobressaltar-se.

— Wilfred Steane? Então o senhor não morreu!

— Não, Sr. Carrington, não morri — disse o Sr. Steane, instalando-se em uma cadeira. — Estou perfeitamente vivo. Devo dizer que me sinto completamente incapaz de compreender por que motivo alguém pudesse supor que eu tenha desprezado meu aspecto mortal. Assim disse o poeta Shakespeare, acredito.

— Bem, isso eu já sei — respondeu Simon. — Mas o que me espanta é que o senhor não entenda por que todos acreditaram que o senhor tivesse batido as botas. Que mais se podia pensar, tendo o senhor desaparecido durante anos?

— Era normal supor, meu jovem, que, se isso tivesse acontecido, eu deixaria de informar dessa circunstância minha única filha, sem falar na criatura sob cuja guarda eu a deixei? — indagou o Sr. Steane, num leve tom de censura.

— O senhor já não poderia fazer isso — disse Simon, prosaicamente.

— Teria tomado providências — respondeu o Sr. Steane, vagamente. — Na verdade, tinha feito alguns arranjos. Mas deixemos isso de lado. Não estou aqui para trocar palavras vãs com o senhor. Vim para descobrir onde seu irmão está escondido, Sr. Carrington.

Simon sentiu os cabelos da nuca arrepiarem-se.

— Tenho dois irmãos, meu senhor, e nenhum deles está escondido.

— Refiro-me a seu irmão Desford. Não estou falando de seu outro irmão, cuja existência eu desconhecia. Devo dizer que até hoje de manhã eu tampouco sabia que o senhor existia. — Deu um suspiro profundo e balançou tristemente a cabeça. — A gente perde contato. *Eheu fugaces, Postume, Postume**. Sem dúvida, o senhor poderá completar essa frase encantadora.

— Bem, claro que posso. Qualquer um pode.

— *Labuntur anni* — murmurou o Sr. Steane. — Quanta verdade! Infelizmente, quanta verdade! No entanto, o senhor, ainda no limiar da vida, não poderá apreciá-la. Lembro-me bem dos dias despreocupados e alegres de minha própria juventude, quando...

— Perdão, meu senhor — disse Simon impiedosamente, interrompendo aquela digressão retórica —, mas o senhor está se afastando do assunto. Entendo que deseja que eu lhe diga onde pode encontrar meu irmão Desford. Se soubesse, teria prazer em dizer-lhe, pois ele gostaria muito de vê-lo, mas não sei. O que sei é que não está escondido em lugar algum. Além disso — prosseguiu, com o rosto cada vez mais corado e gaguejando um pouco —, n-não há motivo para que ele se esconda. Finalmente, fico-lhe agradecido por não fazer essas... essas falsas acusações a ele.

— Os Carrington são todos iguais — observou tristemente o Sr. Steane. — Como suas palavras me recordam o passado! Seu estimado pai, por exemplo...

*Ode 2.14, de Horácio, que evoca a rapidez da passagem do tempo. (*N. do T.*)

— Deixemos meu pai fora desta conversa — interrompeu Simon, já completamente irritado.

— Com prazer, com prazer, meu caro jovem. Não recordo com satisfação o quanto ele me julgou mal, o quanto foi incapaz de desculpar as indiscrições da juventude, como deixou de compreender as dificuldades a que um moço poderia estar sujeito devido à conduta rude de um pai que era, para usar um termo vulgar, um avarento. Direi mais: um unha de fome!

— Bem, sobre isso o senhor se engana — retorquiu Simon. — Não sei muita coisa sobre o que o senhor fez na juventude, mas sei que meu pai cortou relações com o seu, ao saber que ele o repudiara.

— É verdade? — perguntou o Sr. Steane, com grande interesse. — Nesse caso, eu o julguei mal. Gostaria de ter estado presente na ocasião, pois isso teria sido um bálsamo para meu coração dolorosamente ferido. Mas como, pergunto-me, eu poderia sabê-lo? Se lhe disser que ele também cortou relações comigo, o senhor compreenderá que era impossível, para mim, ter presenciado aquele fato.

— Concordo, mas sou obrigado a pedir-lhe, meu senhor, que seja breve e me diga qual é seu objetivo ao vir me visitar. Já lhe disse que não sei onde Desford está e somente posso aconselhá-lo a aguardar o regresso dele a Londres. A casa dele fica em Arlington Street e os empregados esperam sua volta em muito pouco tempo.

— Sei que ele reside em Arlington Street — disse o Sr. Steane. — Ao chegar de Bath, tratei imediatamente de descobrir o endereço dele, o que foi fácil, porque o visconde é um ilustre membro da alta sociedade.

— Claro que foi fácil — disse Simon, com sarcasmo. — Bastava consultar o catálogo de endereços.

O Sr. Steane fez um gesto depreciativo, desprezando o comentário.

— Seja como for — disse ele, em tom um tanto misterioso mas com grande dignidade —, logo que descobri, dirigi-me às portas pouco hospitaleiras da residência. Estas me foram abertas por um indivíduo que presumi ser o mordomo. Assim como o senhor, ele alegou desconhecer o paradeiro de Sua Excelência. Mostrou-se, por assim dizer, muito reticente. Uma hesitação deveras estranha. Não sou idiota e nem nasci ontem, meu jovem. Na verdade, conheço todos os truques, embora não costume ficar nervoso. Vi num piscar de olhos que ele tinha instruções para me despistar.

— Bem, se foi isso o que o senhor viu, é hora de comprar um par de óculos — replicou rudemente Simon. — Como Desford poderia ter dado essa ordem, se achava que o senhor estava morto? E afinal, por que diabo faria isso? Ouso dizer que não há ninguém que ele deseje tanto encontrar quanto o senhor. Portanto, se me informar seu endereço, prometo que o darei a meu irmão no instante em que souber onde ele está. Tudo o que sei, no momento, é que ele foi a Harrowgate no início da semana passada.

O Sr. Steane deu a impressão de meditar profundamente sobre essa informação. Após uma pausa considerável, balançou negativamente a cabeça e disse, com um sorriso indulgente:

— Lamento ter que duvidar sobre a veracidade desse relato, e não pense que sou insensível à virtude da lealdade. Asseguro-lhe, meu jovem, que dou grande valor a sua nobre decisão de proteger seu irmão, por mais que eu o despreze. E vou além: se os interesses de minha amada filha não estivessem tragicamente em jogo, eu aplaudiria sua determinação. Porém, me pergunto o que poderia ter levado lorde Desford a Harrowgate. Sem dúvida trata-se de um balneário salubre, até onde sei muito procurado por pessoas que sofrem de gota, escorbuto e debilidades paralíticas. Mas se quer me convencer que Desford, o qual imagino não tenha mais de 30 anos, seja vítima de alguma dessas desagradáveis enfermidades, o senhor estará, em termos vulgares, querendo me enganar.

— Não, ele não sofre de nenhuma dessas doenças, e não foi a Harrowgate por motivos de saúde. A menos que eu esteja errado, viajou para tratar de um assunto que deveria ser seu, Sr. Steane. Quando o vi pela última vez, ele estava prestes a partir em busca de seu pai.

— Cuidado, meu jovem! — exclamou o Sr. Steane, em tom de reprovação. — Isso não está me cheirando bem. Nunca tive qualquer ligação com Harrowgate, e na verdade com nenhuma das estações de águas desse tipo, pois não oferecem atração para um homem genial como eu. Quanto a meu pai, cortei relações com ele. Para mim, está morto há muitos anos.

— Desford está à procura dele a fim de pedir proteção para a neta, sua filha, que o senhor deixou na miséria — disse Simon, furioso. — Ou será que ela também está morta para o senhor?

— Era só o que me faltava, ter de ouvir essas palavras dirigidas a mim! — exclamou o Sr. Steane, pondo a mão sobre o coração e erguendo os olhos para o céu. — Minha única filha, minha amada filha, a única parente que tenho no mundo! E peço-lhe, por favor, que não fale de meu ex-irmão. Ainda não afundei tanto que precise dizer ter relações com aquele sovina — acrescentou, descendo abruptamente das alturas histriônicas. No entanto, recuperou-se rapidamente e indagou: — Pergunto-lhe, meu jovem, se minha presença em Londres não é prova suficiente de minha devoção ao único penhor que me foi deixado por minha adorada companheira de núpcias? — Avassalado por essas reflexões, ele ocultou o rosto no lenço e assumiu a expressão de alguém consumido pela tristeza.

— Não, não é suficiente! — retrucou Simon, de forma rude. — O senhor parece pensar que entrou em uma casa em chamas, ou algo assim.

Ofendido, o Sr. Steane levantou a cabeça e disse, com muita veemência:

— Se o senhor imagina que entrar em uma casa em chamas é algo mais arriscado do que entrar nesta cidade, está muito enganado. Por que acha que saí daqui? Por que acha que me exilei, deixando minha adorada filha, temporariamente, é claro, sob os cuidados de uma mulher que me fez, erroneamente, acreditar que era digna de minha confiança?

— Dificilmente eu poderia saber, meu senhor — retrucou prontamente Simon. — Mas já que pergunta, acho que foi porque os oficiais de justiça estavam à sua procura.

— Pior do que isso! — tornou o Sr. Steane, com ar trágico. — Não me proponho a narrar as circunstâncias que me levaram à ruína. Basta dizer que, desde o momento em que nasci, a má sorte tem acompanhado meus passos. Minha juventude foi obscurecida por um pai avaro e por um irmão traiçoeiro como uma serpente, que não teve a decência de morrer quando foi desenganado. Não apenas levantou-se do que eu tinha certeza ser seu leito de morte, mas, menos de um ano depois, tornou-se pai de um filho homem. Isso, meu jovem, foi a última gota.

— O senhor... O senhor reclamou a herança com um atestado de óbito falso? — perguntou Simon, estupefato.

— Naturalmente! Não se engane quanto a isso porque, felizmente, não sou um verme, mas sou idiota. Meu pai não tinha o direito de privar-me da herança. Se Jonas morresse deixando duas filhas, eu acabaria herdando o título, a fortuna e todo o resto. Perdoe-me, mas essa ideia me desespera. — Mergulhou novamente o rosto no lenço e após alguns momentos emergiu, dizendo: — Não direi que tenha ficado completamente destroçado. Foi um golpe que teria me destruído se eu fosse pusilânime, mas isso não sou: sempre suportei meus reveses com perfeita energia e raras vezes deixei de me recuperar. Naquela crise, titubeei? Desesperei-me? Não, Sr. Carrington! Vesti minha armadura, como... Bem, não importa quem tenha sido, e dei a volta por cima! Hoje, quem me vê, reconhece alguém que, com seu próprio esforço, emergiu à superfície do mais profundo oceano.

— Então, por que diabo não paga suas dívidas? — perguntou Simon, em tom incrédulo.

Chocado com essa sugestão, o Sr. Steane exclamou:

— Desperdiçar meu dinheiro com credores? Não sou tão perdulário assim, espero. E nem, tampouco, esqueço meus deveres para com minha filha. Não tive outro objetivo, ao regressar à terra onde nasci, a não ser ajudá-la. Imagine meus sentimentos quando, ao chegar a Bath, ansioso por abraçá-la, descobri que a criatura a quem eu a confiara tinha-a expulsado. Entregou-a, na verdade, a uma de minhas piores inimigas. E por quê? Porque, em meio às tragédias que passei para recuperar-me, eu havia sido obrigado a adiar o pagamento das faturas. Aquela mulher não poderia ter confiado um pouco mais em minha integridade, tanto quanto eu confiei na dela? Será possível que tenha duvidado de que assim que possível eu resgataria integralmente a dívida? A única resposta que ela deu a essas simples perguntas foi uma catarata de lágrimas. — Fez uma pausa, olhando desafiadoramente para Simon, mas como Desford lhe tinha revelado somente as linhas gerais das circunstâncias que o haviam levado a tornar-se amigo de Cherry, o jovem não encontrou o que dizer. O Sr. Steane continuou a narrativa. — Dirigi-me imediatamente à residência de Amelia Bugle. Intimamente isso me custou muito esforço, mas venci minha repugnância, pois meu instinto paternal sobrepujou qualquer outra consideração. E qual foi minha recompensa? Ser informado, Sr. Carrington, de que minha inocente filhinha havia sido raptada da segurança do lar de sua tia materna por ninguém mais do que lorde Desford.

— Se foi isso o que Lady Bugle lhe disse, é uma mentira deslavada! — exclamou Simon. — Ele não fez nada disso. O tratamento que Lady Bugle dispensava à Srta. Steane era tão abominável que ela fugiu, com a intenção de buscar refúgio na casa do avô. Tudo o que Desford fez foi acolhê-la em sua caleça, ao encontrá-la a pé na estrada para Londres.

O Sr. Steane sorriu, com ar penalizado.

— É isso o que ele conta? Meu pobre rapaz, lamento ser obrigado a destruir a confiança em seu irmão, mas...

— Não é preciso, porque o senhor não conseguiria — interveio Simon, pálido de raiva. — E, por favor, não me chame de "meu rapaz"!

— Meu jovem — disse o Sr. Steane, severamente —, lembre-se de que está falando com uma pessoa que tem idade suficiente para ser seu pai.

— E o senhor, lembre-se de que está falando de meu irmão! — replicou Simon.

— Acredite — tornou o Sr. Steane, com veemência —, compreendo sinceramente seus sentimentos. Lamento dizer que nunca tive a alegria de possuir um irmão que pudesse admirar, mas sou capaz de perceber...

— Não se trata de admiração! — interrompeu Simon. — Pergunte a qualquer pessoa que conheça Desford se ele é o tipo de maluco capaz de raptar uma pobre moça. O senhor receberá a mesma resposta que lhe dei.

O Sr. Steane deu outro de seus profundos suspiros.

— Infelizmente, o senhor me obriga a informá-lo, Sr. Carrington, de que temo que minha desditosa filha tenha caído voluntariamente nos braços dele! Sinto o coração dilacerado ao contar-lhe isto, e não preciso dizer como foi duro o golpe ao saber que, em sua inocência, ela sucumbiu ao anzol de um libertino de rosto nobre e endereço atraente. Isso para não mencionar as vantagens do berço e da fortuna. É difícil acreditar que lorde Desford possua esses atributos?

Revoltado por aquela descrição de seu irmão, Simon a repudiou, dizendo apenas:

— Não, ele não é assim! Ele é, sem dúvida, bem-apessoado, nunca havia pensado nisso antes, mas quanto a ter um "endereço atraente"... bem, isso o faz parecer um enganador traiçoeiro. Quero que saiba, meu senhor, que Desford é um cavalheiro. Além disso, sua filha não caiu nos braços dele, porque ele jamais os estendeu para ela. Não quero dizer que ela não o teria feito, caso ele os estendesse, pois não sou pessoa de fazer suposições maldosas sobre as relações pessoais de outros indivíduos. E mais ainda, Sr. Steane, se o senhor não tivesse idade suficiente para ser meu pai, eu lhe plantaria a mão na cara por ter tido a audácia de chamar Desford de libertino.

Ouvindo essas palavras candentes com absoluta tranquilidade, o Sr. Steane observou com simpatia, quando Simon terminou de falar:

— Percebo que ele o domina completamente, o que me dá pena. O senhor me faz lembrar o que eu era quando jovem. Tinha a cabeça quente, talvez, porém cheia de impulsos generosos, lealdades equivocadas e uma encantadora fé nas virtudes daqueles a quem nos ensinaram a idolatrar. É triste, muito triste, que tenha sido meu destino destruir essa crença simplória.

— Que diabo...? — perguntou Simon, explosivamente. — Se o senhor acha que me ensinaram a idolatrar Desford e que eu o faça... senhor não sabe o que está dizendo, Sr. Steane. Claro que isso não é verdade. Mas... Mas... Ele é um excelente irmão, e embora eu ouse reconhecer que tem alguns defeitos, não é um devasso, e é perfeitamente confiável.

— Gostaria de poder acreditar — disse o Sr. Steane, com ar depressivo. — Infelizmente, não posso. O senhor não tem conhecimento, meu pobre jovem, da vida que seu irmão tem levado desde a maioridade e, sou obrigado a dizer, ainda leva?

Simon o encarou com expressão de ira e incredulidade. O vermelho que lhe subira ao rosto ao ser obrigado a violar todas as regras de modesta reticência ao defender a virtude de Desford escureceu visivelmente. Com voz solene, cheia de orgulho, falou:

— Meu caro senhor, se com essas..., essas palavras de opróbrio o senhor quer dizer que jamais, em qualquer tempo, meu irmão tenha se conduzido de forma inadequada para um homem honrado, permita-me esclarecer-lhe que ou o senhor foi grosseiramente mal informado ou... Ou que é um miserável mentiroso! — Fez uma pausa, com o queixo perigosamente estendido para diante, mas como o Sr. Steane não mostrou nenhum desejo de aceitar um desafio tão beligerante, e continuava olhando-o tranquilamente, Simon prosseguiu: — Imagino, senhor, que quando fala da "vida que meu irmão leva", queira referir-se a certas... certas ligações que por vezes ele estabelece com pessoas de costumes levianos. Mas se quer me dizer que tem suspeitas de ele seduzir moças inocentes ou de encher a cidade de filhos ilegítimos, pode poupar o fôlego. Quanto à ideia que ele tenha atraído sua filha para fugir com ele, meu Deus, se não fosse um insulto eu seria capaz de rir às gargalhadas. Se ele tivesse se apaixonado tão perdidamente a ponto de fazer coisa tão impensada, por que motivo estaria se empenhando para entregá-la ao avô? Responda-me, se puder!

O Sr. Steane estremeceu eloquentemente e respondeu de forma digna de um Kemble ou um Kean:*

*John Philip Kemble e Edmund Kean foram famosos atores de teatro da época da Regência. (*N. do T.*)

— Se realmente ele fez isso, meu receio é que tenha se cansado dela e esteja querendo largá-la.

— O quê, em menos de dois dias? — disse Simon, sarcasticamente. — Parece muito pouco provável.

— Meu caro jovem inexperiente — disse o Sr. Steane, com um laivo de aspereza —, em menos de duas horas é possível descobrir que uma mulher é mortalmente tediosa. Não que eu acredite nessa história fantástica de ter ido a Harrowgate em busca de meu pai. É um amontoado de fantasias. Quanto mais penso no caso, mais me convenço de que ele raptou minha inocente filhinha e iludiu a todos, fazendo-os acreditar que somente o fez por pensar que ela seria mais feliz em companhia do avô do que na da tia. Ora, não duvido de que ela não se sentisse bem em casa daquela megera. Mas se seu precioso irmão imaginou que ela estaria melhor em casa de meu pai, deve ser um pateta completo, o que acredito não ser o caso. Não, não, meu rapaz. O senhor pode engolir essa história da carochinha, mas eu não. A verdade é que ele pretende desgraçar minha pobre Cherry achando que ela não tem quem a proteja. Mas vai se dar conta de seu engano! O pai dela a defenderá. Ainda que ele, o pai, quero dizer, isto é, eu mesmo, tenha de publicar para todos o relato da infâmia de Desford. Se ele quiser que todos o considerem um homem honrado, somente pode fazer uma coisa: casar-se com ela!

— Está batendo na porta errada, meu senhor — disse Simon, fitando-o com os olhos subitamente semicerrados. — Informo-o com prazer que a reputação de sua filha está intacta. Longe de pretender desrespeitá-la, meu irmão fez o que era preciso para que não houvesse qualquer escândalo envolvendo-a. E sinto-me ainda mais feliz em informá-lo de que ela está residindo, graças à previdência de Desford, com uma família extremamente respeitável.

Teria sido um exagero dizer que a fisionomia do Sr. Steane demonstrou desapontamento, mas sem dúvida o tranquilo sorriso desapareceu de seus lábios. Embora a voz continuasse calma, o tom se modificou um pouco ao responder ao que Simon — o qual já percebera, com bastante clareza, o caráter do interlocutor — entendeu ter sido uma informação decepcionante para este último. Simon começou a sentir-se um tanto inquieto, e lamentou não saber onde Desford se encontrava. Que diabo, quem tinha de tratar com o Sr. Steane era Desford, e não ele. Caso Simon revelasse o exato paradeiro de Cherry àquela raposa velha, lavando assim as mãos daquele assunto, Desford teria um problema a mais.

— E onde fica situado o lar dessa família respeitável? — perguntou o Sr. Steane.

— Em Hertfordshire — respondeu Simon, despreocupadamente.

— Em Hertfordshire? — repetiu o Sr. Steane, erguendo-se sobressaltado. — Terei pensado mal de lorde Desford? Ele a pediu em casamento? Não receie em abrir-se comigo. Na verdade, ele deveria ter pedido minha permissão para dirigir-se a Cherry com um pedido, mas estou pronto a perdoar essa falta. Na verdade, se ele me acreditava morto, é desculpável que não tenha observado as formalidades adequadas. — Apontou um dedo para Simon, dizendo, com ar conspiratório: — Não precisa ser discreto comigo, meu rapaz. Asseguro que não terei objeções ao casório, desde que, naturalmente, lorde Desford e eu cheguemos a um acordo sobre os termos financeiros, o que sem dúvida acontecerá. Ah, o senhor deve estar imaginando de que forma eu adivinhei que a casa da família respeitável a que se referiu era Wolversham. Nunca tive o prazer de visitar essa casa, mas logo que o senhor mencionou Hertfordshire, recordei, em um segundo, que é lá que está situada Wolversham. Uma bela mansão antiga, penso eu: desejo muito conhecê-la.

Momentaneamente desconcertado, Simon tratou de recuperar-se e não perder tempo em dissipar a ilusão que visivelmente se apoderava da mente do Sr. Steane.

— Por Deus, não! — exclamou ele. — É claro que ele não a levou para Wolversham. Não ousaria fazer isso. O senhor deve saber bem, assim como eu, a opinião de meu pai a seu respeito, o senhor mesmo me disse que ele rompeu relações e, por isso, não temo em dizer-lhe que nada o faria consentir no casamento de Desford com a Srta. Steane. E não há a menor possibilidade de que ele tenha pedido tal consentimento a papai, evidentemente. Desford não propôs casamento a ela porque, para começar, não está apaixonado; segundo, porque não há motivo para isso, e terceiro... Bem, não importa.

Simon teve a satisfação de notar que o amplo sorriso do Sr. Steane sumia de seu rosto, mas isso durou pouco. Uma expressão calculista surgiu nos olhos dele e suas palavras seguintes fizeram os cabelos da nuca do jovem novamente arrepiar-se.

— Acredito, meu caro senhor — disse o Sr. Steane —, que esteja enganado. Sim, muito enganado. Posso imaginar que seu honrado pai não aprove a união, mas acredito que terá muito menos prazer ao receber uma intimação judicial por quebra de palavra contra seu herdeiro.

— Quebra de palavra! — repetiu Simon. — O senhor está louco, Sr. Steane! Desford nunca prometeu casamento a sua filha.

— Como sabe? Você estava presente quando ele a tirou da casa da tia às escondidas?

— Não, não estava, mas ele me contou as circunstâncias em que conheceu a Srta. Steane.

Deteve-se, porque o Sr. Steane começava lentamente a sorrir, sacudindo negativamente a cabeça.

— É fácil perceber que o senhor não conhece bem a legislação, meu jovem. O que seu irmão possa ter-lhe dito não constitui prova.

Se fosse admitida em juízo, como tenho certeza de que não será, dificilmente poderia suplantar as provas apresentadas por minha pobre filhinha.

— O senhor está dizendo — gaguejou Simon — que acha sua filha capaz de cometer perjúrio em um tribunal? Se acredita nisso, sua memória não é tão boa quanto supõe. Que diabo, ela é uma menina de escola que ainda nem tem os dentes de siso.

— Então — disse o Sr. Steane, fazendo Simon se sentir como se tivesse caído em uma armadilha —, vejo que o senhor conheceu minha pequena Cherry.

— Conheci, sim. E se ela tivesse aceitado um pedido de Desford, por que motivo não me informaria disso?

— Vejo que o senhor a conheceu mesmo — tornou o Sr. Steane, com ar pensativo. — Sem dúvida em companhia de lorde Desford. Muito significativo, muito significativo! Pode-se supor que, na ocasião, ele pretendesse casar-se com ela, pois por que motivo a apresentaria ao senhor?

— Ele não tinha essa intenção — respondeu Simon, cada vez mais pressionado. — Eu a conheci em... na casa para a qual ele a levou, e Desford não sabia que eu estava lá. Quero dizer, não esperava que eu estivesse lá, e ela não estava em companhia dele quando conheci Cherry. Estava a sós em um dos salões, esperando que Desford explicasse a situação à Srta... à pessoa sob cuja guarda ele a colocou.

— Isto — disse o Sr. Steane, com preocupação na voz — é pior do que eu temia. Meu pobre jovem, lorde Desford a terá colocado em uma pensão da vida alegre?

— Uma pensão... não, claro que não! — exclamou Simon, indignado. — Levou-a para a casa de uma velha amiga; uma casa muito respeitável, fique sabendo.

— Não é isso o que me está parecendo — discordou o Sr. Steane.

— Ora, pelo amor de Deus, pare de fazer conjeturas — exclamou Simon, bastante exasperado. — O que está dizendo é a coisa mais sem pé nem cabeça que já ouvi em toda a minha vida. Não quero mais saber disso. Volte à casa de Desford e deixe seu cartão, o que tem seu verdadeiro nome, e informe ao mordomo onde pode ser encontrado. Prometo que meu irmão o procurará imediatamente, pois nada poderia ser melhor para ele do que saber que o pai da Srta. Steane está vivo e capaz de ocupar-se dela, embora provavelmente não fique contente em ver o tipo de pessoa que o senhor é.

A rudeza dessas últimas palavras não perturbou a serenidade do Sr. Steane.

— Acredito que ele não terá nenhuma satisfação em procurar-me, caso realmente o faça, porque veria em mim um pai vingador. Serei um inimigo implacável, meu jovem. Não tenho palavras para exprimir o quanto me dói duvidar de seu relato, mas sou obrigado, contra minha vontade, a informá-lo que não acredito no que diz. Na verdade, minha conclusão é que tudo o que o senhor fala é um amontoado de mentiras, Sr. Carrington. Um monte delas. Que coisa triste para seu ilustre pai, sempre tão zeloso de sua reputação, ter um filho dissoluto e outro, perdoe a palavra, mentiroso! E, além disso, nem sequer é um perito nessa delicada arte.

Simon atravessou a sala até a porta e abriu-a de um golpe.

— Saia daqui! — exclamou.

O Sr. Steane continuava a sorrir.

— Claro, claro, se o senhor insiste — disse, afavelmente. — Mas pense: será prudente insistir? O senhor não quis revelar-me o paradeiro de minha filhinha. Portanto não tenho outra opção, a não ser dirigir-me a Wolversham, para apresentar a seu querido pai os fatos desse lamentável assunto. Não creio que o senhor deseje fazer-me tomar essa medida, Sr. Carrington.

O Sr. Steane tinha razão. Fumegando internamente, Simon foi obrigado a engolir a raiva e a pensar desesperadamente em alguma forma de escapar desse dilema. Sem ter estado com Desford desde que este partira de Inglehurst, não tinha conhecimento da entrevista dele com o pai e estava determinado quanto a uma coisa: não seria por seu intermédio que lorde Wroxton saberia da encrenca em que Desford se metera. Sem dúvida lorde Wroxton se manteria firme, mas ficaria furioso com o primogênito, primeiro por haver estabelecido laços de amizade com Cherry Steane e, em seguida, por tê-lo obrigado a parlamentar com o pai dela, e até mesmo por ter de receber um patife como ele em sua casa. Simon estava certo de que aquele miserável seria capaz de perturbar a vida de todos. E quem sabia o que ele poderia fazer, a não ser o próprio Desford? Nem por um momento, Simon imaginou que Des tivesse proposto casamento a Cherry, mas se esta, induzida pelo pai, afirmasse que ele o fizera, a confusão estaria armada. Observando com a testa franzida o honrado senhor Wilfred Steane, Simon conjeturou que embora seu objetivo pudesse ser conseguir um extraordinário casamento para a filha, era muito mais provável que, na verdade, pretendesse um ganho pecuniário. Lorde Wroxton seria capaz de pagar para que seu ilustre nome não fosse manchado pelo escândalo que poderia resultar? Sim, pensou Simon, seria realmente capaz. Por que diabos Des teria partido não se sabe para onde, justamente naquele momento? Para manter aquela raposa astuta longe de Wolversham, seria preciso revelar que, em vez de alojá-la em um prostíbulo, Cherry fora confiada a uma dama de irreprochável respeitabilidade. Tinha profunda relutância em fornecer a ele a localização exata, pois não apenas imaginava com clareza os sentimentos de Lady Silverdale caso aquela melíflua ave de rapina se apresentasse em Inglehurst, mas também porque não sabia se Desford, nessa altura, já não tivesse levado Cherry a outra morada. A melhor forma de escapar do dilema era convencer o Sr. Steane a aguardar o retorno de Desford a Londres; afinal, fora ele quem tomara a moça sob sua proteção e era ele quem deveria resolver entregá-la ou não ao virulento genitor. Porém, tendo conhecido o Sr. Steane, fizesse o que fizesse, não tinha a mais remota intenção de ajudá-lo a chegar até as duas damas da família Silverdale.

O problema parecia insolúvel e o Sr. Steane perguntou, em tom de untuoso triunfo:

— Então, meu jovem?

Repentinamente uma ideia brilhante surgiu na cabeça de Simon. Dando de ombros, respondeu:

— Ora, então está bem. Se não acredita em minha palavra quando lhe digo que sua filha se encontra em mãos confiáveis, creio que serei obrigado a informar-lhe seu endereço. Veja, sinto-me fortemente tentado a sugerir-lhe que vá visitar meu pai, por Deus, ele com certeza lhe daria uma boa lição, mas lorde Wroxton não está com a saúde muito boa no momento e não lhe faria bem aborrecer-se. Também não serviria de nada ao senhor, porque ele não iria acreditar em suas patranhas. É muito provável que mandasse expulsá-lo da casa, isso se o senhor chegar a entrar nela, o que me parece muito difícil. Ele somente recebe a família e os amigos mais íntimos enquanto não melhora, e seria mais fácil ir caçar com um mastim morto do que passar pelo mordomo. No entanto, como minha mãe certamente não gostaria de uma escaramuça na porta de casa, informarei que, quando Desford descobriu que seu pai tinha saído da cidade, levou a Srta. Steane a Inglehurst, a casa de campo de Lady Silverdale. Deixe que lhe informe também que ela frequenta os círculos mais elevados e é tão ciosa de sua posição social quanto meu pai. Portanto, esqueça suas preocupações, Sr. Steane.

Terminou a fala em tom seguro, pois não deixara de perceber uma mudança na expressão do Sr. Steane e viu, com satisfação, que conseguira penetrar na couraça de autoconfiança do outro. Este ainda sorria, porém apertando os lábios, e os olhos empapuçados haviam perdido o brilho de tolerante satisfação. Quando falou, no entanto, o tom foi sedoso como sempre.

— Não sei o que possa ter dito para que o senhor me tome por pateta. Asseguro, meu jovem e ingênuo amigo, que está cometendo um triste erro. Para usar uma expressão comum, conheço todos os truques. Por favor, explique como essa senhora de elevada posição social e digna da maior consideração, não a conheço, mas acredito em suas palavras a respeito dela, pode haver acolhido em sua casa uma jovem trazida por seu irmão, e sem estar acompanhada por alguma aia?

— Se sua memória for tão boa quanto me quer fazer crer, o senhor deve recordar-se de que eu disse que Desford a havia levado para a casa de uma velha amiga.

— Minha memória é excelente, Sr. Carrington, pois também recordo que quando, há poucos minutos, esteve prestes a revelar-me o nome da mulher em cujas mãos seu irmão depositou minha inocente filha, o senhor pronunciou uma única palavra, porém reveladora: disse senhorita, e não Lady, meu caro jovem.

— É possível que eu o tenha feito — replicou Simon, calmamente. — Na verdade, trata-se da Srta. Silverdale. Meu irmão naturalmente pensou nela ao conjeturar sobre o que deveria fazer com a Srta. Steane, em vez de lembrar-se da mãe dela. Afinal, ela é a noiva dele.

— O que está dizendo? — gaguejou o Sr. Steane, pela primeira vez mostrando-se desconcertado. — Não acredito nisso.

— Não acredita? — disse Simon, erguendo as sobrancelhas. — Por que motivo não acredita?

O Sr. Steane fez uma tentativa galharda para recobrar o equilíbrio, mas aquela informação fora tão inesperada que ele somente conseguiu balbuciar:

— Embora ele possa ser um devasso, não acredito que lorde Desford tenha perdido todo o sentido de decência, absoluta decência, para levar da casa em que morava, a menina que ele seduziu e confiá-la à dama com quem prometeu casar-se, pedindo-lhe que a protegesse.

— Bem posso crer que não — respondeu imediatamente Simon. — Claro que ele não fez da maneira que diz. A Srta. Silverdale o conhece muito bem para suspeitar que ele tenha feito uma coisa dessas. O que o senhor está afirmando é que não quer acreditar, pois nem mesmo o mais rude selvagem poderia supor que o homem mais desavergonhado fosse capaz de fazer tal coisa.

Mas o ágil cérebro do Sr. Steane trabalhava febrilmente. Apontando um dedo para Simon, perguntou:

— E por que, meu jovem, não me deu essa informação assim que começamos a conversar?

— Porque meu pai ainda se encontra em estado delicado — disse Simon — e como Lady Silverdale pretende dar uma festa de gala para celebrar o noivado e ele ainda não está em condições de comparecer, concordou-se que o anúncio somente será feito depois que ele se sentir melhor. É claro que nós sabemos disso, e também, imagino, os amigos íntimos de Desford, mas para o restante da boa sociedade esse fato é ainda segredo. Portanto, rogo que não espalhe a notícia, Sr. Steane. Meu irmão ficaria muito zangado comigo se soubesse que traí sua confiança.

O Sr. Steane levantou-se, dizendo:

— Não vou ocultar-lhe, meu jovem, que não estou completamente satisfeito. Já ficou claro para mim que o senhor é um perfeito dissimulador; para falar com todas as letras. Embora eu hesite, e realmente me sinto hesitante, em causar algum constrangimento a uma pessoa de sentimentos delicados, acredito que seja meu dever ouvir da Srta. Silverdale a verdade a respeito deste assunto. Sem falar, naturalmente, em meu ardente desejo de abraçar minha filhinha novamente. Tenha a bondade, Sr. Carrington, de informar-me a localização precisa da morada da Srta. Silverdale e eu o livrarei de minha presença.

— Ora, é em Hertfordshire — disse Simon, despreocupadamente. — Pergunte a qualquer pessoa em Ware o caminho para Inglehurst, e eles o informarão. — Enquanto o Sr. Steane recolhia o chapéu, acrescentou: — Mas eu o aconselharia a esperar o retorno de meu irmão. Ouso dizer que Lady Silverdale poderá consentir em recebê-lo caso o senhor seja apresentado por ele, pois é extremamente zelosa de sua posição social, e, caso vá sozinho, a probabilidade de não passar da soleira da porta é muito elevada.

— O senhor é um insolente, meu rapaz — replicou o Sr. Steane orgulhosamente — e é também muito tolo. Como poderia ocorrer-lhe que esse modelo de comportamento social elevado tenha recebido minha filha em sua casa de tão alta distinção?

— Ora, porque teve pena dela, é claro — disse Simon. — Qualquer um teria pena de uma jovem órfã de mãe e abandonada pelo pai, entregue à própria sorte sem quaisquer recursos.

Lançando-lhe um olhar de inefável desprezo, o Sr. Steane se retirou da sala.

O jovem Carrington, sem esperar mais do que dois minutos após congratular-se pelo encontro com o mais traiçoeiro patife que já tentara engambelá-lo, deu-se conta de que, a fim de evitar que o competente (ainda que inverídico) tratamento que dera à situação não fosse por água abaixo, era absolutamente necessário correr a Inglehurst a fim de prevenir Hetta da provação que a aguardava e informá-la de que, levianamente, a havia transformado em noiva de Desford.

Era suficientemente astuto para sentir-se bastante confiante de que, apesar do ar de opulência do Sr. Steane e de sua bazófia de ter emergido à superfície, não tinha tantos recursos financeiros quanto fingia. Simon não imaginava que ele pudesse suportar a despesa de alugar uma carruagem de quatro cavalos a fim de dirigir-se a Inglehurst. Se chegasse a tomar uma chaise, esta seria de apenas dois animais, mas o jovem achou mais provável que ele viajaria a Ware na diligência do correio, ou até mesmo em uma diligência comum, alugando ali outro veículo para levá-lo a Inglehurst. No entanto, não podia confiar muito nisso. Ouvindo o chamado da aventura, o Sr. Carrington, futuro galardão da boa sociedade, reagiu ao convite com o entusiasmo de um menino de escola. Em menos de meia hora, trocou as elegantes calças por culotes de montaria, descalçou os sapatos da moda em favor de botas de cano alto, deixou de lado o longo casaco urbano de ombreiras largas, envergando outro mais apropriado a um cavalheiro prestes a entregar-se a um exercício equestre, retirou do guarda-roupa um boné de abas curtas; da gaveta, um par de luvas, e, finalmente, um chicote de uma coleção de objetos heterogêneos que possuía; e logo desceu as escadas rapidamente. Sua chegada à porta coincidiu com o aparecimento de seu lacaio trazendo pela rédea o elegante animal no qual o jovem Sr. Carrington costumava frequentemente trotar pelo parque e acompanhado pelo pajem que tinha sido mandado para buscá-lo.

Com uma palavra ao lacaio e uma gorjeta ao pajem, o jovem partiu a galope, mesmo antes de encostar os pés nos estribos. No entanto, apesar daquela deliciosa sensação de urgência, e de estar (como ele próprio diria) pronto para uma aventura, o jovem Sr. Carrington já havia ultrapassado a impulsividade de seus tempos de aluno e atrasou a corrida a Hertfordshire a fim de bater, uma segunda vez, à porta da casa do irmão, na Arlington Street.

Aldham, que veio correndo do porão para atender ao som imperioso da sineta, tão ruidosa e estridente que sua mulher quase teve uma síncope, mostrou-se compreensivelmente irritado ao perceber que se tratava apenas do Sr. Simon tentando derrubar a casa inteira.

— Ora, pelo amor de Deus, meu senhor! — disse ele indignado. — Qualquer um pensaria que era Bonaparte fugindo de Santa Helena. E não tente entrar com esse cavalo, Sr. Simon, porque não permitirei.

Simon, que, sem ter encontrado algum desocupado na rua, tivera de levar o animal até bem junto da casa, ao pé dos degraus que levavam à porta principal, retrucou:

— Não tenho intenção de entrar com ele. Tudo o que desejo é saber onde está o visconde. Sabe onde ele se encontra?

— Não, Sr. Simon, não sei.

— Ora, não seja tão discreto assim, que diabo! — explodiu Simon. — Isso é importante, homem!

— Sr. Simon, afirmo e juro que estou dizendo a verdade. Tudo o que Sua Excelência disse, ao partir, foi que esperava estar fora um ou dois dias, mas não disse para onde ia e não sou ninguém para perguntar.

— Mas ele já voltou de Harrowgate, não é? — perguntou, franzindo a testa. — Você deu meu recado a ele?

— Sim, senhor, e repeti suas próprias palavras — assegurou Aldham. — "Diga que ficarei em Londres até o fim da semana", foi o que o senhor disse. E foi o que falei, mas Sua Excelência respondeu apenas que lhe dissesse, caso o senhor voltasse a procurá-lo, que o visitaria ao retornar. Por isso, Sr. Simon, estamos esperando por ele a qualquer momento, com minha mulher preparada, por assim dizer, junto ao fogão, com uma torta de pombo pronta para o forno e um par de fatias de carne...

— Ao diabo com as fatias de carne! — interrompeu Simon, raivosamente. — Onde está o camareiro de Sua Excelência? Onde está Stebbing?

— Lorde Desford dispensou Tain, meu senhor, porque ele se resfriou na volta de Harrowgate, e Stebbing viajou com ele, isto é, com Sua Excelência, que desta vez foi na caleça e não na diligência.

— Na caleça? Nesse caso não pode ter ido para muito longe. Se ele voltar, diga, não, espere aqui, Aldham. Segure meu cavalo. Vou deixar um bilhete.

Com essas palavras, entregou as rédeas a Aldham e entrou na casa, deixando o dedicado e sofredor empregado de olhos erguidos para os céus, implorando paciência. Era inteiramente abaixo de sua dignidade segurar até mesmo o cavalo de seu patrão, mas aceitou a incumbência sem titubear. Quando Simon emergiu da porta da casa, menos de três minutos depois, chegou a oferecer-se para ajudá-lo a montar e deu uma risadinha ao ver que o jovem rejeitava orgulhosamente o oferecimento.

— Ora! — exclamou Simon. — Pensa que sou algum aleijado? Vamos, pegue este bilhete e entregue-o a meu irmão no instante em que ele chegar.

— Assim farei, Sr. Simon — prometeu Aldham. — Espere um minuto, enquanto aperto a barrigueira. Se não é indiscreto de minha parte, para onde o senhor está indo?

— Ora, somente até Inglehurst — respondeu Simon, com ar despreocupado. — Obrigado, você foi ótimo. — Em seguida agraciou Aldham com um sorriso e com um aceno partiu em rápido trote na direção de Piccadilly.

— O que quer que esteja acontecendo — disse Aldham, ao narrar o episódio à mulher — não sei mais do que você, minha querida. Isso não significa que não tenha minhas suspeitas. Uma coisa posso dizer sobre o Sr. Simon: com toda a sua leviandade, ele não deixa de ajudar quando Sua Excelência está em apuros, e acho que esse deve ser o caso.

Capítulo 13

Conhecendo a região onde nascera como a palma de sua mão, Simon chegou a Inglehurst pouco depois das 15 horas, entrando pelos portões da propriedade logo atrás de uma landaulette que exibia na laterais o losango que a identificava como pertencente a uma viúva e era puxada em trote acelerado por um par de baios de boa aparência, porém um tanto vagarosos. Sem ter certeza da identidade de sua ocupante solitária (pois a pessoa empunhava uma sombrinha a fim de proteger-se do sol forte), manteve-se a uma discreta distância na retaguarda, até que o veículo chegasse ao terraço da casa. Quando a figura desconhecida fechou a sombrinha e desceu, viu que não era Lady Silverdale, como temia, e sim sua filha. Esporeando sua cansada montaria, exclamou, no momento em que Henrietta ia subir os amplos degraus que levavam à porta de entrada da casa:

— Hetta, Hetta! Espere um minuto! Preciso falar com você!

Ela parou, virando rapidamente a cabeça, e disse:

— Simon! Por Deus, que está fazendo aqui? Pensei que estivesse em Brighton. Você veio de Wolversham?

— Não, vim de Londres — respondeu ele, desmontando e entregando as rédeas ao lacaio, que descera da plataforma traseira da landaulette. Pedindo que o homem levasse o animal ao chefe das cavalariças, voltou-se, tomando a mão que a mulher lhe estendia e murmurando, em tom de urgência: — Tenho uma coisa muito importante para dizer a você, mas preciso falar-lhe em particular.

Ela pareceu um tanto surpresa.

— Oh, o que é, Simon? Se forem más notícias, por favor não faça rodeios. Seus pais? Desford? Algum acidente com um deles?

— Não, nada disso — assegurou ele. — Vim avisá-la, porque a notícia é ruim, muito ruim! Wilfred Steane está vindo para cá.

— Wilfred Steane? — exclamou ela. — Mas pensei que ele estivesse morto.

— Bem, não está — disse Simon. — Está mais do que vivo. Foi me visitar hoje de manhã.

— Mas que terrível criatura você é — disse ela —, querendo me assustar ao falar em más notícias. Acho que essa não é uma notícia ruim.

— Você vai mudar de ideia quando o vir — disse Simon. — É uma criatura abominável.

— Oh, meu Deus, que pena — disse ela, decepcionada.

— É isso mesmo que digo. Vou contar a conversa que tive com ele, mas não aqui. Não quero que nenhum dos empregados nos ouça.

— Claro que não. Entre, e me espere no salão Verde. Não demorarei mais de dois minutos, mas quero que mamãe me veja. Passei a manhã visitando a pobre Sra. Mitcham, e você sabe como mamãe é. Se eu me afastar mais de 5 quilômetros da casa, ela fica pensando que alguma coisa horrível vai me acontecer, ou que serei assaltada por ladrões ou que haverá algum acidente com meu veículo, e que ficarei terrivelmente machucada. É absurdo, mas não adianta discutir com ela. Espero encontrá-la muito nervosa, pois já saí há mais de cinco horas.

Hetta subiu correndo os degraus, segurando com uma das mãos as dobras do delicado vestido de musselina rosa-pálido que trajava. Ao chegar ao terraço, viu que Grimshaw a esperava com a porta já aberta, com solene expressão sombria no rosto.

— Graças a Deus a senhorita voltou, Srta. Hetta! — disse ele, ansiosamente.

— Bem, é claro que voltei — replicou ela, com um laivo de impaciência. — Não fui ao Polo Norte. Você sabe bem que não me afastei mais do que 15 quilômetros, e como eu tinha o cocheiro de minha mãe para manejar a landaulette, dois lacaios para proteger-me de qualquer salteador que pretendesse nos assaltar e para livrar-me dos buracos da estrada que poderiam fazer-me cair ao chão, não é possível que você tenha ficado preocupado que algum infortúnio me tivesse acontecido.

— Não, senhorita, não estava preocupado com isso. O estado da senhora sua mãe é o que me faz agradecer que a senhorita tenha voltado. Ela sofreu um terrível choque, e lamento dizer que está muito aflita.

— Meu Deus, minha mãe está doente? Aconteceu algum acidente? — perguntou ela.

— Não, na verdade não se trata de um acidente, Srta. Hetta — replicou Grimshaw, suspirando profundamente e olhando-a com ar de reprovação. — Mas, quando a terrível notícia foi levada a Sua Excelência, ela sofreu um enorme abalo e teve um ataque de histeria.

— Mas que notícia é essa? — quis saber Henrietta, consideravelmente perturbada.

— Lamento ser obrigado a informar a senhorita — disse Grimshaw, em tom de perversa satisfação — que temos todos os motivos para acreditar que Sir Charles fugiu com a Srta. Steane.

— Oh, meu Deus! — murmurou Simon, que estava ao lado de Hetta. — Agora estamos fritos!

— Pare com isso! — exclamou ela, rudemente. — Como tem coragem de dizer essas bobagens, Grimshaw? Quem teve a desprezível petulância de contar a Lady Silverdale essa história ridícula? Foi você, ou foi Cardle? Sou capaz de pensar que pode ter sido qualquer um dos dois, porque, desde o momento em que a Srta. Steane pôs os pés nesta casa, ambos tentaram fazer com que minha mãe pensasse que ela era maquiavélica e ambiciosa! Mas você e Cardle é que são maquiavélicos. Não quero ouvir nem mais uma palavra sua, embora tenha certeza de que você vai ter muito que ouvir de Sir Charles quando eu contar a ele essa malévola conspiração. Vou falar com minha mãe agora, mas estou esperando uma visita de Wilfred Steane, pai da Srta. Steane. Quando ele chegar, leve-o à biblioteca e avise-me.

Diante daquela saraivada de invectivas, tão alarmante quanto inédita, Grimshaw cedeu.

— Pois não, Srta. Hetta — disse, apressadamente. — Sua Excelência está deitada no sofá, na sala de estar. Já está um pouco recuperada, com algumas gotas de *laudanum*. Não fui eu que a informou de que Sir Charles havia fugido com a Srta. Steane, e certamente eu não diria nada enquanto a senhorita não voltasse...

— Basta! — disse Hetta, imperiosamente.

— Pois não, senhorita — disse Grimshaw, quase se encolhendo. — Levarei o Sr. Steane à biblioteca, exatamente como deseja.

— Ou então o barão de Monte Toscano! — interveio Simon.

Henrietta já estava caminhando em direção à sala de estar, mas parou ao ouvir aquelas palavras, olhando por cima do ombro e dizendo, rapidamente:

— Não, não, Simon! Não quero receber pessoas desconhecidas neste momento.

— É a mesma pessoa — explicou ele, em voz baixa. — Mais tarde explicarei. Mas pelo amor de Deus, Hetta, não o receba antes de falar comigo. Há uma coisa muito importante que preciso avisar a você.

Ela pareceu não entender, mas prometeu que o encontraria no salão Verde o mais depressa possível.

A cena com que se deparou ao entrar na sala de estar revelava eloquentemente o estado de Lady Silverdale. Sua Excelência gemia baixinho, deitada no sofá; Cardle agitava sais sob o nariz dela com uma das mãos, e com a outra passava pela testa da enferma um lenço embebido em vinagre. Na mesinha ao lado do sofá havia uma coleção de frascos, desde *laudanum* e tintura de raiz de valeriana até água da Hungria e conhaque Godfrey.

— Graças a Deus a senhorita finalmente voltou, Srta. Hetta! — exclamou Cardle, dramaticamente. — Veja o que aquela criatura maldosa fez com Sua Excelência!

— Oh, Hetta! — balbuciou Lady Silverdale, abrindo os olhos e estendendo a mão trêmula.

— Sim, mamãe, estou aqui — falou Henrietta, procurando acalmá-la. Tomou a mão dela e, acariciou-a, dizendo, com frieza: — Pode sair agora, Cardle.

— Nada me fará deixar minha adorada patroa — afirmou Cardle, ferozmente.

— Sua patroa não precisa de você, quando eu estou aqui para cuidar dela. Esses atos de dedicação seriam mais valiosos se você não tivesse, propositalmente, provocado esse abalo nela. Mais tarde falaremos; por enquanto, deixe-me a sós com Lady Silverdale.

— Nunca imaginei ter de ouvir essas palavras — disse Cardle, apertando as mãos no peito e erguendo os olhos para o teto. — Eu, que servi fielmente Sua Excelência durante todos esses anos!

— Claro, claro, mas saia agora — disse a Lady, recuperando-se suficientemente para afastar de si o lenço empapado de vinagre. — Não quero esta coisa fedorenta! Você sabe que não gosto! Oh, Hetta, obrigada, minha querida! — acrescentou, recebendo da atenciosa filha um novo lenço com gotas de água de lavanda, e cheirando-o. — Tão refrescante! Está vendo, Cardle, a Srta. Hetta sabe exatamente o que me faz bem; portanto, não se preocupe em deixar-me com ela. E leve daqui o vinagre, o *laudanum* e todos esses frascos, menos as gotas de *asafoetida*, caso eu sinta que vem outro espasmo. E devolva-me meus sais, por favor. Talvez possa deixar também a água de canela, mas não o conhaque Godfrey, que acredito não servir para meu organismo. E por favor, Cardle, não comece a soluçar, pois meus nervos estão destroçados e eu me encontro muito nervosa. Nada me perturba mais do que ver gente chorando por minha causa.

Ao terminar o discurso, dito de maneira cada vez mais enérgica para alguém que no início parecia haver praticamente perdido as forças, Cardle percebeu que não havia remédio senão retirar-se, o que fez com extrema relutância e com muitos trêmulos soluços, que indicavam sua sensibilidade ferida. Depois de juntar os remédios recusados, dirigiu-se com ombros curvados para a porta e ao alcançá-la voltou-se para lançar um derradeiro olhar de piedade para a patroa e outro de venenoso desafeto para Henrietta.

— Agora — disse esta, alegremente — podemos conversar tranquilamente.

— Nunca mais terei um segundo de tranquilidade — disse Lady Silverdale, com ligeira recaída. — Oh, Hetta, você não sabe o que aconteceu!

— Não, não sei — concordou Henrietta, sentando-se ao lado da mãe e jogando, em uma cadeira próxima, o elegante chapéu de palha com fita de cetim. — Grimshaw me contou uma mentira ridícula, da qual não sou tola para acreditar em uma só palavra. Por isso, mamãe, diga o que realmente aconteceu aqui.

— Infelizmente, não se trata de mentira. Charlie fugiu com aquela moça infeliz que Desford me convenceu a abrigar. Nunca o perdoarei, nunca! Só Deus sabe que foi muito contra minha vontade que concordei em deixá-la ficar, porque jamais gostei dela. Sempre percebi alguma coisa que me parecia ser falta de boa educação. Aquele jeito insinuante, você sabe, nunca me agradou. Você deve se lembrar de que eu disse isso diversas vezes.

— Não, não me lembro disso — tornou Henrietta, secamente. — Mas isso não importa. O que importa é essa ideia sem pé nem cabeça de que Charlie fugiu com Cherry Steane. É absurdo demais, mamãe. Ela não tem atração por ele, assim como não se sente atraída por nenhum outro rapaz.

— Isso era apenas dissimulação da parte dela. Exatamente o que se poderia esperar da filha de Wilfred Steane. Vejo agora que o que ela desejava era arranjar um marido. Não há dúvida de que primeiro mirou em Desford, mas ele, que é escolado (mais vergonhoso ainda da parte dele), tão logo percebeu o jogo tratou de livrar-se dela, a minha custa! Hetta, você teve sorte em recusar-se a casar com ele. Confesso que fiquei desapontada na época, embora você talvez não tenha percebido, mas hoje agradeço que você não seja a esposa daquele vagabundo sem princípios. Estaria hoje muito infeliz, minha querida. E, se eu antes reprovava você por não ter aceitado o pedido, hoje afirmo que nada me faria consentir com essa união.

— Como a questão não se coloca — disse Henrietta, calmamente —, precisamos perder tempo debatendo os princípios morais de Desford?

— Claro que não — concordou Lady Silverdale. — Não tenho nenhum desejo de conversar sobre esse assunto. Não quero vê-lo novamente, nem pensar nele. Na verdade, se tiver o desplante de aparecer aqui novamente, Grimshaw terá ordens para não deixá-lo entrar. Ele empurrou aquela menina para mim, forçou-a a atravessar o caminho de Charlie, convenceu você a acreditar naquela história impossível...

Sabendo que não serviria de nada discutir com a mãe enraivecida, Henrietta se manteve em silêncio indiferente até que Lady Silverdale se cansasse de falar. Em seguida disse.

— O que a faz acreditar, mamãe, que Charlie tenha fugido com Cherry?

— Foi um impulso irrefletido, sem dúvida.

Henrietta achou graça.

— Eu não imagino que nem mesmo um boboca como Charlie fugisse em um momento de irreflexão, especialmente com uma moça pela qual nunca demonstrou maior interesse.

— Ele não é um boboca! — exclamou Lady Silverdale, com veemência. — E quanto a não demonstrar interesse, eu mesma o vi com meus olhos, pouco depois que você saiu, Hetta, abraçando-a e beijando-a.

— Abraçando-a? Por favor, diga como ele conseguiu, com um braço na tipoia e duas costelas quebradas? — perguntou Hetta, incrédula.

— Enlaçou-a com o braço esquerdo, é claro, e beijou-a, pois eu entrei na sala justamente naquele momento. E o que é pior, Hetta, ela não fez nenhum esforço para desvencilhar-se.

— A senhora devia ficar contente com isso, mamãe, considerando que ainda ontem o Dr. Foston disse que Charlie precisava ter muito cuidado, porque, embora uma das costelas esteja melhorando, a outra ainda é motivo de preocupação, e acho que Cherry mostrou extraordinário autocontrole em não resistir. Não duvido de que pudesse estar preocupada com o resultado, se tentasse empurrá-lo.

— Como pode ser tão cega, Henrietta, deixando-se enganar de maneira tão tola? — perguntou Lady Silverdale. — Eu notei há vários dias que ela estava flertando, e, na verdade, senti-me obrigada a adverti-la a não estimular os homens a galanteá-la. E Cardle me disse...

— Não quero saber o que Cardle falou à senhora, mamãe — afirmou Henrietta, duramente. — Isso não significa coisa alguma. Ela teve inveja de Cherry desde o começo e não deixou de tratar de envenenar a senhora contra a pobre menina.

— Cardle me adora — disse Lady Silverdale. — Pelo menos ela se interessa por mim.

Henrietta ia dizer alguma coisa, mas conteve-se e, após uma pequena pausa, perguntou:

— O que aconteceu quando a senhora surpreendeu Charlie beijando Cherry?

— Ele a soltou imediatamente, mas se alguém tinha expressão de culpa no rosto, era Cherry. Estava demasiadamente confusa para conseguir falar. Murmurou alguma coisa, corando como fogo, e correu para fora da sala. Não pense que não ralhei com Charlie, Hetta. Tratei-o com extrema severidade, pois, embora você pense o contrário, eu não perdoo os erros que ele comete. Não que pense que foi culpa dele, mas Charlie não deveria deixar-se levar a uma conduta imprópria.

— E então ele teve um de seus acessos de raiva e provavelmente foi muito grosseiro com a senhora — disse Henrietta, balançando a cabeça.

— Foi isso mesmo! — concordou Lady Silverdale, sentimental. — Na verdade, ele me disse, gritou para mim, que "fechasse a boca". E quando perguntei se queria me ver infeliz, ele saiu da sala, batendo a porta de uma maneira que deveria saber que faz muito mal a meus nervos.

— Bem, acho que isso foi muito mais impróprio do que beijar Cherry — disse Henrietta, com conveniente seriedade, mas com um brilho irreprimível nos olhos. — Imagino que agora ele esteja arrependido e pronto para pedir desculpas. Por isso, não se preocupe mais, mamãe.

— Mas ele foi embora! — disse Lady Silverdale, com voz trágica.

— Bobagem! Aposto que saiu de casa aborrecido e voltará assim que esfriar a cabeça, acredite.

— Infelizmente você não sabe de tudo. Cherry desapareceu também — revelou Lady Silverdale, recuperando as forças com o vinagre. — E se pensa, Hetta, que eu disse alguma coisa capaz de fazê-la ir embora assim, sem mais nem menos, está muito enganada. Naturalmente vi-me obrigada a ralhar com ela, exatamente como faria com você caso se comportasse com tanta falta de compostura, coisa que, graças a Deus, você jamais faria.

— E o que foi que ela falou, mamãe, em resposta a essa bondosa reprimenda?

— Ora, disse que não tinha sido culpa dela, que Charlie a pegara de surpresa e muitas coisas mais, daquele jeito meloso. Então, afirmei que nenhum cavalheiro beija uma moça a menos que ela o estimule, e avisei-a do que poderia acontecer, caso ela não se comportasse de maneira apropriada. Em seguida, eu disse (porque ela começou a chorar) que não estava zangada com ela, e que faria o possível para esquecer o incidente. Mandei-a subir para o quarto, até que se recompusesse.

— Pobre moça! — exclamou Henrietta. — Como a senhora foi capaz disso, mamãe? Ela é tão grata à senhora, e tão bondosa. Como pôde falar uma coisa dessas? Ela é tão inocente que provavelmente acreditou que nenhum cavalheiro beija uma moça se não tiver sido encorajado, e fugiu para chorar até não poder mais. Agora terei de ir procurá-la.

Lady Silverdale estava tão agitada que saltou da posição de moribunda, sentando-se muito espigada.

— Você é tão desnaturada quanto seu irmão — disse, com voz trêmula. — Não se preocupa que sua mãe tenha passado o dia em agonia morrendo de ansiedade? Não, claro que não. Você só se preocupa com aquela mulherzinha que virou sua melhor amiga. Quanto a ir procurá-la, já o fizeram, e nem ela ou Charlie estão na casa. Mais ainda: Cardle a viu descendo as escadas dos fundos menos de vinte minutos depois que a mandei ir para o quarto, vestida com chapéu e xale, e com as botas pretas que comprei para ela. E você ainda chama isso de gratidão!

Henrietta franziu a testa ligeiramente.

— Então ela deve ter ido dar uma caminhada fora de nossa propriedade. Tolice dela, mas se estava tão perturbada quanto imagino, provavelmente queria achar um lugar onde não a encontrassem, ou onde pudesse aliviar seus sentimentos. É o que eu faria nessas circunstâncias.

— Espere — ordenou Lady Silverdale. — Pouco depois, um veículo fechado foi visto aproximar-se do portão dos fundos e um dos ajudantes de jardineiro viu Charlie chegar, mas com o chapéu puxado por cima dos olhos, obviamente para que não fosse reconhecido; mas James o reconheceu, porque estava usando aquele casaco verde-oliva que eu não gosto, e realmente, hoje ele estava com o casaco. Olhou em volta para certificar-se de que ninguém o tinha visto e entrou na carruagem. James ficou sem saber o que fazer, pois todos os empregados sabem que o Dr. Foston proibiu Charlie de cavalgar ou andar de carruagem pelo menos por mais uma semana, e ficou receoso de que o estado dele se agravasse. Assim, resolveu vir até a casa para ver se conseguia advertir Pyworthy, como se isso servisse de alguma coisa, porque Pyworthy faz tudo o que Charlie quer. Claro que fico contente que o camareiro de Charlie seja tão dedicado a ele, mas tudo tem limite, e quando se trata de fingir para mim que não sabe do paradeiro de Charlie, ou como esteja se ocupando, como ele costuma fazer, bem, acho que é um exagero.

— Mamãe — disse Henrietta, com decidida paciência —, Simon Carrington está me esperando no salão Verde, com uma mensagem urgente. Por favor, me diga...

— Estou tentando, mas se continuar a me interromper acho melhor ficar calada — replicou Lady Silverdale, em tom ofendido. — Quanto a Simon Carrington, proíbo-a de convidá-lo a jantar aqui, Hetta. Não o acuso de estar ocultando e ajudando Desford, apesar de que não me surpreenderia se estivesse, mas não quero ver nenhum dos Carrington.

— Muito bem, mamãe. James disse a Pyworthy que Cherry estava naquela carruagem?

— Ela não falou com Pyworthy — disse Lady Silverdale, severamente. — Falou com Grimshaw.

— E disse isso a ele?

— Não, mas percebeu que havia alguém na carruagem, porque a porta foi aberta pelo lado de dentro, e ele viu Charlie rindo, e falando alguma coisa. Quem mais poderia ter sido, senão...

— E com isso, a senhora, Grimshaw e Cardle inventaram a história mais fantástica que já ouvi! Nem nos romances que a senhora gosta de ler, mamãe, essas coisas acontecem.

— Mas, Hetta, não é uma história fantástica. Onde poderia Charlie ir, daquela maneira secreta, senão...

— Pelo amor de Deus, mamãe, não diga que ambos fugiram para casar-se às escondidas! — suplicou Henrietta, entre exasperada e divertida. — E nenhum dos dois sequer levou uma muda de roupa! Aposto que Charlie saiu para alguma expedição que sabia que a senhora desaprovaria, e se piorar de seus ferimentos será bem feito. O mais importante é descobrir o que aconteceu com Cherry. Há quanto tempo ela desapareceu?

— Há horas! Os dois! — afirmou Lady Silverdale. — E como você pode ser tão desalmada, dizendo que Cherry é mais importante que seu único irmão...

— Não creio que nada de mau aconteça com ele — disse Henrietta, impacientemente. — O Dr. Foston somente disse aquilo porque o conhece bem e sabe que ele só seria prudente se ficasse assustado. Mas receio que tenha havido algum acidente com Cherry, e vou mandar procurá-la.

Levantou-se rapidamente, mas sobressaltou-se com um grito da mãe.

— Charlie! — exclamou Lady Silverdale, deixando-se cair novamente no sofá, com a mão gorducha apertada sobre o peito.

Sir Charles entrara impetuosamente na sala. Era evidente em sua expressão e em sua fala gaguejante que, em vez de ter-se acalmado, encontrava-se profundamente enraivecido.

— Eu... eu quero saber, mamãe, que negócio... Bem, que é isso de mandar os empregados me espionarem? Por Deus, esta é de amargar! E não me olhe com essa cara, Hetta. Direi o que quiser. Parece que não se pode dar dois passos para fora dessa casa sem ser seguido e espionado pelos próprios empregados, tendo de ouvir reprimendas do mordomo por sair sem informar a casa inteira por que motivo se está saindo, para onde se vai e a que horas se pretende voltar. Não posso suportar isso, está ouvindo, mamãe?

— Pobre rapaz! — exclamou a mãe, dramaticamente. — Onde está Cherry?

— Como diabos vou saber? E se ainda quiser ralhar comigo, vou-me embora daqui. Todo esse escândalo só porque roubei um beijo. Parece até que tentei estuprar a moça.

— Charles! Se não respeita minha sensibilidade, pelo menos respeite a de sua irmã.

— Bem, peço desculpas — disse ele, compungido. — Mas não era preciso fazer todo esse escarcéu por causa de uma bobagenzinha.

— Sei perfeitamente que a culpa não é sua — disse Lady Silverdale, enxugando os olhos. — Você não devia ter feito aquilo, pois já tem idade para ter juízo, mas tenho certeza de que não o faria se ela não o tivesse estimulado. Portanto, não vamos falar mais nisso.

Charlie enrubesceu.

— Ora, claro que vamos falar sobre isso — disse ele, furiosamente. — Ela não me atraiu para beijá-la. Na verdade, ameaçou puxar minhas orelhas se eu não a soltasse, aquela idiotazinha! Portanto, não pense mal dela, mamãe, pois não vou deixar que seja responsabilizada por uma coisa que não pôde evitar.

— Charlie — interpôs Henrietta calmamente. — Cardle e Grimshaw puseram na cabeça de mamãe a ideia de que você tinha fugido com Cherry. Portanto, não se surpreenda ao vê-la tão nervosa. E trate de moderar suas palavras!

— Fugir com ela? — gaguejou ele. — Daqui a pouco, vocês vão dizer que eu estava fugindo do país numa carruagem alugada, e com uma menina de quem nem gosto muito! Se quer dizer-me que você acreditou nessa história tão maluca, Hetta, você deve estar louca, é tudo o que posso dizer.

— Oh, não, não acreditei — assegurou ela. — Mas se você não sabe onde ela está, vou mandar os cavalariços e jardineiros irem procurá-la, imediatamente.

— Se ela não estava naquela carruagem, então quem era? — perguntou Lady Silverdale, repentinamente. — Não me peça para acreditar que era algum de seus amigos, pois duvido que algum deles viesse visitar você às escondidas. Há um mistério nisso, e sinto-me muito inquieta. Já começo a sentir palpitações. Charlie, não tenha medo de confiar em mim. Está com algum problema?

Ele suspirou profundamente e disse, em tom de quem já não suportava mais a vigilância:

— Grande oportunidade eu tive de meter-me em algum problema, preso aqui sem poder me mexer. Se quer saber, era Pyworthy quem estava na carruagem, porque fui com ele ver uma luta de boxe. E se quiser que lhe diga o motivo de alugar um veículo e sair pelo portão dos fundos, foi porque imaginava que, se a senhora soubesse, iria criar uma confusão.

Henrietta deu uma risadinha abafada.

— Foi o que imaginei — disse ela, tomando o chapéu e encaminhando-se para a porta. — Vou deixá-lo fazer as pazes com mamãe.

— Está bem, mas gostaria que não mandasse os empregados procurarem Cherry pelo campo — disse ele, meio sem jeito. — Ora, não pode ter acontecido nada de ruim com ela, e não queremos que todos fiquem falando de nós.

— Infelizmente, encontrá-la é assunto urgente — respondeu ela, com doçura. — Tenho bons motivos para achar que o pai dela está vindo para cá, a fim de buscá-la, e poderá chegar a qualquer momento. Talvez você prefira evitar que eu tenha de dizer que não sabemos onde ela está.

— Claro que prefiro — disse ele, com veemência. — Hetta, o que está escondendo? Como sabe que ele está vindo para cá? Por Deus, pensei que ele tivesse morrido.

— Bem, está vivo. E sei que está vindo porque Simon Carrington veio a cavalo de Londres para me avisar.

Lady Silverdale, recuperando-se da estupefação que a fizera abrir a boca e arregalar os olhos, alarmada, gritou para a filha, que ia saindo da sala:

— Não se atreva a trazê-lo para cá, Hetta. Não quero encontrar-me com ele. Cherry é sua responsabilidade, e não minha.

— Não se preocupe, mamãe — disse Henrietta. — Não tenho a mínima intenção de trazê-lo aqui.

Capítulo 14

HENRIETTA ENCONTROU GRIMSHAW no amplo corredor que levava do vestíbulo à sala de estar, e imediatamente deu-lhe instruções para organizar a busca da Srta. Steane. A forma com que o mordomo as recebeu demonstrou que os efeitos cumulativos de ter sido admoestado por ela e advertido, provavelmente em linguagem bastante rude, pelo jovem patrão, haviam sido salutares, a ponto de torná-lo, ao menos temporariamente, ansioso por obedecer. Grimshaw procurou explicar sua participação nos infaustos acontecimentos daquele dia, mas como maldosamente tentou atribuir toda a culpa a Cardle, Hetta não teve escrúpulos em cortar-lhe os protestos. Em seguida, dirigiu-se rapidamente ao salão Verde, onde encontrou Simon andando para lá e para cá, cheio de impaciência.

— Por Deus, Hetta, pensei que você nunca mais viria! — exclamou ele. — Estava me sentindo como um gato num forno quente.

— Você parece mesmo um gato — disse ela. — Vim o mais depressa que pude, mas minha mãe estava tão nervosa...

— Então, Charlie realmente fugiu com a Srta. Steane? — perguntou ele, incrédulo. — Que coisa mais sem pé nem cabeça!

— Não, claro que isso não aconteceu. Ele voltou há poucos minutos. Saiu para assistir a uma luta e saiu às escondidas da casa para que minha mãe não soubesse. Mas isso não importa. O que é mais grave é que Cherry desapareceu há várias horas, e como minha mãe, instigada pela camareira e por Grimshaw, encasquetou que ela tinha fugido com Charlie, ninguém tomou a iniciativa de procurá-la. Mandei Grimshaw organizar imediatamente a busca, e só espero que a encontrem antes que o pai dela chegue.

Ele a encarou, piscando os olhos.

— Sim, mas... ela também saiu às escondidas da casa? Quero dizer, parece estranho, não dizer a ninguém que ia sair. Pensando bem, uma moça da idade dela não sai assim sem mais nem menos. Sei que Griselda nunca fez isso, na verdade, tenho certeza de que minha mãe nunca a deixou sair dos limites do terreno sem alguém que a acompanhasse, ainda que fosse apenas a camareira.

— Oh, não, minha mãe também não o faria. Mas o caso agora é um pouco diferente, Simon. Não conte a ninguém, mas parece que houve uma... Uma pequena confusão hoje de manhã, quando minha mãe encontrou Charlie tentando flertar com Cherry e... Bem, aumentando muito as coisas. Receio que o que ela disse a Cherry tenha assustado tanto a pobrezinha que ela saiu de casa... Talvez para aliviar sua agitação, e tenha se perdido, ou... Ou tenha tido algum acidente.

— Diabos, Hetta, isto aqui não é uma floresta — objetou Simon. — Se ela se perdeu, qualquer pessoa pode indicar o caminho de volta. E não posso imaginar que tipo de acidente possa ter acontecido com ela. Parece-me mais provável que tenha fugido. Acho que já é um hábito dela.

— Oh, Simon, ela não poderia ser tão tola — disse Henrietta.

— Bem, não sei — disse ele, com dúvida. — Claro que somente conversei com ela por uns vinte minutos, mas não me pareceu muito esperta.

— Não — suspirou Hetta. — Ela é muito delicada, mas demasiadamente inocente.

— Seria bom que você se livrasse dela — disse ele. — Seria bom para Des, também. Se não fosse o diabo do pai dela, eu aconselharia que vocês a deixassem ir. Mas vamos ficar encrencados se ele aparecer esperando abraçá-la junto ao peito, é assim que ele fala, e você tiver de dizer que ela fugiu e ninguém sabe onde está.

— Eu estarei em apuros, mas não sei por que você poderia estar — respondeu ela, com severidade. — E não seria bom que ela desaparecesse, em quaisquer circunstâncias. Des a confiou sob meus cuidados, e se você acha que seria boa coisa eu trair a confiança dele com tanta facilidade, deve estar de miolo mole.

— Não, não — apressou-se a dizer Simon. — O que eu quis dizer é que não seria uma coisa tão ruim. O fato, Hetta, é que aquele sujeito é um tipo realmente difícil, e está claro que o que ele pretende é obrigar Des a casar-se com a moça, ou, se isso não der certo, exigir compensação por prejudicar a reputação dela.

— Mas Des não prejudicou a reputação dela — disse Hetta.

— Não, sei que não, e foi o que eu disse ao velho safado. Mas não posso provar, porque só sei o que Des me contou. E isso não serve como prova, como o ambicioso Sr. Steane se apressou a informar-me. Que diabo, Des partiu sabe Deus para onde, deixando-me com essa confusão. Provavelmente vou me enrolar todo. O problema, Hetta, é que ninguém sabe onde ele está, e eu não posso...

— Está em Bath — interrompeu ela. — Passou por aqui na volta de Harrowgate e pretendia visitar a proprietária da escola em Bath, onde Cherry foi educada, a fim de pedir a ela que procure uma posição adequada para a moça. Nettlecombe não deve ter servido para nada.

— Em Bath? Mas Steane tinha ido para lá! Depois voltou a Londres... não, acho que disse que foi primeiro à casa dos Bugle. Certamente não se encontrou com Des, porque não há dúvida de que não o tinha visto quando foi me visitar. Na verdade, queria que eu dissesse onde meu irmão estava. Foi isso, e lembro-me agora de uma coisa que deixei de perceber na pressa em que estava. Esqueci de perguntar a Aldham por que mandou Steane me procurar. Deve ter sido Aldham, pois Steane deve ter insistido para que ele dissesse onde estava Des e mandou o sujeito para a minha casa. Ele vai se ver comigo, quando eu voltar a Londres. — Fez uma pausa e depois disse, mais calmo: — Ora, afinal, acho até que tudo saiu bem. Pelo menos pude resistir a ele. Escute, Hetta, eu não o teria mandado para cá, se pudesse ter evitado.

— Mas, Simon, é claro que você tinha de fazer isso. Ele pode ser um patife, mas é o pai de Cherry e nenhum de nós tem o direito de escondê-la dele.

— Bem, eu não faria isso — respondeu ele, com franqueza. — Mas também, ela não me impressiona muito. Tenho, porém, uma forte convicção de que Des fará tudo o que puder para evitar que ela caia nas mãos do pai, tão logo tenha visto quem ele é, o que não demorará muito. O problema de Des é que ele é demasiadamente cavalheiresco. Eu não seria tão idiota em achar que só por ajudar a moça e prometer cuidar dela precisaria sentir-me culpado por entregá-la a Steane.

— Sabe, Simon — disse ela —, por alguma razão tenho uma forte suspeita de que você não apreciou o Sr. Steane. Mas, além do ambicioso plano de arranjar um marido rico e fidalgo para a moça, coisa que, concordo, não o recomenda como pessoa de bom caráter mas que, afinal, pode resultar do desejo de fazer o possível para assegurar a ela o tipo de vida que qualquer pai desejaria para sua filha, e que, pelo que ouvi falar do Sr. Steane, ele não tem possibilidade de proporcionar... Além disso, haverá algum motivo para não permitir que seja ele quem cuide dela? Não posso deixar de pensar que, vindo buscá-la, ele demonstra ter muita afeição pela filha. — Hetta fez uma pausa, franzindo a testa. — Mesmo assim, parece estranho que a tenha deixado por tanto tempo sem uma notícia, sem um sinal. No entanto, pode haver um bom motivo para isso.

— Provavelmente ele esteve preso — disse Simon. — Pelo que sei, é capaz de praticar toda forma de tratantada, mas creio que sua atividade principal é a trapaça, a safadeza, o conto do vigário. Também acho — acrescentou — que deve saber como embriagar moças jovens para abusar delas. É um consumado maroto, Hetta — disse ele, vendo que ela estava confusa. — É o tipo de sujeito que leva vários ases na manga e sabe embaralhar as cartas.

— Meu Deus! Então, você acha que ele é um vigarista? — exclamou ela. — Não é possível que você saiba disso, Simon!

— Não é possível? — tornou ele. — Você deve me achar um idiota. Que mais posso pensar de um sujeito que traz meia dúzia de cartões de visita no bolso, cada um com um nome diferente, e diz que lugares como Bath e Harrowgate não oferecem oportunidade para um gênio como ele? É óbvio que não. Não há muito dinheiro em lugares aonde as pessoas vão para tratar da saúde. E se acha que Des há de concordar em entregá-la a um patife que a levará pela Europa, para conviver com todos os párias da sociedade, não conhece meu irmão tão bem quanto pensei.

— Não, é claro que ele não fará isso — disse ela, muito chocada. — Mas, se esse é o tipo de vida que o Sr. Steane leva, não há de querer ocupar-se com Cherry. Por que motivo o faria?

— Não sei e não quero perder meu tempo pensando em um motivo. O que quero que você compreenda, Hetta, é que ele não é pessoa de bem e, além disso, é perigoso. Quando percebi qual era o jogo dele, e vi o desagradável escândalo que pretendia armar, caso acusasse publicamente Des de ter seduzido essa menina, prometendo casar-se com ela e depois abandonando-a, eu afirmei que, longe disso, ele a colocara aos cuidados de uma velha amiga e partira em pessoa para falar com o avô. Ele fingiu não acreditar no que eu dizia. Chegou a ter a insolência de dizer que... Bem, não tem importância! Entretanto, fui obrigado a dizer que a moça estava residindo com Lady Silverdale, que era viúva, frequentava os melhores círculos e era tão orgulhosa de sua posição social quanto meu pai. Fiz isso com a melhor das intenções, Hetta, mas isso deu a ele a oportunidade de me atacar. Ele perguntou como era possível que uma senhora desse calibre consentisse em receber na sua casa uma jovem trazida por alguém com a reputação de Desford, eu estava esquecendo essa insolência mentirosa. Você gostará de saber que Des é um devasso, um libertino, e a trouxe sem que viesse junto uma aia, ou qualquer outra acompanhante. — Simon parou de falar repentinamente, aguçando os ouvidos ao perceber o ruído de uma carruagem que se aproximava. — Oh, meu Deus, ele já chegou. — Em dois passos se aproximou da janela, e, enquanto Henrietta o olhava ansiosa, ficou observando a chaise de dois cavalos que parava diante do terraço. Em seguida, gemeu dizendo: — É Steane, não há dúvida.

— Nunca em minha vida estive tão perto de me esconder de alguém — confessou Henrietta. — Que devo dizer a ele, Simon? Confesso que estou aterrorizada.

— Não precisa ficar com medo — respondeu Simon, em tom seguro. — Mas há uma coisa que preciso mencionar.

— Claro que estou com medo. Perdi Cherry, e se ela não for encontrada... Oh, eu queria tanto que Desford estivesse aqui!

— Pelo amor de Deus, Hetta, não perca a calma — suplicou Simon, alarmado. — E quanto a Des... Bem, estive pensando nele, e creio que ele virá para cá. Se foi para Bath, sabemos que só poderia ter chegado lá depois de Steane, não sabemos?

— Sabemos mesmo? — perguntou ela, preocupada.

— Claro que sim. Steane não o encontrou lá, e a dona da escola, qualquer que seja seu nome, não disse que tinha estado com ele. Disse apenas que Lady Bugle havia levado Cherry para morar com ela. Espero que você se controle, Hetta. Se ficar nervosa, estaremos bem encrencados.

A severidade surtiu efeito. Ela disse:

— Não, prometo que me controlarei. Mas acho que minha cabeça é menos segura do que imaginava. Na verdade, tudo é um caos. Oh, meu Deus, ouço os passos de Grimshaw. A qualquer momento o Sr. Steane vai entrar aqui.

— Não, não vai. Grimshaw vai levá-lo para a biblioteca, e não fará mal que espere um pouco lá. Não se importe com ele, preste atenção no que digo. Se Des visitou a diretora da escola depois que Steane esteve com ela, o que ele faria? Voltaria para Londres o mais depressa possível, naturalmente.

— A menos que tenha seguido Steane a Maplewood — disse ela, dubitativamente.

— Não — falou Simon, sacudindo negativamente a cabeça. — Confesso que não pensei nisso, mas quanto mais penso no assunto, mais acho que não o teria feito. Bem, ponha-se no lugar dele, Hetta. Ele sabe que Cherry não está mais morando com a tia, e deve ter imaginado que as Bugle não quereriam que aquele indivíduo ficasse muito tempo lá. Acredito que Des não soubesse que Lady Bugle disse a Steane que ele, Des, "raptara" Cherry, mas deve ter imaginado que provavelmente Steane já teria saído antes que ele conseguisse chegar lá.

Hetta o olhava fixamente, procurando organizar as ideias, mas, ao ouvir aquilo disse, rapidamente:

— Ele sabia disso! Lady Emborough escreveu a sua mãe, dizendo que tinha recebido uma visita de Lady Bugle, que exigia saber o que Des havia feito da sobrinha dela, e eu informei Des a respeito disso.

— Então, tudo está claro — disse Simon. — Des deve ter voltado imediatamente a Londres, e, ao chegar à Arlington Street, Aldham lhe entregou o bilhete que eu rabisquei. Não há dúvida sobre isso. E, tão logo o leu, aposto cem contra um que partiu correndo para vir a meu encontro aqui. Não me admiraria que chegasse a qualquer momento.

Simon foi interrompido por Grimshaw, que entrara para anunciar a chegada do Sr. Steane, mas, quando o mordomo saiu, ele disse:

— Só há mais uma coisa que preciso avisar a você, Hetta. Bem, na verdade, foi por isso que vim para cá a cavalo, o mais depressa que pude. Steane pensa que você está noiva de Des.

Henrietta estava ajeitando o penteado diante de um espelho, mas ao ouvir aquilo voltou-se, olhando espantada para Simon.

— Ele pensa que estou noiva de Des? Por quê?

— Bem — respondeu Simon, com certa dor de consciência —, fui eu quem disse isso a ele.

— Simon! — exclamou ela, zangada. — Como pode ter dito isso, sabendo que não há uma só palavra verdadeira nessa afirmação?

— Foi a única coisa que me ocorreu para explicar o motivo de Lady Silverdale receber Cherry naquelas nebulosas circunstâncias — asseverou ele. — E também me pareceu a maneira mais simples de despistá-lo, se estivesse pensando em uma ação judicial por quebra de promessa. Bem, é evidente que, sendo Des seu noivo, ele não teria pedido a mão de outra moça em casamento e nem a teria trazido a você.

— Acho que o que você fez foi uma infâmia — disse ela, com os olhos expressivos brilhando de raiva.

— Não, não! — assegurou ele. — Eu não podia fazer outra coisa. Tenho certeza de que Desford não se importará.

— Desford! — exclamou ela, com voz sumida. — Você não pensou em meus sentimentos?

— Ora essa! Por que motivo você se importaria? Aposto que ninguém vai saber, pois a menos que eu esteja muito enganado, Steane não pretende permanecer na Inglaterra mais do que o necessário. Além disso, eu falei para ele que o noivado ainda não tinha sido anunciado. Inventei que era por causa do estado de saúde de meu pai, que ainda não estaria apto a participar de festas de gala. Assim, se ele começar a tagarelar, você poderá negar, ou chorar, se preferir.

— Você é um homem abominável. Nunca o perdoarei pelo que fez — disse ela, com a indignação colorindo-lhe as faces.

— Bem, deixemos isso para lá — disse ele, em tom consolador. — Se eu achasse que iria protestar, não teria inventado isso, mas agora, a única coisa a fazer é manter o engano. Você certamente compreende, Hetta.

— Não compreendo! — objetou ela.

— Então vai dizer a Steane que não está noiva de Des? — gaguejou ele. — Será uma bobagem fazê-lo. Não acredito que possa pensar assim. Achei que você seria mais solidária e não fugiria justamente quando o pobre Des mais precisa de sua ajuda. Imagine, ficar acanhada numa hora destas! É o mesmo que apunhalá-lo pelas costas.

— Ora, não diga mais nada — falou, contrafeita. — Se aquela criatura horrível tiver a descortesia de me perguntar, não negarei. Mas o que farei, Sr. Simon Carrington, é pagar a você na mesma moeda.

— Então estamos entendidos — pronunciou em tom de encorajamento. — Sabia que podia confiar em você. Sempre disse que você era uma pessoa séria. Bem, agora vá e trate com aquele velho patife untuoso, e cuidado para que ele não desconfie que estou aqui, pois tudo irá por água abaixo se ele perceber que vim avisar você.

Com essas palavras, ditas com simpatia, ele deu uma palmadinha no ombro dela e abriu-lhe a porta, revidando o olhar furioso dela com uma expressão divertida.

Em seguida, fechou novamente a porta e sentou-se junto à janela a fim de aguardar a chegada do irmão. Não tinha dúvida de que Desford chegaria; a única incerteza que alguém de seu temperamento sanguíneo poderia ter era se o visconde chegaria a

Inglehurst a tempo de tratar com Wilfred Steane antes que a pobre Hetta estivesse prestes a entregar os pontos. Porém quanto mais pensava sobre o assunto, mais se convencia de que ele chegaria a tempo de tomar nas mãos as rédeas dos acontecimentos que (ora bolas) eram assunto seu, e não de seu irmão nem de Hetta. Tinha certeza de que uma pessoa como Des não deixaria de apressar-se para vir ajudá-los.

A confiança dele foi justificada. Vinte minutos depois que Henrietta entrou na biblioteca para falar com o Sr. Steane, uma carruagem alugada, de quatro cavalos, dobrou a curva da alameda, fazendo o jovem Sr. Carrington levantar-se de um salto. Estava tão certo de que o passageiro era Desford que não esperou que o cocheiro baixasse os degraus da escadinha, e correu para fora do vestíbulo, interceptando Grimshaw, que já se adiantava para a porta de entrada com passo majestoso.

— Não precisa se incomodar — disse Simon. — É meu irmão. Vou abrir a porta para ele.

Grimshaw o olhou com surpresa e desaprovação, retirando-se para seus aposentos e refletindo que o Sr. Simon era um rapaz lamentavelmente desmazelado e sempre pronto a esquecer-se das convenções normais da boa sociedade.

Simon desceu correndo os degraus no momento em que Desford desembarcava do veículo, e gritou:

— Por Deus, que prazer em vê-lo, Des! Seu velho tratante!

— Sem dúvida você está contente — disse o visconde, recebendo aquele apelativo descortês e o soco brincalhão nas costelas como provas de afeto, o que efetivamente era o caso. — Agradeço muito a você, menino; mas não há motivo para que você entre nesta confusão.

— Ora, deixe disse — falou Simon. — Eu não seria capaz de abandonar você. E deixe que lhe diga que, se eu não tivesse entrado, você estaria em apuros. — Abaixou a voz, dizendo: — É pior do que você pensa, Des.

— Por Deus, é verdade? — Com um aceno ao cocheiro, informou: — Não sei quanto tempo ficarei aqui; provavelmente demorarei uma ou duas horas. Passaremos a noite em Wolversham. — Voltou-se para Simon enquanto o veículo se movimentava em direção aos estábulos, e perguntou: — Steane já chegou?

— Sim, há cerca de 30 minutos. Hetta está com ele na biblioteca.

— Então preciso juntar-me a eles imediatamente.

— Claro, meu velho — disse Simon, agarrando-o com firmeza pelo braço. — Mas é melhor que você ouça o que tenho a dizer, se não quiser estragar tudo. Vamos dar uma voltinha no terraço, até aquele desconfortável banco de pedra, onde ninguém poderá nos ouvir.

— Se vai me dizer que Steane é um patife consumado, isso já sei. Estive com a Srta. Fletching no dia seguinte à visita de Steane e ele a pressionou até que a pobre mulher quase perdesse os sentidos. Não sei o que a perturbou mais: o sermão que Steane passou ou ter descoberto que ele tinha engordado muito. Pelo que ela me disse, ele não mudou muito desde o tempo em que foi obrigado a fugir do país. Qual é a dele? Trapaças nas cartas?

— Sem dúvida, penso eu, embora provavelmente não seja só isso. Qualquer forma de conto do vigário, pelo jeito. Atualmente, meu caro, o jogo dele é obrigar você a casar com a filha dele.

O visconde deu uma gargalhada.

— Ora, ele não vai conseguir nada com isso.

— Se eu fosse você, não teria tanta certeza.

— Mas eu tenho certeza, meu querido. Conheci-a num baile dado pelas Bugle e conversei com ela; no dia seguinte, a encontrei caminhando para Londres e levei-a em minha caleça, primeiro para essa cidade e depois para cá. Desde então não a vi mais. Portanto, caso Steane tenha posto na cabeça que vai me acusar de tê-la seduzido, é melhor que esqueça isso o mais depressa possível. — Notou a fisionomia estranhamente séria de Simon e falou, com ar divertido: — Você sabe que estou dizendo a verdade.

— Claro, sei disso. Mas esse sujeito é capaz de torcer as coisas. Que fará se ele o acusar de tirá-la da casa da tia com falsas promessas de casar-se com ela?

— Meu Deus, ele é capaz disso?

Simon assentiu com a cabeça.

— Espero que você possa provar que é mentirosa a acusação de ter fugido com ela e a conservado em sua companhia até cansar-se dela...

— O quê, em um dia? É demais, Simon!

— A questão é saber se você pode provar que apenas um dia se passou. Não creio que aquela mulher Bugle corroborasse suas palavras; ela já disse a Steane que você raptou Cherry da casa dela. Parece que uma das filhas estava ouvindo a conversa entre você e Cherry, na noite do baile.

— Bem, ela não pode ter me ouvido convencer Cherry a fugir comigo. E considerando que cerca de meia dúzia de pessoas me viram saindo de Hazelfield pouco depois da refeição da manhã no dia seguinte, e que Lady Silverdale e Hetta passaram a tomar conta de Cherry na mesma tarde, não creio que esse conto possa ter crédito.

— Não, provavelmente não, mas você não gostaria que um boato a respeito circule pela cidade, não é verdade? Sabe o que os mexeriqueiros dirão: não há fumaça sem fogo! E o visconde é conhecido como mulherengo na cidade! — Simon sorriu, observando o olhar do visconde e as linhas da boca que endureciam. — Você não se importaria em parecer um sedutor mentiroso, Des? Quereria isso?

Durante um instante o visconde não respondeu e ficou sentado, olhando para as próprias unhas. Virou as mãos fechadas várias vezes, muito interessado na fileira de dedos bem cuidados. Em pouco, porém, abriu-os e ergueu os olhos para Simon.

— Não, não quero — respondeu, sorrindo ligeiramente. — Mas não acredito que ele tente dar um golpe desses. Primeiro, porque estaria exposto a represálias; segundo, deve sabe que sua reputação aqui é muito negativa. Ninguém cuja opinião valha alguma coisa acreditaria em uma só palavra do que ele diga.

— E seus inimigos?

— Não tenho nenhum.

— Ora, seu velho tratante! — exclamou Simon, com indignação — Veja a trave em seu olho...

O viscondc riu.

— Não, não, como pode dizer uma coisa dessas?

— Deixe que lhe diga, Des, não é caso para rir — tornou Simon, severamente. — Não digo que você não consiga desmascará-lo se ele o acusar de ter seduzido Cherry, pois é bem possível que o faça, mas acho que não vai se divertir. Mas não seria fácil escapar de uma ação judicial por quebra de promessa de casamento.

— Por que não? Para que isso dê certo, ele precisará do testemunho de Cherry, e não conseguirá.

— Não seja ingênuo — disse Simon, exasperado. — Só falta você dizer que quer que ele tente processá-lo. Bem, se você não vê problema em transformar-se em objeto de mexericos de empregados, o que acha que nossos pais pensarão?

— Mas, Simon, como é possível que ele entre em juízo sem o apoio de Cherry?

— Ele pode iniciar a ação, não pode? Como é que se diz? Impetrar uma ação? Isso porque sabe que você pagará bom dinheiro para impedi-lo.

— Claro que eu não concordaria com isso.

— Mas e papai? Aí a coisa muda de figura, não acha? Ele pagaria. Mandei esse patife para cá porque ele ameaçou ir a Wolversham, para engambelar meu pai com suas mentiras. E ele logo teve o desplante de me perguntar como Lady Silverdale pode ter concordado em receber Cherry de um conhecido libertino como você, meu irmão. Por isso eu disse que você estava noivo de Hetta.

— Você disse o quê? — exclamou Desford, espantado.

— Bem, achei que não tinha mais saída — explicou Simon. — Pareceu-me o melhor a fazer, porque, se ele acreditasse, perceberia que o plano de acusá-lo de prometer casamento a Cherry iria por água abaixo. E isso ele percebeu, pois nunca vi ninguém tão decepcionado em minha vida. Se não gostou do que fiz, peço desculpas, mas considerando que você e Hetta têm sido inseparáveis durante tantos anos, imaginei que você não se importaria.

— Não me importo — disse Desford, com um sorriso pairando em seus lábios. — Mas papai já sabe de tudo. Eu mesmo contei a ele, ao voltar de Harrowgate.

— Contou a ele? Não é possível, Des! — disse Simon, empalidecendo. — Como foi capaz dessa tolice?

Os olhos do visconde mostravam que ele se divertia, mas respondeu com ar de modéstia:

— Bem, como ele já tinha ouvido falar no assunto e veio aqui com mamãe para descobrir o tipo de moça com quem eu aparentemente me metera, achei que era a única coisa a fazer.

— Meu Deus! — falou Simon, estremecendo eloquentemente. — Você tem mais coragem do que eu. E ele, trovejou muito?

— Absolutamente. Se você o conhecesse melhor não ia pensar que ele nos abandonaria, se qualquer um de nós três estiver em apuros. Bem, ele ralhou comigo, mas me disse que contasse com ele se não tivesse outra saída. Veja, nessa altura ele já tinha conhecido Cherry, e percebeu imediatamente que não era uma aventureira ambiciosa.

— Então eu não precisava ter me esforçado para afastar Steane de Wolversham — disse Simon, com raiva. — Dou minha palavra, Des...

— Ora, não fique assim. Fico grato a você pelo que fez. Papai nunca acreditaria no conto de Steane, mas provavelmente pagaria bom dinheiro para que ficasse calado, e não vou permitir essa chantagem. Ele próprio me disse que ao vir aqui tinha a intenção de pagar a Cherry, se achasse que ela era uma ave de rapina. Deixe isso para lá. Você veio aqui para avisar Hetta de que eu e ela estávamos noivos?

— Claro! Era preciso.

— Como foi que ela reagiu?

— Sou obrigado a dizer que ela subiu a serra, o que me surpreendeu. Quero dizer, ela não costuma ficar alterada assim sem mais nem menos. No entanto, argumentei que, caso a história passasse a ser conhecida do público, ela poderia ou negar ou chorar, e por isso Hetta mudou de ideia e prometeu aguentar firme. Não precisamos ter medo de ela se acovardar. Conheço bem Hetta; ela, de vez em quando, pode se assustar, mas no fundo é batuta!

— Sem dúvida é uma moça de primeira ordem — disse Desford, levantando-se. — E quanto mais rápido eu for socorrê-la...

— Espere um momento, Des! Estão todos muito preocupados, porque aquela menina trapalhona parece ter escapado.

— Cherry? Meu Deus, por quê?

— Hetta acha que foi porque Lady Silverdale encontrou Charlie beijando-a, e zangou-se com ela. Também acha que Cherry deve ter sofrido algum acidente, e mandou os empregados procurarem-na. O problema, naturalmente, é que, se não a encontrarem, Steane pode criar problemas. Provavelmente acusará Hetta e Lady Silverdale de terem-na tratado mal.

— Oh, meu Deus, como se já não tivéssemos problemas o suficiente — gemeu o visconde, já caminhando para a porta de entrada da casa.

— Espere um instante — gritou Simon, lembrando-se de repente de alguma coisa e saltando do banco. Enfiou a mão no bolso, dele tirando um embrulho, e correu atrás do irmão. — Aqui está, meu velho! — disse ele, estendendo o pacote, com um sorriso acanhado. — Muito obrigado!

— Mas o que é isso?

— Um rolo de notas, seu idiota! A barbada que você me deu.

— Fique com isso — afirmou o visconde. — Eu disse na ocasião que não ia deixar que você me arruinasse. Foi Mopsqueezer quem venceu?

— Justamente. Além disso, no último páreo havia um cavalo chamado Brother Benefector, e eu joguei tudo nele; o bicho pagou dez para um. Era inevitável, claro.

O visconde gargalhou.

— Meu Deus, que falta do que fazer. Vamos, pare de empurrar-me esse rolo de notas. Não quero isso. Afinal, foi você quem ganhou. — Colocou uma das mãos no ombro de Simon, apertando-o. — Você deve ter passado um mau bocado com a confusão que eu armei. Obrigado, menino!

— Ora, deixe disso — disse Simon, corando. — Quero que você aceite. Eu já estou bem forrado.

— Já vai estar limpo quando voltar de Brighton — retorquiu o visconde.

Capítulo 15

QUANDO HETTA ENTROU na biblioteca, nada em sua fisionomia revelava as dúvidas internas. Entrou com passos graciosos e sem pressa, olhando para o visitante, com as sobrancelhas levemente erguidas. Chamou-o sem descortesia, mas com um tom de aristocrática reserva. Viu-o fazer uma reverência exagerada e encaminhou-se para uma cadeira junto à mesa no centro da sala, dizendo, ao se acomodar:

— Por favor, não quer sentar-se? Estou certa em supor que o senhor é o pai da pobre Cherry?

— Sim, senhorita, tem toda a razão — respondeu ele. — Sou seu único parente vivo, e estou longe dela por um destino cruel, por tempo demasiado longo, e torturado pela preocupação.

Ela ergueu mais ainda as sobrancelhas e disse, com voz polida e desencorajadora:

— É mesmo? — Teve a satisfação de perceber que isso o desconcertou ligeiramente, e prosseguiu, com autoconfiança reforçada: — Lamento, senhor, que minha mãe... não possa recebê-lo pessoalmente. Ela está um pouco indisposta hoje.

— Eu não ousaria incomodá-la — disse ele, delicadamente. — Meu único desejo, devo dizer, meu ardente desejo, é abraçar novamente minha adorada filhinha. Por isso tomei coragem para voltar à terra em que nasci, com suas tristes lembranças de minha falecida e adorada companheira; algo inexprimivelmente doloroso para um homem sensível como eu, Srta. Silverdale. Presumo que tenho a honra de estar falando com a Srta. Silverdale?

— Claro, sou a Srta. Silverdale — respondeu ela. — Infelizmente, o senhor não nos preveniu de sua intenção de visitar-nos hoje, pois acontece que, no momento, Cherry não está. Saiu para caminhar há algum tempo e ainda não voltou. No entanto, acredito que o senhor não terá de esperar muito para reunir-se com ela.

— Cada segundo longe dela me parece uma hora. Peço que perdoe a impaciência natural de um pai, mas mal posso suportar ter de aguardar cinco minutos para comprovar que ela está bem e em segurança.

— Estava perfeitamente bem e em segurança da última vez que a vi — disse Henrietta, calmamente — mas, como saiu há algumas horas, sinto-me um tanto inquieta, e mandei os empregados em uma busca, caso ela tenha tido algum percalço, ou se perdido.

Steane assumiu imediatamente uma expressão de horror, perguntando, em tom chocado:

— Quer dizer, senhorita, que ela teve permissão para sair sem ser acompanhada? Eu não acreditaria que isso fosse possível.

— Sem dúvida foi uma imprudência — tornou ela, mantendo o tom calmo. — Se eu estivesse em casa na ocasião, teria dito que levasse um dos lacaios, ou uma das camareiras, mas estive ausente desde cedo, visitando uma pessoa enferma, e não sabia de nada até meu regresso, há cerca de uma hora.

— Se eu soubesse a que perigos, a que negligência minha pobre filha inocente estaria exposta... — gemeu ele. — Mas como poderia saber? Como poderia imaginar que a mulher a cujos cuidados eu a deixei se mostraria completamente indigna de minha confiança e a lançasse sozinha no mundo, sem se importar em que mãos ela poderia acabar caindo?

— Bem, ela não fez isso. Entregou-a às mãos da tia. E não posso deixar de observar, senhor, se tivesse tido o cuidado de informá-la de seu paradeiro, ela lhe teria escrito para dizer que Lady Bugle levara Cherry para morar junto de si.

— Não vou fatigá-la, senhorita, com o relato das circunstâncias que me obrigaram a ocultar meu endereço à Srta. Fletching — disse ele, com ar altaneiro. — Tenho muitos negócios, que me fazem viajar por toda a Europa. Na verdade, raramente sei onde estarei no dia seguinte, e por quanto tempo permanecerei lá. Acreditei que minha filha estivesse em segurança sob os cuidados da Srta. Fletching. Nem por um instante imaginei que pudesse entregar Cherry a alguém que sempre considerei, depois de meu pai e meu irmão, como minha pior inimiga. Ela tem muita responsabilidade em tudo isso, e terá de explicar-se. Assim eu disse a ela.

— Perdão — interveio Henrietta —, mas o senhor não terá mais a explicar do que a Srta. Fletching? Parece muito pouco natural que um pai, especialmente um pai tão dedicado quanto o senhor, deixe a filha por tanto tempo sem notícias, obrigando-a a pensar que o senhor estivesse morto.

O Sr. Steane recusou o argumento com um aceno da mão.

— Se eu tivesse morrido, ela teria sido informada — falou ele. — Não era necessário que eu escrevesse a ela. Direi mais: seria tolice fazê-lo, pois quem pode afirmar que ela não pretendesse abandonar a escola e juntar-se a mim no exterior? Na ocasião, eu não tinha condições de proporcionar um lar estável.

— Oh! — exclamou Henrietta. — Essa é sua situação neste momento, senhor?

— Certamente! — afirmou ele. — Isto é, tão estável quanto se pode pensar. Mas que adianta tratarmos do que podia ter acontecido? Preciso afastar resolutamente a tentação de levá-la comigo. Preciso negar a mim mesmo o consolo de sua companhia. Tenho de resignar-me a minha solidão. Meu dever é inescapável: preciso restaurar sua dignidade aos olhos do mundo

— Meu Deus, ela jamais foi objeto de calúnia? — perguntou Henrietta, mirando-lhe nos olhos. — Se está falando do fato de que ela abandonou a casa da tia, trata-se de uma tempestade em copo d'água, Sr. Steane. Sem dúvida foi um ato impensado, e poderia tê-la levado a problemas e perigos; mas como, por sorte, lorde Desford a encontrou na estrada e a trouxe para cá, não houve maiores dificuldades.

O Sr. Steane suspirou profundamente, quase gemendo, e cobriu os olhos com uma das mãos.

— Infelizmente, vejo-me na contingência de destruir sua confiança na integridade de lorde Desford.

— Ora, o senhor não fará isso — disse ela, com veemência. — Portanto, por favor não se decepcione.

Ele retirou a mão do rosto e disse, com um laivo de aspereza:

— Isso pode ser o que lorde Desford lhe contou, senhorita, mas...

— Foi isso mesmo. E também foi o que Cherry me contou — interrompeu Henrietta.

— Sem dúvida, instruída por lorde Desford. Não foi isso o que ouvi de Amelia Bugle. Longe disso! Na verdade, muito longe disso! Ela me disse que, embora não tenha conseguido descobrir em que momento Desford conheceu Cherry pela primeira vez, certamente isso aconteceu antes da noite do baile na casa dela, quando uma das filhas testemunhou uma combinação secreta entre os dois, durante a qual o rapto deve ter sido planejado.

— Quanta incoerência! — exclamou Henrietta, com desprezo. — Ora, rapto! Admira-me que o senhor tenha se deixado influenciar por essa história ridícula, meu senhor. É fácil compreender por que motivo ela lhe disse isso: estava com medo de que o senhor descobrisse o abominável tratamento que levou Cherry a fugir daquela casa. Isso é a pura verdade. Quanto à participação de lorde Desford nesse assunto, o senhor devia estar muito grato a ele, pois se não a tivesse levado em sua caleça, só Deus sabe o que poderia ter acontecido a ela. Devo acrescentar que, tão logo ele a deixou aqui sob os cuidados de minha mãe, tratou de partir imediatamente em busca de lorde Nettlecombe. Acabou por descobri-lo em Harrowgate, e qualquer outra pessoa teria desistido da busca ao saber que teria de percorrer mais de 300 quilômetros para alcançar esse fidalgo.

O Sr. Steane balançou a cabeça, com um sorrido de piedade nos lábios.

— Essa — ele suspirou — é a história que o irmão mais moço de Desford tentou me impingir. Nem por um momento desejo sugerir que a senhorita esteja tentando enganar-me, pois me parece claro que também foi ludibriada. Afinal, como é possível que lorde Desford, homem que há muito tempo frequenta a sociedade, pode haver suposto que meu pai empreenderia tal viagem? A senhorita talvez não saiba que ele é um dos maiores avarentos que já existiram, mas certamente lorde Desford sabia. Ora, há muitos anos ele praticamente não sai de casa na Albemarle Street. Se achasse que sua saúde exigia uma mudança de ares, o mais longe de Londres a que se aventuraria ir seria Tunbridge Wells. Mas eu penso — acrescentou, pensativamente — que teria ido para Nettlecombe Manor, sua casa de campo. As acomodações nas estações de águas nunca são baratas. Além disso, o custo de viajar a Harrowgate... Não, senhorita, é difícil acreditar nisso.

— No entanto, ele foi mesmo a Harrowgate, e é lá que está neste momento. Talvez a mulher dele o tenha convencido a aceitar a despesa da viagem — disse Henrietta, com esplêndido ar de inocência.

— A mulher... o quê? — exclamou o Sr. Steane, sobressaltando-se na cadeira e olhando-a fixamente.

— Ora, o senhor não sabia que ele se casou recentemente? — perguntou ela. — Desford também não, até ser apresentado à senhora em questão. Até onde sei era a antiga governanta de lorde Nettlecombe. Receio que não seja da nata da sociedade, mas creio que ele tenha sido muito sensato em casar-se com alguém em quem pudesse confiar para cuidá-lo e para gerir a casa exatamente como ele deseja.

Hetta trouxe à tona esse novo tema na esperança de afastar o Sr. Steane do verdadeiro objetivo de sua visita, e o estratagema surtiu efeito de maneira admirável, embora não da forma que ela imaginara. Em vez de exasperar-se, ele deu uma gargalhada, batendo com a palma da mão na coxa e exclamando:

— Meu Deus, essa é a melhor piada que já ouvi em muitos anos! Então ele caiu no laço, hein? Vou até mandar um bilhete felicitando-o. Isso vai realmente irritá-lo. Ora, ele me expulsou de casa porque eu fugi com Jane Wisset, e, embora não possa dizer que ela fosse da alta sociedade, não era uma empregada.

— Deu outra gargalhada, que terminou em tosse convulsa; e tão logo recuperou o fôlego, pediu a Henrietta que descrevesse a nova mulher de seu pai. Ela não tinha como fazê-lo, mas distraiu--o contando alguma das coisas que Desford dissera. Steane se divertiu especialmente com a discussão entre os recém-casados sobre o xale de seda, e, mais uma vez, riu batendo na coxa, falando que era bem feito para o velho sovina. Depois disse, compungido, que queria ter visto a cara do irmão quando este soube da novidade. Começou a rir, mas de repente ocorreu-lhe um pensamento que o fez novamente carrancudo.

— O pior de tudo é que ele não pode desclassificar Jonas da herança — disse, com ar sombrio. — Mesmo assim — acrescentou, em tom mais esperançoso, após meditar sobre essa reflexão durante alguns instantes: — Não me admiraria se a governanta começasse, desde já, a gastar o dinheiro do velho unha de fome, e assim é provável que Jonas não herde uma fortuna tão grande quanto espera. — Sorriu sem muita convicção para Henrietta e disse: — Sempre se deve ver as coisas pelo lado mais favorável. Essa sempre foi minha regra. Ouso dizer que os piores desastres muitas vezes têm um aspecto brilhante.

Ela se sentiu tão desnorteada quanto chocada por aquela simples revelação do caráter do Sr. Steane, e foi incapaz de outra reação exceto um murmúrio afirmativo. As palavras seguintes dissiparam qualquer esperança que ela tinha nutrido de que seu interlocutor esquecesse as dificuldades da filha pensando na raiva e decepção do irmão.

— Ora, ora! — disse ele. — Eu não esperava ouvir hoje uma piada tão boa. Mas isso não adianta, Srta. Silverdale. Esta não é hora para gracejos, quando minha alma está cheia de aflição. Admito que lorde Desford tenha ido a Harrowgate, mas somente posso dizer que, se ele pensou, tão tolamente, que poderia empurrar minha pobre filha para o avô, acabou vencido por sua própria má-fé.

O que Hetta poderia ter imaginado responder ficou sem ser dito, porque naquele momento o visconde entrou na sala. Num relance, ela pensou que ele poderia ter sido concebido para formar um contraste com Wilfred Steane. Menos de vinte anos os separavam, e era fácil perceber que Steane tinha sido um belo rapaz na juventude. A vida dissipada, no entanto, havia arruinado sua boa aparência, e o corpo denotava tanto quanto o rosto uma vida de indolência e dissipação. Seus modos e a maneira de vestir não atenuavam esses defeitos. Tanto em um aspecto quanto no outro, ele preferia um estilo extravagante, que o fazia parecer, aos olhos de Henrietta, um almofadinha com ares de elegante. Desford, por outro lado, era absolutamente perfeito, em sua opinião. Tinha o rosto bonito e corpo esbelto e atlético. Se o casaco azul de casimira superfina mostrasse a etiqueta Weston, isso não poderia proclamar o nome do alfaiate com mais eloquência do que o soberbo corte. Tinha um ar de distinção, modos tranquilos e sem afetação e, embora nada houvesse de exagero em sua pessoa, todos em geral concordavam, nos círculos da sociedade, que sua elegância discreta era realmente verdadeira.

O visconde fechou a porta e adiantou-se para Henrietta, que exclamara, agradecida:

— Desford!

— Hetta, meu amor! — respondeu ele, sorrindo e beijando-lhe a mão. Reteve-a na sua com caloroso afeto durante um minuto, enquanto dizia: — Você tinha se inquietado por minha causa? Creio que sim, e peço-lhe desculpas. Esperava estar aqui muito antes.

Ela retribuiu-lhe a pressão dos dedos e, em seguida, retirou a mão, dizendo, com ar travesso:

— Bem, ao menos você chegou a tempo de conhecer o pai de Cherry, que afinal não está morto. Permita-me que os apresente: Sr. Wilfred Steane, lorde Desford.

O visconde voltou-se e ergueu o monóculo, por meio do qual observou o Sr. Steane, não por muito tempo mas com atitude severa. Henrietta foi obrigada a morder fortemente o lábio para reprimir o riso que borbulhara dentro de seu peito. Des não costumava assumir ares tão odiosamente superiores.

— Ora — disse ele, com leve curvatura. — Muito prazer em conhecê-lo.

— Gostaria de poder dizer o mesmo — retorquiu o Sr. Steane. — Infelizmente, meu senhor, estamos nos conhecendo em circunstâncias desagradáveis.

O visconde fez cara de surpresa.

— Como disse?

— Lorde Desford, tenho muito a dizer-lhe, mas seria melhor se conversássemos em particular.

— Ora, não tenho segredos para a Srta. Silverdale — disse Desford.

— Meu respeito pela delicada sensibilidade da senhorita até o momento selou meus lábios — disse Steane, em tom de reprovação. — Eu não ousaria fazer perguntas capazes de fazê-la corar. Mas tenho algo a perguntar-lhe, visconde.

— Por favor, faça sua pergunta — convidou Desford. — Não se preocupe com a sensibilidade da Srta. Silverdale. Ouso dizer que não seja tão delicada quanto o senhor supõe. Na verdade, tenho certeza de que não é o caso. Você não deseja sair da sala, não é verdade, Hetta?

— Claro que não! Aliás, não tenho a mínima intenção de fazê-lo. Há muito tempo já perdi os dentes de leite, Sr. Steane, e se o que o senhor já disse não me fez corar, não é provável que o que ainda tenha a falar provoque tal efeito. Por favor, pergunte o que quiser a lorde Desford.

O Sr. Steane pareceu sentir-se atingido por essa resposta, pois suspirou e sacudiu a cabeça, murmurando:

— Esses modos modernos! Não era assim na minha juventude. Porém, está bem. Lorde Desford, o senhor está noivo da Srta. Silverdale?

— Bem, sem dúvida espero estar! — respondeu o visconde, olhando para Henrietta com bom humor. — Mas o que isso tem a ver com o que o traz aqui? Devo dizer, perdoe-me, mas o que isso tem a ver com o senhor?

O Sr. Steane não tinha ficado realmente surpreso. Percebera, desde o momento em que Desford entrara na sala, trocando sorrisos com Henrietta, que entre os dois existia uma forte relação. Mas estava bastante agitado, e disse, com pouca urbanidade:

— Nesse caso, admira-me sua falta de compostura, ao atrair minha filha para longe da proteção do lar da tia com falsas promessas de casamento. Quanto a seu desplante em trazê-la para a casa de sua prometida...

— Não acha — sugeriu o visconde — que leviandade seria uma palavra mais adequada? Ou seria melhor deixarmos dessa retórica passional? Não sei o que o senhor pretende ao inventar essas patranhas, pois estou seguro que não pode ser tão imbecil a ponto de imaginar que eu seja culpado de qualquer um desses crimes. A mera circunstância de ter colocado Cherry sob os cuidados da Srta. Silverdale deveria absolver-me das duas outras acusações que o senhor me fez, mas se quiser que as negue categoricamente, estou pronto a fazê-lo de bom grado. Longe de haver atraído Cherry para fora de Maplewood, fiz o possível, ao encontrá-la viajando a pé no caminho para Londres, para convencê-la a voltar para a casa da tia. Não a pedi em casamento e nem tampouco lhe ofereci fazer o que não quisesse. Finalmente, trouxe-a à casa da Srta. Silverdale porque, por motivos que o senhor deve conhecer talvez melhor do que eu, meu pai teria forte objeção a acolhê-la sob seu próprio teto.

— Seja como for — argumentou o Sr. Steane, lutando contra a maré adversa — o senhor não pode, se o que diz é a verdade, o que me sinto inclinado a duvidar, negar que a colocou em situação bastante equívoca.

— Posso, e nego — disse o visconde.

— Um homem honrado — persistiu o Sr. Steane, com a teimosia do desespero — a teria restituído à tia.

— Essa pode ser sua ideia de honra, mas não é a minha — disse o visconde. — Tê-la obrigado a subir a minha caleça e, em seguida, levá-la de volta a uma casa onde ela se sentia tão miseravelmente infeliz a ponto de fugir de lá, preferindo buscar meios, ainda que modestos, de ganhar a vida em vez de suportar por mais tempo os maus-tratos da tia e das primas, teria sido um ato de extrema crueldade. Além disso, eu não tinha o direito de fazer isso. Ela me suplicou que a levasse à casa do avô em Londres, esperando que ele consentisse em recebê-la, convencida de que, se ele recusasse, pelo menos poderia hospedá-la por algum tempo, até que ela encontrasse uma situação conveniente.

— Bem, se o senhor pensou que ele faria isso, ou não conhece o velho sovina ou é muito ingênuo — disse o Sr. Steane. — E pelo que posso ver, o senhor é o homem mais dissimulado do planeta. Conhece todos os truques.

— Não, não é bem assim — disse Desford. — Conheço apenas os seus truques, Steane.

— O senhor me faz lembrar muito seu pai — disse o Sr. Steane, olhando-o com considerável animosidade.

— Obrigado — disse Desford, com uma curvatura.

— E também aquele seu irmãozinho. Dois da mesma laia. Não respeitam os mais velhos. Um par de tipos metidos a besta, cheios de si. Não pense que pode me enganar com suas mentiras, Desford, porque não será capaz.

— Ora, eu nem pensaria em fazê-lo — replicou imediatamente o fidalgo. — Nunca entro em competição com profissionais.

Em tom de desculpas, Henrietta interveio:

— Peço perdão, mas não estarão se afastando um pouco do ponto principal? Saber se Desford foi ingênuo ao imaginar que lorde Nettlecombe receberia Cherry, ou se pensou o que qualquer homem de bem pensaria, não me parece ter absolutamente nada a ver com o caso. Ele a levou na caleça a Londres, mas encontrou a casa de lorde Nettlecombe fechada. Em seguida, a trouxe para cá. O que acha, Sr. Steane, que deveria ter feito?

— Isso encerra o assunto — disse o visconde, sem se conter.

— Devo recusar-me a entrar em debate com a senhorita — disse Steane, com imensa dignidade. — Nunca discuto com mulheres. Direi apenas que, ao abordar minha filha na estrada, atraí-la a subir em sua caleça e seguindo com ela, lorde Desford agiu de maneira muito imprópria, ou coisa pior. E já que ele a abandonou aqui, se é que ela está aqui, coisa que muito duvido, o que foi que fez para reparar o grave prejuízo causado por ele à reputação dela? Quer que eu acredite que procurou meu pai, acreditando que ele acolheria minha filha em seu seio...

— Nada disso — interrompeu Desford. — Só esperava que ele criasse vergonha e concedesse uma mesada a ela.

— Bem, se é isso o que o senhor esperava, deve ser mesmo muito ingênuo — disse o Sr. Steane, com franqueza. — Mas é claro que não foi o que fez. O que esperava era largá-la na casa do velho, e não se importaria se ele oferecesse empregá-la como ajudante de cozinha, desde que se livrasse dela.

— Na verdade, foi feita exatamente essa oferta — disse Desford — não por seu pai, mas por sua madrasta. Eu a recusei.

— Está bem, o senhor pode falar o que quiser, mas como posso saber se está sendo sincero? Só o que sei é que regressei à Inglaterra para encontrar minha filhinha jogada para lá e para cá entre um grupo de pessoas inescrupulosas, sozinha num mundo cruel...

— Alto lá! — exclamou o visconde. — Nada disso é verdade, como bem sabe. A pessoa inescrupulosa que a deixou sozinha no mundo foi o senhor mesmo; portanto chega dessas frases bombásticas. O senhor quer saber o que fiz para reparar o prejuízo à reputação que Cherry sofreu em minhas mãos, e minha resposta é: nada, porque a reputação dela não foi prejudicada, nem por mim e nem por ninguém mais. Mas, quando vi que o avô tinha saído da cidade, só Deus sabe com que destino, e que Cherry não tinha para onde ir, sem conhecer ninguém na cidade e sem um vintém na bolsa, compreendi que, embora a contragosto, eu teria de responsabilizar-me por ela. Com sua chegada, minha responsabilidade chega ao fim. Porém, antes de saber que o senhor não tinha morrido, e já se encontrava no país, fui até Bath, para falar com a Srta. Fletching. Cheguei um dia depois do senhor, Sr. Steane. A Srta. Fletching tem muita pena de Cherry, com toda a sinceridade, e creio que tem muito afeto a ela. Ofereceu-se para abrigá-la em casa, até que possa encontrar uma posição que agrade a menina. Já tem até algo em vista, como dama de companhia para uma senhora inválida a quem ela considera simpática e amável, mas tudo depende da pessoa que atualmente cuida dela, que hesita entre um sentimento de dever para com o pai recentemente enviuvado e seu desejo de permanecer com a bondosa patroa.

— Oh, Des, isso seria perfeito para Cherry! — exclamou Henrietta.

— O quê? — interveio o Sr. Steane. — Seria perfeito para minha amada filhinha tornar-se empregada doméstica? Só por cima de meu cadáver! — Escondeu o rosto no lenço, mas emergiu um instante depois a fim de lançar um olhar de reprovação a Desford, dizendo com voz embargada: — Imagine, eu ter de ver o meu mais caro tesouro ser assim insultado! — Sumiu novamente no lenço, mas reapareceu para dizer, amargamente: — Mesquinharia, lorde Desford, é como eu chamo a isso.

Com os lábios trêmulos, Desford encontrou os olhos de Henrietta, que estavam cheios da mesma expressão divertida que antes dissipara a crescente exasperação do fidalgo. Os dois continuaram a fitar-se e nos dois pares de olhos havia calor por trás do ar de satisfação.

A voz do Sr. Steane interrompeu esse interlúdio:

— E onde está minha pequena Charity? — perguntou. — Respondam, em vez de fazer planos para humilhá-la.

— Bem, receio que não possamos responder a essa pergunta no momento — disse Henrietta, em tom de culpa. — Desford, você vai me achar terrivelmente descuidada, mas, enquanto eu estava visitando uma velha amiga hoje de manhã, Cherry saiu para dar um passeio e até agora... até agora não voltou.

— Não sabe onde ela está, é isso? Fiquei sabendo por Grimshaw que ela não estava aqui, mas duvido que tenha feito algo mais perigoso do que perder-se no caminho, e, em breve, estará de volta.

— Se não tiver sido raptada — disse o Sr. Steane, em tom sombrio. — Minha cabeça está cheia de maus presságios. Não sei se voltarei a vê-la.

— Vai vê-la sim, e imediatamente! — exclamou Henrietta, correndo para a porta. — Estou ouvindo a voz dela. Oh, céus, que alívio! — Enquanto falava, abriu a porta. — Oh, Cherry, menina travessa! Onde foi que... — parou de falar abruptamente, porque uma visão surpreendente surgiu diante de seus olhos. Cherry estava sendo levada em direção à escadaria nos braços de Cary Nethercott, com o chapéu pendurado a um braço pela fita, uma bota estragada na mão e a outra agarrando o colarinho da jaqueta de caça do Sr. Nethercott.

— Por favor, Srta. Silverdale, não se zangue comigo! — suplicou a jovem. — Sei que foi bobagem minha sair correndo, mas não queria afligi-la. Mas me perdi, e não conseguia encontrar o caminho. Finalmente me senti tão cansada que resolvi pedir informações à primeira pessoa que encontrasse, a fim de voltar para

Inglehurst. Passou-se muito tempo antes que eu visse uma única alma, e depois apareceu um homem horrível numa carroça, que me olhou de uma maneira que... bem, eu disse que não precisava de nada e afastei-me o mais depressa possível. Ele me chamou, desceu da carroça e eu corri para me salvar, entrei no bosque, e... oh, Srta. Silverdale, rasguei o vestido nos galhos, depois prendi o pé numa raiz, ou coisa assim, e caí numa moita de urtigas. Quando tentei me levantar, não consegui, pois sentia tanta dor que pensei que fosse desmaiar.

— Bem, foram muitos acidentes — disse Henrietta. Vendo uma atadura em torno de um dos tornozelos de Cherry, exclamou: — Oh, meu Deus, parece que você torceu o tornozelo. Pobre menina! — Sorriu para Cary Nethercott e perguntou: — Ela estava no bosque em sua propriedade? Foi o senhor quem a encontrou? Oh, foi muita bondade trazê-la de volta. Fico-lhe extremamente grata.

— Sim, foi isso mesmo — respondeu ele. — Eu saí com a espingarda, pensando em matar um ou dois pombos, mas em vez disso peguei um pássaro mais gentil, como está vendo, Srta. Hetta. Infelizmente, não tinha levado uma faca e, por isso, achei melhor levar Cherry imediatamente para minha casa, para poder cortar a bota e retirá-la, pedindo à governanta que aplicasse um emplastro frio para reduzir o inchaço. Em seguida, mandei meu lacaio buscar Foston, com receio de que houvesse alguma fratura, mas ele assegurou que era apenas uma luxação feia. Talvez a senhorita diga que eu deveria tê-la trazido tão logo Foston fez o curativo, mas ela estava tão exausta com a dor do exame médico que achei melhor deixá-la descansar até que a dor passasse.

— A senhorita não imagina o quanto está doendo, Srta. Silverdale. Mas o Sr. Nethercott ficou segurando minha mão o tempo todo, e consegui suportar.

— Que dia horrível para você! — disse Henrietta. — Lamento muito, minha querida; nada disso teria acontecido se você não tivesse saído de casa.

— Não, não! — disse Cherry, com os olhos e rosto brilhando e um sorriso angélico nos lábios. — Foi o dia mais feliz de minha vida. Oh, Srta. Silverdale, o Sr. Nethercott pediu minha mão em casamento. Por favor, por favor, diga que consente!

— Por Deus! Isto é, não é preciso pedir meu consentimento, tolinha. Somente posso desejar que vocês dois sejam muito felizes, de todo o meu coração. Mas há alguém aqui que veio especialmente para vê-la, e que tenho certeza que você gostará muito de rever. Leve-a à biblioteca, Sr. Nethercott, e coloque-a no sofá, para que ela possa apoiar o pé.

— Quem é esse indivíduo — perguntou o Sr. Steane ao visconde — que pretende pedir a mão de minha filha sem mais nem menos?

— Cary Nethercott — respondeu o visconde, entusiasmado. — Excelente pessoa.

Dirigiu-se ao sofá, arrumando as almofadas, justamente no momento em que Cary Nethercott trazia cuidadosamente Cherry para dentro da sala. Ela exclamou:

— Lorde Desford! Estou muito contente em vê-lo novamente, Srta. Silverdale, pois devo tudo a ele. Como está o senhor? Sempre quis agradecê-lo muito por ter-me trazido aqui, mas não tive ainda a oportunidade.

Ele sorriu, mas disse:

— A Srta. Silverdale não quis dizer que quem você gostaria de rever era eu, Cherry. Veja, você reconhece aquele cavalheiro?

Ela voltou a cabeça e, pela primeira vez, enxergou o Sr. Steane. Ficou olhando para ele, sem expressão, durante um instante, e, em seguida, com um sobressalto, disse:

— Papai?

— Minha filhinha! — exclamou o Sr. Steane. — Finalmente posso apertá-la em meu peito! — No entanto, não conseguiu fazê-lo, porque ela estava deitada no sofá e o colete que ele usava o impedia de curvar-se demasiadamente. Contentou-se em passar o braço por sobre os ombros dela, beijando-lhe a fronte. — Minha pequena Charity! — exclamou, com carinho.

— Pensei que o senhor tivesse morrido, papai — disse ela, atônita. — Fico muito feliz que não esteja morto. Mas por que nunca me escreveu, e nem deu notícias à pobre Srta. Fletching?

— Não me fale naquela mulher! — ordenou ele, evitando responder à pergunta. — Eu nunca teria deixado você aos cuidados dela se soubesse com que impudência ela trairia minha confiança, minha pobre filha.

— Ora, não, papai! — disse ela, com voz aflita. — Como pode dizer uma coisa dessas? Ela foi muito bondosa comigo, e me deixou frequentar a escola sem exigir pagamento.

— Ela entregou você a Amelia Bugle e isso eu jamais perdoarei — declarou o Sr. Steane.

— Mas, meu pai, da maneira que o senhor fala parece que eu não queria ir morar com minha tia, mas a verdade é que eu queria. Queria muito ter um lar. O senhor não imagina quanto eu desejava isso. — Cherry percebeu que o Sr. Nethercott, que se pusera atrás do sofá, pousou a mão sobre seu ombro, e ela a encostou ao rosto, em sinal de gratidão, com lágrimas na ponta das pálpebras. Piscou os olhos para afastá-las e continuou a falar com o pai, com grande ansiedade na voz: — Por isso, por favor, papai, não vá embora novamente sem pagar o que deve a ela.

— Se eu tivesse encontrado você como a deixei, feliz sob os cuidados dela, teria pago até mais do que devia, mas não foi isso o que aconteceu. Encontrei você sendo mandada para cá e para lá no mundo, após uma busca incessante cheia de sobressaltos e ansiedade que só quem é pai pode compreender. Não pagarei nem um tostão — disse o Sr. Steane, em tom resoluto.

— Eu outras palavras — disse Desford —, o senhor pretende dar um calote.

— Papai, o senhor não deve comportar-se de maneira tão mesquinha! Não deve! — exclamou Cherry, muito agitada.

— Creio, meu amor — disse o Sr. Nethercott —, que o melhor a fazer é deixar que eu cuide desse assunto.

— Mas não é correto que o senhor cuide disso — disse ela, com indignação. — A dívida não é sua, e sim de meu pai.

— Eu não reconheço essa dívida — disse o Sr. Steane, majestosamente. — Essa senhora pode se considerar feliz se eu resolver não iniciar uma ação judicial contra ela por grosseira negligência no cumprimento de seu dever. Essa é minha palavra final.

— Nesse caso — disse o Sr. Nethercott, calmamente —, vou levar Cherry para o andar de cima. Como o senhor deve compreender, e estou certo de que esse é o caso, ela teve um dia muito exaustivo e está muito abalada. Srta. Hetta, quer fazer o favor de indicar-me o quarto dela?

— Sem dúvida — respondeu Henrietta. — Não, não, não discuta, Cherry. O Sr. Nethercott tem toda a razão e vou levá-la diretamente para a cama. Vou mandar servir seu jantar no quarto, e seu pai poderá visitá-la amanhã.

— Como a senhorita é bondosa — disse Cherry, com um suspiro. — Confesso que estou me sentindo muito fatigada e portanto... Se o senhor não considerar indelicado de minha parte, papai, creio que é melhor eu ir para a cama agora. Lorde Desford, caso eu não o veja novamente, adeus, e obrigada, mil vezes obrigada pelo que o senhor fez por mim.

Ele tomou a mão que a jovem lhe estendia e a beijou, dizendo com voz estimulante:

— Mas você vai me ver muitas vezes, menina! Vamos ser vizinhos!

— Quanto a isso — disse o Sr. Steane, altaneiramente —, não resolvi de forma alguma dar meu consentimento para esse casamento. Exijo que o Sr. Nethercott demonstre sua capacidade de sustentar minha filha de forma adequada a sua posição social.

O Sr. Nethercott, que já estava na porta transportando seu belo fardo, fez uma pausa para dizer, sem se alterar, que teria a honra de colocar à disposição do sogro em perspectiva todos os dados relevantes quanto a seu nascimento, fortuna e situação, tão logo tivesse acabado de levar Cherry a seu quarto. Em seguida, prosseguiu cuidadosamente sua marcha, precedido por Henrietta e dizendo à noiva, com muito carinho, que não falasse mais nada, quando ela tentou argumentar que seu casamento nada tinha a ver com o pai.

O visconde fechou a porta e voltou à cadeira em que estivera sentado, olhando para o Sr. Steane com um brilho significativo nos olhos.

— O senhor merece felicitações, Sr. Steane — disse ele. — Sua filha vai contrair excelentes núpcias, e o senhor nunca mais precisará sofrer sobressaltos de ansiedade a respeito dela.

— Entendo isso, é claro — disse o Sr. Steane, com voz cansada. — Mas quando penso nos planos que venho fazendo durante anos... Bem, eu já devia saber que não dariam certo. Durante toda a vida, Desford, sempre fui o mais desafortunado de toda a família. Isso leva ao desânimo, não se pode negar. — Olhou o visconde com desconfiança e continuou: — O senhor, naturalmente, não sabe o que significa isso; me parece ter sempre tido muita sorte. Bem, imagine o que aconteceu durante o dia de hoje. O senhor não teria se safado se esse sujeito, Nethercott, não tivesse caído do céu como um maná.

— Ora, claro que teria — disse o visconde. — Para não usar palavras mais rudes, sua intenção era chantagear-me para que eu me casasse com Cherry, mas escolheu o homem errado, Steane, pois nunca houve possibilidade de que seus planos funcionassem.

— Abandonei a ideia de vê-lo casado com minha filha quando soube de seu noivado — replicou o Sr. Steane. — Jamais se poderá dizer que eu destruí a felicidade de uma jovem inocente, embora ela possa estar enganada. Mas creio, visconde, que o senhor teria concordado em pagar para manter silêncio sobre esse caso escandaloso. Pelo menos, seu empertigado pai o faria.

— Pelo que sei de meu empertigado pai, Sr. Steane, creio que ele seria mais capaz de expulsá-lo do país.

— Bem, discutir esse assunto é uma perda de tempo — disse o Sr. Steane, irritado.

— Claro que sim. Imagino o quanto o senhor deve estar agradecido porque sua filha teve a sorte de ligar-se a um homem que, sem dúvida, será um marido admirável.

— Minha única filha! Ela é mais uma decepção e parece que elas nunca acabam. Eu tinha esperanças a respeito dela; quando era criança, parecia ser inteligente e atraente. Poderia ter sido muito útil para mim.

— De que maneira? — perguntou Desford.

— Ora, de muitas maneiras — disse o Sr. Steane. — Eu esperava que ela pudesse ser recepcionista em um empreendimento que tenho em Paris, mas vi rapidamente que se parece muito com a mãe. Bonitinha, mas sem estofo. Ela não saberia como fazer. É uma pena! Foi uma perda de tempo e de dinheiro ter voltado à Inglaterra.

Como Steane parecia estar descambando rapidamente para um estado de espírito depressivo, o visconde sentiu-se aliviado ao ver o Sr. Nethercott entrar na sala. Estava acompanhado por Henrietta e o visconde percebeu imediatamente que fora ela quem o fizera sugerir ao Sr. Steane que seria melhor discutir a questão do casamento em Marley House.

— Acho uma excelente ideia! — exclamou ela. — O senhor certamente quererá conhecer o futuro lar de Cherry, Sr. Steane. E caso queira voltar para visitá-la amanhã, o Sr. Nethercott teve a bondade de oferecer-se para hospedá-lo em sua casa.

— Fico-lhe muito agradecido, meu senhor — disse o Sr. Steane, retomando os modos grandiloquentes. — Ficarei muito feliz em desfrutar de sua hospitalidade, mas sem compromisso, compreenda. — Em seguida, despediu-se cerimoniosamente de Henrietta, fez uma leve reverência ao visconde e deixou-se levar para fora da sala pelo impassível Sr. Nethercott.

— Você é uma mulher destituída de princípios — disse o visconde a Henrietta, depois que a porta se fechou sobre os visitantes que partiam. — Devia ter vergonha! Impondo esse patife àquele pobre homem!

— Oh, você adivinhou que a ideia foi minha? — disse ela, começando a rir um riso há muito contido.

— Adivinhar! — exclamou ele, sarcasticamente. — Percebi no instante em que você entrou, com aquela carinha de anjo.

— Ora, não é bem isso. Mas eu precisava me livrar dele, Des, senão mamãe acabaria caindo doente mesmo. Depois de achar que Charlie tinha fugido com Cherry e de ficar sabendo que Wilfred Steane estava a caminho daqui, ela continuou a ter espasmos e chiliques, além de todo tipo de dores e males, e agora está de péssimo humor. Preciso ir ficar com mamãe, senão ela vai sucumbir. Mas diga-me, antes que eu saia, que acha desse surpreendente noivado? Dará certo, ou ele é idoso demais para ela? Notei que Cherry prefere homens mais velhos, mas...

— Não importa o que eu acho. Que acha você, Hetta?

— Que posso dizer? Acho que ela é amável, de temperamento doce, e que será feliz enquanto ele a tratar bem. Quanto a ele, parece gostar muito dela, de modo que talvez não a ache entediante.

— Parece gostar muito dela? Deve estar loucamente apaixonado para ainda querer casar-se, agora que conheceu o pai.

Hetta riu.

— Sabe, Des, não achei que ele poderia ser tão ruim quanto dizem, mas é pior! Se não fosse um tanto ridículo, eu não suportaria ficar sentada, ouvindo-o falar. Mas, outro dia, quando conversei com o Sr. Nethercott sobre as perspectivas para Cherry, ele disse que o pai não deveria constituir empecilho para um homem que a amasse. Portanto, creio que não dará a menor importância ao Sr. Steane.

— Hetta, diga-me a verdade. Isso a magoou? — perguntou ele, diretamente.

— Por Deus, não! Confesso, porém, que abaixou minha crista. Fui suficientemente vaidosa para imaginar que ele vinha aqui para me visitar, e não a Cherry.

— Quando o conheci, interessado por você, nenhum de nós sequer sabia da existência da menina — recordou o visconde.

— Eu devia saber que você ia me gozar por ter sido trocada por Cherry. Você é uma criatura odiosa, Des! — disse ela, afavelmente. — Aliás, você e Simon pretendem passar a noite em Wolversham? Gostaria de convidar os dois para jantar conosco, mas não ouso. Mamãe está muito zangada com você, por ter empurrado Cherry para nossa casa e não quer vê-lo nunca mais e nenhum dos Carrington. Portanto, terei de despedir-me de você por enquanto.

— Espere um momento, antes de fazer isso — disse ele. — Você e eu, minha flor, temos um assunto a tratar.

Falava com despreocupação, mas o sorriso desaparecera de seus olhos, que estavam fixos no rosto dela com uma expressão que a fez sentir-se tímida como uma menina de escola, pela primeira vez desde o início do relacionamento entre ambos. Rapidamente, ela disse:

— Ora, creio que você se refere àquela história tola que Simon inventou a nosso respeito. Devo dizer que fiquei muito zangada com ele, mas não creio que isso cause mal algum. Ele diz que, se houver algum boato de que estamos secretamente comprometidos, basta negarmos, ou que um dos dois desmanche. — O visconde não respondeu, mas quando ela se animou a olhá-lo de relance, viu que ele ainda a fitava, muito sério. Procurando aliviar o que, por alguma razão, lhe parecia uma situação embaraçosa, ela disse, imitando com grande credibilidade a alacridade habitual: — Se for preciso, creio que a tarefa de anunciar a recusa caberá a mim. Nunca entendi por que motivo é considerado impróprio para um cavalheiro desmanchar um noivado, mas não faz mal que uma mulher o faça.

— Não — concordou ele, mas não por estar prestando atenção no que ela dizia. — Aviso-a, Hetta, que, se for preciso, essa tarefa efetivamente caberá a você, porque eu não tenho a mais remota intenção, e nem desejo, de desmanchar nada. — Fez uma pausa momentânea, procurando ler a expressão do rosto dela, mas quando ela levantou os olhos para os dele, como se não pudesse evitar, a boca dele se contraiu e ele disse, num tom de voz que ela nunca tinha ouvido antes: — Mas você não vai fazer isso. Eu não vou deixar! Oh, Hetta, minha querida, tão doce! Tenho sido um idiota! Amei você durante toda a vida, e nunca percebi quanto, até que pensei que ia perdê-la. Não diga que é tarde demais.

Um leve sorriso aflorou aos lábios dela e Hetta disse simplesmente:

— Não, Des. Não, se você realmente estiver falando sério.

— Nunca falei tão sério em toda a minha vida — disse ele, e aproximou-se dela, abrindo os braços. Ela caminhou diretamente para o abraço, e ele a apertou contra si. — Minha melhor amiga! — disse, com voz rouca, beijando-a.

Esse idílio foi interrompido por Lady Silverdale, que entrava na sala, dizendo em tom de quem havia passado dos limites da tolerância:

— Eu acho, Hetta, que você deveria ter vindo me dizer... — Interrompeu-se, exclamando, escandalizada: — Henrietta! — Em seguida, quando Desford se voltou e ela percebeu quem estava abraçando a filha, o tom se modificou. — Desford! — exclamou ela, alegremente. — Oh, meu querido, meu querido rapaz! Oh, como estou feliz ao ver isto! Hetta, minha filhinha querida! Agora não me importo com o que venha a acontecer.

— Mas, mamãe — protestou Hetta —, a senhora me disse que nada a faria consentir em permitir que eu me casasse com Des. Chegou até a me felicitar por haver escapado desse fado.

— Bobagem, Hetta — disse Lady Silverdale, desprezando com grande categoria aquela lembrança inoportuna. — Esse sempre foi o maior desejo de minha vida. Sempre tive imenso afeto a ele, e, além disso, nunca abandonei a convicção de que ele é o homem certo para você.

— Muito obrigado, minha senhora — disse Desford, erguendo a mão dela aos lábios. — Espero realmente ser o homem certo para Hetta, mas tenho certeza de que ela é a mulher certa para mim.

— Meu caro Ashley! O que você disse foi tão bonito! — aprovou ela. — Isso é o que faz com que as pessoas gostem de você. É claro que não fiquei muito contente quando você trouxe para cá a filha de Wilfred Steane, mas isso não tem a menor importância agora. Mas devo lhe informar, Hetta, que o máximo que consegui foi dizer a ela palavras convencionais, ainda agora, quando ela me contou que havia aceitado o pedido do Sr. Nethercott. Achei que ela não parava de roubar cavalheiros de você. Primeiro foi Desford, depois Charlie. Não que ele seja um de seus pretendentes, naturalmente, mas o princípio é o mesmo, e agora o Sr. Nethercott. Bem, ela pode ficar com ele, pois nunca pensei que estivesse à sua altura, nunca. Desford, é claro que você vai ficar para jantar conosco. Hetta, vá depressa avisar Ufford. Não, eu mesma falarei com ele, e Charlie tem de mandar Grimshaw buscar champanha. Deus os abençoe, meus queridos! — Com essas palavras, ela se afastou para confabular com o cozinheiro, com um andar bastante diferente dos passos arrastados com que entrara na sala, alguns minutos antes.

Os dois namorados recomeçaram então o que ela havia interrompido, mas foram quase imediatamente perturbados por Simon, que entrou, parou no limiar surpreso com o que via e começou a rir às gargalhadas. Reprovado em termos claros pelo irmão mais velho, não demonstrou arrependimento.

— Ora, que vontade de rir! — disse ele, beijando a mão de Hetta e apertando com força a do visconde. — Vejo vocês dois, com ar de primavera e de véu e grinalda desde que me entendo por gente, e só quando eu pus essa ideia na cabeça de ambos, é que pensaram em parar de bobagem e tratar de juntar-se. Bem, achei que você não sabia de minha capacidade de resolver problemas, mas agora já sabe, Des.

Em seguida, despediu-se, recusando o convite para o jantar e afirmado que era imperioso chegar a Londres antes de escurecer, a fim de não se perder no caminho.

— Amanhã de manhã vou para Brighton — explicou. — Mas se você se meter em novas encrencas, Des, basta mandar me chamar e voltarei correndo para salvá-lo!

Este livro foi composto na tipologia Minion Pro Regular, em corpo 11/15, e impresso em papel off-white 80g/m^2 no Sistema Cameron da Divisão Gráfica da Distribuidora Record.